Hanna Krall

# HYPNOSE

Aus dem Polnischen
von
Roswitha Matwin-Buschmann

Verlag Neue Kritik

Der vorliegenden Sammlung liegen Veröffentlichungen der Autorin aus den Jahren 1978 bis 1996 zugrunde. Einige Erzählungen des Bandes waren bereits in der Sammlung »Legoland« (1990) enthalten. Sie wurden für diese Ausgabe von der Autorin bearbeitet und neu übersetzt.

Die Deutsche Bibliothek - CIP-Einheitsaufnahme

**Krall, Hanna:**

Hypnose / Hanna Krall. Aus dem Poln. von Roswitha Matwin-Buschmann. - Frankfurt/Main : Verl. Neue Kritik, 1997
ISBN 3-8015-0306-2


Umschlag Helmut Schade
Druck Druckerei Dan Ljubljana Slowenien
ISBN 3-8015-0306-2

# Inhalt

# Schokolade für die Schuch-Allee

## Die Angst

In die Schuch-Allee, auf die Gestapo, ging ich fünf Jahre lang. Manchmal täglich, ja zweimal am Tag. Ich war dort an die tausend Mal.

Die Schuch-Allee war der Ort, den alle am meisten fürchteten, ich fürchtete ihn etwas weniger. Im Unterschied zu allen anderen wußte ich, daß auch DIE Angst hatten.

Ich war dabei, als sie vom Tod ihrer Kameraden Schultz und Lang erfuhren, die auf unseren Beschluß erschossen worden waren. Ich habe ihr Entsetzen gesehen.

Wer einmal die Angst eines andern gesehen hat, beherrscht die eigene leichter.

## Die Hierarchie

Ich brachte Bonbons und Schokolade von Wedel dorthin. Schokolade hatte damals keiner, nicht mal die Deutschen, alles ging an die Front, und sowie ein Neuer aus Deutschland spitzkriegte, da bringt einer Süßigkeiten ins Amt, die er nach Hause, nach Berlin, schicken könnte, hatte er es sofort darauf abgesehen. Dabei wußten sie auf der Gestapo, daß sie an meine Schokolade nur mit Bitten rankamen. In dem Fall konnten sie mir nicht befehlen und nicht drohen. Deshalb duldeten sie mich nicht nur, sondern waren sogar besonders nett zu mir, ja sie bemühten sich regelrecht um meine Gunst.

Natürlich ging ich in meinen Gunstbezeigungen sehr differenziert zu Werke.

Massive Schokolade bekamen nur die Kommissare.

Schokoladenbonbons die Stellvertreter.

Sahnebonbons die Offiziere.

Die einfachen Angestellten Drops und gefüllte Fruchtbonbons.

Diese Staffelung galt nicht für die in der Kartei und die von der Abteilung Zwei: die brauchte ich am meisten, denn sie wußten am meisten. Für die hatte ich immer Vorzugsware.

## Die Fabrik

Zu Wedel kam ich über die Schwester eines Kameraden. Sie führte bei einem von den Direktoren den Haushalt. Dieser Direktor hatte die Rohstoffversorgung in der Fabrik unter sich und immerzu mit den Deutschen zu tun: es gab ja alles nur auf Zuteilung, und die kontrollierten scharf.

Meine Arbeit begann um sechs Uhr morgens. Ich erschien bei meinem Chef zu Hause, Schlag sechs fing er an, sich zu rasieren. Ich leistete ihm dabei Gesellschaft, trug ihm vor, was anlag und erhielt meine Aufträge für den Tag. Einmal sollte ich wegen irgendeiner Sache mit ihm in die Schuch-Allee gehen. Das war das erste Mal, und ich hatte große Angst. Beim nächsten Mal sagte er. »Nehmen Sie sich drei Kartons für den Kommissar und gehen Sie allein hin.« Ich ging hin, wieder sehr aufgeregt, aber was sehe ich da: die Sekretärin lächelt mir zu, der Kommissar kommt aus seinem Arbeitszimmer und gibt mir die Hand, der Kommissar ist freundlich, die Wächter sind freundlich, alle lächeln – ich verließ das Gebäude ruhig, stolzgeschwellt, und drei Tage später sagte ich zu meinem Kommandeur im Untergrund: »Ich glaub, ich hab ganz guten Zugang zur Schuch-Allee.«

Die Fabrik gehörte Jan Wedel und seiner Familie. Wedel hatte beschlossen, keinen Gewinn aus der Fabrik einzustecken, solange der Krieg dauerte. Er bezog ein Gehalt wie alle anderen Direktoren, der ganze Gewinn blieb für die Belegschaft.

Alle Rohstoffe, die sie irgendwo abzwackten, wurden aufgeteilt. Die Arbeiter bekamen je zwei Kilo Mehl, wunderbar weißes, in der Fabrik gebackenes Brot (zwei Kilo pro Woche, über die normalen Karten hinaus), Zucker, Marmelade.

Nach dem Krieg stellte sich heraus, daß es die ganze Zeit eine starke Zelle der Polnischen Arbeiterpartei im Werk gegeben hatte. Den Sekretär machten sie zum Generaldirektor, als sie den Betrieb verstaatlichten. Wedel ernannten sie im Auftrag der Partei zum technischen Direktor in seiner ehemaligen Fabrik.

## Die Unterschiede

Ich lernte sie immer besser kennen, manche sah ich ja alle paar Tage. Sie erzählten mir von ihren Frauen und zeigten mir Fotos von ihren Kindern. Sie sagten, sie machten sich um ihre Familie Sorgen oder auch, sie wollten endlich nach Hause...

Daß ich manche mehr mochte und manche weniger, darum geht es nicht, der Unterschied bestand in was anderem. Der Unterschied war der – die einen hätte ich erschießen können, ohne mit der Wimper zu zucken, und um andere hätte es mir leid getan. Nein, leid getan vielleicht nicht, aber ich hätte wahrscheinlich gezögert... Nein, gezögert nicht, ich hätte ja Befehl gehabt zu schießen... Ach was soll's.

Ich sah sehr oft Menschen, die gefoltert worden waren. Ich sah, wie sie die Blutüberströmten an den Beinen den Flur entlangschleiften, oder ich betrat ein Zimmer, in dem sie gerade auf einen eindroschen, der schon übel zugerichtet war. Ich komme zur Tür herein, der Gestapomann sieht meinen Karton, er legt den Knüppel beiseite, vom Schlagen noch außer Atem stürzt er vor und will mir um den Hals fallen, und ich überreiche ihm einen Karton mit Bonbons.

Bei der Gestapo in der Schuch-Allee machten sie gern Späße.

Ich komme zum Beispiel herein, und einer zielt mit der Parabellum auf mich und schreit: »Durchsuchung!« Die wissen Bescheid, durchzuckt es mich... Da wiehert der plötzlich vor Lachen, denn er »hat nur Spaß gemacht«. Und sofort reiße ich ihm die Pistole aus der Hand und leg auf ihn an und brülle vor Lachen, tja und so amüsieren wir uns beide.

Sie erzählten mir auch, wie es den Tag zuvor bei den Nutten gewesen war. Oder daß die Frau von einem in Berlin ein Kind gekriegt hatte, wem das wohl ähnlich sieht, das würde er gern wissen. Und ich immer höflich, nicke in einem fort und schütte mich aus vor Lachen.

## Die Rechnung

Am wichtigsten für mich war die Abteilung Zwei, die politische, die für den Kampf gegen den Untergrund. Ihr Chef hieß Stamm. Auschwitz, Gefängnis, Verhöre – das alles hing von der Abteilung Zwei ab. Stamm war Jurist von Beruf, Richter. Die Abteilung untergliederte sich in Unterabteilungen, jede mit einem Kommissar an der Spitze. Jeder von denen war auch Richter, und jeder hatte das Recht, Todesurteile zu unterschreiben. Für einen durchschnittlichen Deutschen in der Schuch-Allee, so einen Referenten, der mit der Aktenmappe zur Unterschrift erschien, war also alles legal und vorschriftsgemäß: er trug einfach eine Akte zum Richter, und der war berechtigt, das Urteil zu unterschreiben. Den einen verurteilte er zum Tode, einen andern zu Auschwitz, und der Referent ging mit der Entscheidung des Chefs in sein Zimmer zurück, ganz normal, wie in jedem Büro.

Ich kannte sie alle persönlich. Ich wußte, wer in welchem Zimmer saß und welche Arbeit er machte, das war übrigens eine meiner ersten Aufgaben im Untergrund: ich hatte einen genauen Plan über das Gebäude vorzulegen – die Struktur der Abteilungen, die Nummern der Zimmer und die Privatadressen der Leute von der Gestapo. Dann mußte ich diese Leute nach Fotos identifizieren und ihre konkreten Pflichten beschreiben.

Als unsere Aktionen schließlich losgingen, hatte ich alle Hände voll zu tun: ich lieferte unter anderem Informationen für das Attentat auf Kutschera, für das geplante Attentat auf Hahn, über die Lebensweise der Gestapoleute, die Zeiten, zu denen sie durch die Stadt fuhren usw.

Hin und wieder versuchte ich, einen von uns, der hochgegangen war, freizukriegen. Ich führte dann zwei Argumente ins Treffen: entweder er war ein Verwandter von mir, oder er war bei Wedel beschäftigt.

Rausholen konnte ich nur welche, bei denen sie keine ernsthaften Beweise gefunden hatten. Ob es Beweise gab, was bei wem gefunden worden war usw., entnahm ich der Kartei. Sie befand sich dort, wo heute der Bildungsminister sitzt, und jeder, der verhaftet worden war, hatte dort seine Karte mit sämtlichen Angaben. Ich begann meine Arbeit also immer mit der Durchsicht der Kartei, und den Angestellten in der Kartei schlug ich nie was ab. Für die galt meine Schokoladenhierarchie nicht, für die hatte ich alles, selbst massive Vollmilch- und Nußschokolade. Wenn ich dann wußte, wer warum saß und wer den Fall bearbeitete, ging ich zu dem entsprechenden Gestapomann. Der wußte, auch er würde sein Zusatzpaket kriegen, was machte es ihm da schon aus, einen, um den ich ihn bat, freizulassen. Wichtig war, daß die Rechnung stimmte, die Namen spielten keine so große Rolle. Sie sollten, mal angenommen, an dem Tag fünfzig Leute erschießen – und diese fünfzig mußten sie haben, egal, ob darunter welche von uns oder ob es lauter Fremde waren. Ich spreche natürlich von Leuten, bei denen sie kein Beweismaterial gefunden hatten und die nur deshalb starben, weil sie Polen waren.

Ja, ich bin mir im klaren, daß an die Stelle dessen, den ich da rausgeholt hatte, ein anderer trat.

Gewiß, ich bin mir im klaren, daß es diesem Fremden, der anstelle unseres Manns sterben mußte, damit die Rechnung aufging, nicht einerlei war, wer von ihnen beiden zuerst starb, aber wir wußten, daß wir ja allesamt der Reihe nach sterben sollten.

Gewiß, für den, der sterben muß, hat es eine gewisse Bedeutung, ob er heute stirbt oder in einem halben Jahr, aber ich mußte wählen. Ich konnte nur wenigen helfen, also wählte ich die, die in der Organisation gebraucht wurden und die zu befreien ich Befehl hatte.

## Der Sinn

»Rotfuchs« Janek Bytnar, einen der tapfersten Jungs unter uns Pfadfindern, hatten sie im März 1943 verhaftet. Ich traf ihn auf dem Flur. Sie führten ihn eben zur Vernehmung, und ich kam mit meinen Schokoladenkartons aus der entgegengesetzten Richtung. Wir gingen aneinander vorbei, ohne eine Miene zu verziehen.

Ich verabredete mich mit meinem Kommandeur im Park. Wir fütterten die Schwäne. Ich drang in ihn, »Rotfuchs« mit Gewalt zu befreien, wenn sie ihn von der Gestapo ins Gefängnis zurückbrächten. Vom Park aus fuhr ich in die Fabrik.

Am nächsten Tag erschien ich bei Lang – mit der feinsten massiven Milchschokolade. »Rotfuchs« lag am Boden, halbtot. Als Lang die Schokolade sah, verklärte sich sein Gesicht, er richtete sich auf und sagte zu Schultz: »Das reicht für heute.« Sie schafften »Rotfuchs« hinaus, wir rauchten eine Zigarette, dann fragte ich, ob ich mal telefonieren dürfe. Lang erwiderte: »Bitte sehr.« In seinem Beisein rief ich meinen Kommandeur an: »Die Ware ist unverzüglich abzuholen.« Das hieß, gleich würden sie »Rotfuchs« ins Gefängnis zurückbringen, der Zeitpunkt für die Aktion sei gekommen.

Bei dieser Aktion wurde »Rotfuchs« befreit und noch über zwanzig andere Gefangene, die mit ihm in der grünen Minna saßen. Drei von unseren Leuten kamen ums Leben, als vierter starb »Rotfuchs«, in Freiheit, an den Folgen der Folterungen.

Am Tag darauf ermordeten die Deutschen, zur Vergeltung, hundertundvierzig Menschen.

Haben wir uns gefragt, ob es demnach einen Sinn hatte?

Jedenfalls fragten wir uns nicht, ob eine Aktion sich »lohnte«. Denn daß sie sich nicht »lohnte«, das wußten wir von Anfang an. Uns lag nur daran, sie möglichst erfolgreich durchzuführen.

Wir wußten, die Deutschen würden sich rächen, aber wir wußten auch, wie gesagt, daß wir, als Polen, allesamt Todeskandidaten waren, die Reihenfolge war also nicht so wichtig. Wichtig war, WIE man starb.

## Das »Vorstehen«

Mit der Zeit ging alles wieder seinen normalen Gang, wir mußten uns unserer täglichen Arbeit zuwenden. Zwei Todesurteile wurden verhängt: über Lang und über Schultz. Bei beiden sollte ich »vorstehen«.

Das ist keine angenehme Sache – dieses »Vorstehen«.

Es heißt soviel wie: man zeigt den Leuten denjenigen, den sie erschießen sollen. Natürlich wußte ich, das sind die beiden, die »Rotfuchs« und andere gefoltert haben, dennoch, angenehm ist das nicht.

Ich sagte mir, ob Lang oder Schultz – das sind einfach Bestien, aber trotzdem, man kennt das Urteil, und man weiß, gleich wird der umgelegt...

Aus dem Schützengraben schießen, das ist was anderes als so, von Angesicht zu Angesicht. Obwohl, noch unangenehmer ist es natürlich, bei einem Polen »vorzustehen«, an dem das Urteil vollstreckt werden soll…

Ich folgte Lang aus der Schuch-Allee – er wußte, daß ich hinter ihm herging, aber warum, wußte er nicht. In der Litewska-Straße standen unsere Leute, und ich deutete auf ihn: der. Mit Schultz war es ähnlich, nur trat der gerade aus seiner Haustür.

Ich ging in die Schuch-Allee zurück. Zuerst war alles ruhig – es war immer ruhig dort, dauernd passierte was, jemand wurde gebracht, jemand abgeholt, gefoltert, doch es war immer still dabei. Alles lief still und leise ab, die Flure erinnerten an ein verschlafenes Büro. Ich saß auf dem Flur, mit einem Karton Krokantbonbons, und wartete. Da stürzte ein Gestapomann von draußen herein, rannte irgendwohin, und die Flure belebten sich schlagartig. Geschrei erhob sich, die Leute liefen aufgeregt hin und her, riefen sich etwas zu, ich aber stand auf und ging mit meinen Bonbons nach Hause.

## Die Spuren

Mir scheint, die Jahre, die ich in der Schuch-Allee ein und aus ging, haben bei mir Spuren hinterlassen, das sind charakterliche Dinge, die sind nicht mehr rückgängig zu machen. Seitdem bin ich wortkarg, verschlossen, habe mein Gesicht ziemlich gut unter Kontrolle. Ich kann mich mit Leuten unterhalten und zeige nichts, nicht die geringste Gefühlsregung. Überhaupt habe ich gelernt, ihre Gedanken zu erraten. In der Schuch-Allee hab ich darin Übung bekommen, oft mußte ich mir ja alles bloß anhand von ein paar Gesten, Satzfetzen, einzelnen Wörtern zusammenreimen.

## Das Ende

So arbeitete ich bis zum Aufstand. Im Aufstand wurde ich verwundet, am Bein und am Bauch, und lag im Spital, und als die Deutschen die Evakuierung befahlen, konnte ich nicht mal laufen. Da hakten mich zwei Sanitäterinnen unter, und wir versuchten, den Eindruck zu erwecken, als ginge ich auf eigenen Beinen. Wir schleppten uns in der Menge mit, und am Straßenrand standen die Wlassow-Leute und sahen zu. Von Zeit zu Zeit holten sie ein Mädchen aus der Kolonne. Auch eine von meinen Sanitäterinnen fischten sie sich heraus, ich blieb also mit der anderen stehen und wartete. Als sie fertig waren, kam sie zu uns zurück, hakte mich wieder unter, und wir gingen weiter.

Warschau 1978

PS.: Dies ist der Bericht von Zygmunt Karczynski. Nach dem Krieg studierte er Ökonomie und war im Bauwesen beschäftigt. Über seine Arbeit bei Wedel hat er nie öffentlich gesprochen. Er starb 1986.

# Schwierigkeiten mit dem Aufstehen

Das Wichtigste ist: wann war es?

Ich war schon verheiratet, aber das Kind war noch nicht da. Demnach achtundsiebzig. Das ist gut. Ich hab immer eine grauenhafte Angst, es wäre gerade erst gewesen und rechne vorsichtshalber lieber nach, aber jetzt seh ich, so schlimm ist es gar nicht.

Jeder war mit sich selbst beschäftigt, nur ja was nebenher verdienen, damit die Kasse stimmte. Die oben ahndeten jede Schwarzarbeit. Weniger wegen der Arbeit, aber schließlich war das eine Druckerei, da kann man für wer weiß wen arbeiten, und wie sie dann sahen, womit wir uns vergnügten, war das Theater groß.

Wirklich, es war nur zum Vergnügen, das werf ich mir am meisten vor. Wenn es noch um was Wichtiges gegangen wäre, und die Sache wenigstens Format gehabt hätte, aber sie war läppisch, lachhaft. Ein Kollege hatte im Lager irgendwelche alte Gußmatern gesehen, er schleppte sie an, und wir druckten. »Repressionen bei der PZP...« erschien auf dem Papier, genau das, und es ergab nicht den geringsten Sinn, aber jemand funkte es nach oben durch, und wir wurden zum Dispatcher gerufen. Dort saßen schon der Parteisekretär, unser Betreuer, das ganze Aktiv, sie hielten uns die Beweise unter die Nase, unsere »Repressionen bei der PZP...«, und fragten, was da stünde. Nichts weiter,

»Repressionen bei der PZP...«, das bedeute gar nichts. Aber unser Betreuer nahm uns mit zur Staatssicherheit, und jetzt kommt das Sonderbarste. Wir sagten beide das gleiche aus, mein Kollege und ich, aber ihn ließen sie nach Hause, und mit mir begannen sie ein Gespräch.

Tja, eben. Warum mit mir?

Ich bin zweiunddreißig Jahre alt, damals war ich etwas über zwanzig. Ich weiß noch, einer schrieb in der Zeitung über Afrika, und daß die jungen Leute sich eine Hacke greifen, nach Afrika fahren und den Völkern dort bei der Entwicklung helfen sollten. Im Radio fragte einer, wie man Weltreisender werden könne, und ein anderer erklärte es ihm. Damals hatte ich die Idee, mir diese Hacke zu schnappen und zu den afrikanischen Völkern zu fahren oder Weltreisender zu werden oder zur Technischen Hochschule zu gehen und beruflich vorwärtszukommen. Ich las viel.

Eines Tages las ich Zbigniew Herberts »Ein Barbar in einem Garten«. Da ging mir auf, wie simpel meine Vorstellung von der Welt bisher gewesen war und was für große, weite Gebiete es gab, die ich noch nie betreten hatte. Ich malte mir aus, die Geschichte der Menschheit verlaufe entlang einer aufsteigenden, durch die Existenz Gottes determinierten Kurve, sie sei ein unbewußtes Streben hin zu IHM. Ich fand, das müßte ich so schnell wie möglich nachprüfen, mit Hilfe von vernünftigen Menschen. Ich nahm von der Hacke, von Afrika und von den Reisen Abschied und schrieb mich für Geschichte ein.

Jetzt bin ich im dritten Studienjahr, ich bin Fernstudent, an der Warschauer Universität. Geschichte, wieder etwas, das mir wichtig war. Sie gab mir das Gefühl für die Unvermeidlichkeit von Ereignissen. Als der August 1980 kam, wußte ich, er ist unvermeidlich, folglich muß ich mich daran beteiligen.

Anders kann ich es nicht beschreiben.

Ich mußte mich daran beteiligen, weil es unvermeidlich war, es war Geschichte, was da geschah.

Es passierte alles gleichzeitig. So als säßen zwei Menschen auf einmal in mir. Oder vielmehr – ich war ich selbst, und außer mir steckte in meinem Innern noch ein anderer. Ich selbst arbeitete in der Druckerei, studierte Geschichte und wartete auf etwas, das kommen mußte. Der andere, der in mir saß, schrieb Berichte für die Staatssicherheit – daß die Leute unzufrieden seien, die Preise stiegen, es zu wenig Fleisch gäbe – und händigte sie in einem Café einem Mann aus. Das war ziemlich eintönig, weil sich die Stimmung unter der Bevölkerung nicht änderte, die Preise nicht sanken und das Fleisch nicht mehr wurde, aber der andere, der in mir, schrieb weiter und händigte es dem Mann aus, und ich, ich selbst studierte Geschichte.

Ich weiß nicht mehr genau, wie lange jener andere seine Stimmungsberichte schrieb. Ich vermute, etwa zehn Monate, vielleicht ein Jahr lang. Einmal nahm der Mann im Café wieder einen Bericht entgegen, bedankte sich und zog einen Umschlag und einen Zettel aus der Tasche. Der Umschlag enthielt Geld, siebenhundert Zloty, und auf dem Zettel war der Empfang zu bestätigen. Ich war überrascht, ich hatte nicht gedacht, daß so etwas eintreten würde. Stimmt nicht, genau das hatte ich mir erhofft: daß sie eines Tages auf den Einfall kämen, mich für meine Leistung zu bezahlen. Ich wußte genau, was ich dann täte, ich hatte die Szene in Gedanken viele Male durchgespielt, und immer hatte ich das gleiche getan: mit Würde und Entschiedenheit abgelehnt. Tja, und als der Moment nun wirklich gekommen war und der Mann mir zu erklären anfing, das stünde mir zu, wie jedem anderen auch, für meine Arbeit, Herr Tadek, sagte er, das ist doch normal, das haben Sie doch verdient – da griff ich, griff er, jener andere in mir, nach dem Umschlag, steckte ihn ein und quittierte. Ich dachte: was tu ich da, und warum eigentlich. Nicht wegen dem Geld, der lächerlichen Summe. Nicht aus Angst, denn was war Schlimmes daran, es nicht zu nehmen. Nicht aus Dummheit, ich wußte ja, was das bedeutet. Ich begriff nicht, warum ich den Umschlag nahm, aber ich dachte bei mir, gleich etwas damit zu tun, am besten, ihn in die Kollekte in der Kirche zu werfen, das würde mich reinigen. Ein paar Tage lang trug ich das Geld mit mir herum, bis es schließlich aufgebraucht war, was sind schon siebenhundert Zloty.

Noch etwas darüber, wie es anfing.

Ich erinnere mich, daß ich Angst hatte. Als ich zur Staatssicherheit fuhr, als ich den Gang entlangging, als ich in einem leeren Zimmer warten mußte... Als endlich jemand kam, begann ich mich sofort zu rechtfertigen. Der Mann hörte mir aufmerksam und voller Verständnis zu. Er gab mir recht, es handle sich um einen albernen Zufall, tja, aber es sei nun mal passiert, und jetzt – tja leider –, jetzt müßten sie was unternehmen... Das sagte er freundlich, sogar voller Mitgefühl. Richtig, Mitgefühl, als wolle er mir helfen, könne aber nicht, höhere Gewalt.

Das ist schon in der Literatur beschrieben worden, nicht? Vernehmer und Vernommener, Richter und Opfer. Der Untersuchungsrichter, der alles versteht – und mitfühlt. Und das Opfer, das Dankbarkeit empfindet für sein Mitgefühl und sich revanchieren will.

Ja, vermutlich das.

Ich wußte, daß etwas daran nicht in Ordnung war, und ich sagte nicht nein.

Warum habe ich nicht nein gesagt?

Niemand schrie mich an, niemand drohte mir. Hätten sie geschrien, hätte ich in gar nichts eingewilligt, aber sie schrien nicht, sie setzten mir auseinander, es sei notwendig. Die Stimmung sei schlecht, und die Leute schwiegen, aber die Regierungsstellen müßten die Wahrheit kennen. Sie seien dazu da, die Regierungsstellen richtig zu unterrichten. Ich solle ihnen dabei helfen. Was sei Schlimmes dabei, daß ich die Regierungsstellen unterrichte, wie es in Wirklichkeit aussieht und was die Leute denken...? Die Regierungsstellen würden aus meinen Informationen doch die entsprechenden Schlüsse ziehen...

Ich schrieb die Wahrheit. Über die Stimmung und worüber die Leute redeten. Eines Tages erschien ein anderer Mann zu dem Treff, er stellte sich mir als mein neuer Betreuer vor und bat mich, ihm Informationen zu liefern – nicht mehr über die Bevölkerung, sondern über einen, der bei uns beschäftigt war. Wer das sei, und was er so dächte. Ich sagte, das sei gegen die Abmachung, ich würde nur allgemeine Informationen liefern. Ich schrieb nichts, und das war mein letztes Gespräch mit ihnen. Ich schrieb nie wieder etwas und reagierte nicht auf die Telefonanrufe.

Ich hatte keinerlei Ärger. Niemand drohte mir, sie drängten mich nicht mal besonders.

Noch etwas darüber, wie es anfing.

Ich vermute, ich hatte Angst. Sie verurteilten die Oppositionellen. Auf den Versammlungen hoben alle die Hand. Ohne was zu wissen, ohne an was zu glauben – immer hoben sie die Hand, wenn es erforderlich war. Ich rechtfertige mich nicht, ich will nur sagen, was das für eine Zeit war, denn ich versuche selber zu verstehen. Ich bin sicher, viele andere an meiner Stelle hätten nein gesagt. Sie wären mutig gewesen, und ich hatte Angst.

Im August, als es mit der »Solidarnosc« losging, gab es nicht viele Mutige. Von Anfang an redete ich den Leuten zu, eine Gewerkschaft zu bilden. Das sagte ich allen, die wegen der Druckplatten zu uns in die Abteilung kamen, besonders den Maschinenmeistern, das sind ernsthafte, gebildete Leute, selbstbewußt, Arbeiteraristokratie, die Elite unter den Druckern. Die Leute hörten mich an, nahmen ihre Platten und gingen schweigend weg. Dann fing ich an, selber durch die Abteilungen zu gehen. Ich ging allein, im ganzen Betrieb war ich allein mit dieser Sache. Ich erschien früher zur Arbeit, noch vor der zweiten Schicht hielt ich die Leute an und erzählte ihnen von der »Solidarnosc«. Ich bekam zur Antwort, ich sei Jude und wegen Alkoholismus in Behandlung. Komisch, damals hatte ich keine Angst. Ich wußte, was wichtig und was zu tun war. Ich begriff, wenn niemand anders es übernimmt, dann muß ich mich damit abgeben.

Im Januar hatten wir in der Druckerei schon eine starke »Solidarnosc«-Gruppe: tausendneunhundert Mitglieder auf zweieinhalbtausend Mann Belegschaft. Den ersten Streik hatten wir hinter uns, wir bereiteten uns auf die Wahlen vor. Für alle stand fest, daß ich Vorsitzender würde. Ich sage das nicht aus Eitelkeit, es stand ganz einfach fest. Ich weiß: vor den Wahlen hätte ich alles bekennen müssen. Doch hätte ich ausgerechnet da aufstehen und sagen sollen, wählt mich nicht, ich bin Informant der Sicherheitsorgane... Ich hätte das Vertrauen zu der ganzen neuen Gewerkschaft untergraben, und das Wohl der Gewerkschaft geht vor.

Ich hätte es nach den Wahlen sagen können, im Bezirk, aber wieder sagte ich es nicht. Die Gewerkschaft war schon gefestigter, das stimmt, aber ich fand, es würde die Proportionen verzerren. Die Leute sollten sich auf die Wahlen konzentrieren, nicht auf irgendeinen einzelnen Zwischenfall.

Ich beschloß, es auf dem Kongreß zu sagen. Mir war klar, es würde ein Schock werden. Die Leute sehnen sich nach einem Führer. Alle, die sie bisher geführt haben, haben sie betrogen, also sehnen sie sich nach einem Führer, der sie nicht betrügt. Was soll ich machen, dachte ich, es stellt sich eben heraus, daß noch einer sie betrogen hat, vielleicht hilft es ihnen, sich von solchen Sehnsüchten zu befreien, von ihrer Hörigkeit gegenüber Autoritäten.

Ich habe es früher gesagt: Montag, den fünfzehnten Juni. Von allein, ohne von jemandem gefragt worden zu sein, niemand wußte ja von was.

Das war in einem großen Werk, vor den Wahlen, auf einer Zusammenkunft der Delegierten. Jeder stand der Reihe nach auf und sprach über sich, und die Anwesenden stellten Fragen. Dort herrschte eine große Offenheit und großes Vertrauen. Ein älterer, grauhaariger Mann erzählte über sein Leben, und jemand fragte – was haben Sie in den fünfziger Jahren gemacht? Er sagte – ich habe im Parteiapparat gearbeitet. Da dachte ich, gleich bin ich dran und legte mir im Kopf allerhand Sätze zurecht, denn jetzt wußte ich, ich würde es sagen. Ich fand, ich müsse schnell und möglichst kurz sprechen. Als ich an der Reihe war, stand ich auf und sagte – ich heiße so und so, kandidiere für den Landeskongreß, bin Drucker, studiere Geschichte, und ich wollte noch etwas über meine Vergangenheit sagen: ich war Informant der Sicherheitsorgane.

Augenblicklich trat Stille ein. Niemand sagte etwas, nicht mal Fragen stellten sie, nur einer wollte wissen, ob man mir irgendwie helfen könne, ob alles in Ordnung sei. Ich war sehr gerührt, und ich sagte, sie brauchten mir nicht zu helfen. Ich fuhr nach Hause und erklärte schriftlich meinen Rücktritt als Vorsitzender der »Solidarnosc« in unserer Druckerei. Dann verständigte ich meinen Vorgesetzten, ich wolle wieder zurück an meinen Arbeitsplatz. Das ist alles. Die Leute sind sehr freundlich zu mir. Ich habe Zeit für das Kind. An der Universität hab ich ein paar Examen nachzuholen, und ich muß mich mehr hinter die Bücher klemmen. Es ist alles in Ordnung, das einzige, was mich befremdet – neuerdings habe ich Schwierigkeiten mit dem Aufstehen. Ich bin immer gern früh aufgestanden und ohne Mühe wachgeworden, aber jetzt werde und werde ich nicht von selber wach. Daraus folgt, glaube ich, nichts, außer dem Umstand, daß ich den Wecker zur Reparatur bringen muß.

Warschau 1981

# Doktorarbeiten

Das war im März 1968*...

Zuerst entließen sie den Professor, den Leiter unserer Arbeitsgruppe. Er war kein junger Mann mehr, er hatte den Krieg mitgemacht, sein Vater war im Ghetto von Lodz umgekommen. Als die Treibjagd begann, kam er zu uns ins Zimmer und setzte sich auf die Schreibtischkante: »Zunächst entlassen sie, danach richten sie Schuppen ein...«

Ich wußte nicht, was er mit »Schuppen« meinte, dann stellte sich heraus, daß die deutschen Werkstätten für die Juden, im Ghetto, so geheißen hatten.

Ich dachte im stillen, der macht Witze, das sollte er lieber bleiben lassen, aber am nächsten Tag war er schon wieder da.

»Die Schuppen sind nur für die Gesunden. Und was wird aus den Alten und Kranken?«

Der Psychiater riet seiner Frau umgehend zur Ausreise.

Das ist der Triumphbogen... Und das hier, das ist er... Wie Präsident Mitterand ihm den Orden ansteckt... Und dieses Telefon, das ist von ihm. Einmal rief er aus Paris an,

* Im Frühjahr 1968 war es, im Zusammenhang mit Machtkämpfen innerhalb der kommunistischen Partei, zu einer antisemitischen (offiziell: antizionistischen) Hetzkampagne gekommen, in deren Verlauf Tausende Juden ihre Arbeitsplätze verloren und das Land verlassen mußten.

was er schicken soll. Ich sah den von den Kindern demolierten Hörer und sagte: ein Telefon. Er fragte, welche Farbe? Dunkelblau, sagte ich. Und, bitte sehr...

Als sie den Leiter unserer Arbeitsgruppe rauswarfen, erklärte der Direktor des Instituts, das wirke sich womöglich schädlich auf die ganze Arbeit aus, als nächsten feuerten sie also den Direktor.

Nach der Entlassung des Direktors war klar, daß sie jeden aus dem Institut schmeißen konnten.

Es war ein wissenschaftliches Institut, das in der Fachwelt, bei uns und im Ausland, einen guten Ruf genoß und große Bedeutung hatte für die Wirtschaft.

Der neue Chef war ein älterer Herr, Absolvent der Sorbonne, der Charme in Person, europäische Umgangsformen. Wovor der Angst gehabt hat, keine Ahnung. Als Wissenschaftler hatte er einiges aufzuweisen, er hatte an ausländischen Universitäten gelehrt, stand kurz vor der Pensionierung – und erfüllte jeden Wunsch der Obrigkeit, noch ehe sie ihn äußern konnte.

Vielleicht fürchtete er, sie gäben ihm diesen Auslandspaß nicht mehr? An den Reisen lag ihm am meisten. Nicht mal wegen dem Geld, er wollte nicht provinziell werden.

Der neue Direktor entließ, auf Anordnung von oben, unsere Kollegen – die jüdischen.

Einer von ihnen erzählte mir, der Direktor flüchte, sowie er ihn erblicke, ins erstbeste Zimmer, bloß um nicht zu grüßen. Einmal rannte er in seiner Panik in die Toilette. Der Kollege folgte ihm, der Direktor stand mit zugeknöpfter Hose vor dem Pissoir. »Herr Professor«, setzte der Kollege an, aber der Professor stürmte in eine Kabine und knallte die Tür hinter sich zu. »Es ist undenkbar, daß Sie für ein ›Guten Tag‹ etwas befürchten müßten«, rief der

Kollege unter der Tür hindurch, aber der Wasserschwall der Spülung übertönte ihn.

Der Kollege ist heute an der Columbia University, er schickt mir koffeinfreien Kaffee und Monatsbinden.

Pausenlos wurden irgendwelche Versammlungen anberaumt. Ich mußte da nicht hin, nur die Verläßlichsten wurden geladen. Alle nahmen sie die Einladungen an, gingen hin und schwiegen. Dieses Schweigen war unglaublich: Schweigen in den Zimmern, auf den Gängen, in der Kantine. Ich machte hin und wieder den Mund auf, gab aber bloß Gemeinplätze wie »gottverdammte Scheiße« oder »gleich krieg ich das große Kotzen« von mir. Das tat ich nur in unserm Zimmer und nur im Beisein von Leuten, mit denen ich seit Jahren zusammenarbeitete, aber jede meiner Äußerungen landete beim Parteisekretär. »Sie, Kollegin?« sagte er ungläubig. »Aus so guter proletarischer Familie?« (Als Tochter eines Straßenbahnfahrers repräsentierte ich den gesunden Stamm der polnischen Arbeiterklasse an unserm Institut.)

»Das mit der Familie darf man nicht so eng sehen«, sagte ich. »Mein arischer Arbeitergroßvater hat sich zu Tode gesoffen (das war die Wahrheit). Und was die Juden betrifft, wenn ihr die alle schaßt, habt ihr das Institut noch in zehn Jahren nicht wieder auf den Beinen.«

Ich habe mich getäuscht: das Ganze ist zwanzig Jahre her, und das Institut hat nichts zu melden, weder in Polen noch im Ausland.

»Das hättest du nicht sagen sollen«, rügte mich mein jüdischer Mann. »Wozu sie unnötig reizen? Du weißt doch, ich muß meine Arbeit fertigschreiben.«

Mein Mann schrieb an seiner Doktorarbeit. Es war eine wichtige Arbeit, er war auf einmaliges Material gestoßen und wollte sie unbedingt zu Ende bringen. Wir machten aus, ich solle mich wenigstens bis zu seinem Examen still verhalten, vorher könnten wir sowieso nicht weggehen.

Ich verhielt mich still. Mein Mann ist ein sehr begabter Mensch und braucht Ruhe bei der Arbeit. Zum Glück hatten sie an seiner Hochschule niemanden entlassen, die einzige, die Unruhe stiftete, war also ich. Ich kam nach Hause, sagte: »Bei uns haben sie wieder einen Juden entlassen, und ich beabsichtige auszureisen.«

»Ich bitte dich…«, erwiderte mein Mann. »Nur bis zur Prüfung.«

Schließlich bestellten sie auch mich in die Kaderabteilung. Nach zehn Jahren Arbeit bekam ich wortlos die Kündigung in die Hand gedrückt. Auf dem Gang hielt mich der Parteisekretär an, nannte mir vier Gründe für meine Entlassung und streckte mir zum Abschied die Hand hin. Es ist ein blödes Gefühl – jemandem die Hand nicht zu geben, mir passierte das zum ersten Mal im Leben. Von den vier Gründen hab ich mir den einen gemerkt: ich würde beabsichtigten, nach Israel auszureisen.

Ich habe niemals vorgehabt, nach Israel auszureisen.

Ein Bekannter, ein Jude, Fachmann für Erdöldestillation, rief noch am selben Tag an: »Du mußt was ausgefressen haben, wenn sie dich feuern.«

Er kam zu uns nach Hause, wollte unbedingt erfahren, was ich ausgefressen hatte. Heute arbeitet er im Projektierungsbüro bei Shell, in Nigeria. Seine Frau schickt mir Wolle. Sie nimmt die billigste, doch zum Glück hat sie einen guten Geschmack.

Komisch – dieser Kollege setzte mir ruhig und vernünftig auseinander, was da vorging: innerparteiliche Kämpfe, eine normale Sache, in der ganzen Welt bekämpfen sich Interessengruppen. Als sie ihn später entließen, war das keine »normale Sache« mehr, da war es himmelschreiendes Unrecht.

Genau wie meine Schwiegereltern, ehrbare, gebildete Leute, nebenbei bemerkt – er Rechtsanwalt, sie eine Dame aus den besten Kreisen. Zwanzig Jahre kriegten die nicht mit, daß ringsherum eine Riesensauerei im Gange war. Erst als sie sich die Juden vorknöpften, da schrien sie Ajwaj. Klar, da war für sie plötzlich alles im Arsch, und ausgerechnet ihre eigene heißgeliebte internationalistische Partei hatte ihnen dieses Überraschungsei serviert, trotzdem konnte ich mir die Schadenfreude schwer verkneifen.

Das Beste kam erst noch – nach meiner Entlassung. Ich hatte beschlossen, mir eine Arbeit zu suchen.

Ich brachte in Erfahrung, wo eine Stelle frei war, griff mir mein Diplom und ging zur Kaderleitung.

Als erstes legten sie mir einen Fragebogen vor.

Seit einiger Zeit gab es ein neues Formular mit einer zusätzlichen Rubrik: Familienname der Mutter. Denn der Mensch kann alles ändern – den eigenen Namen und den Namen der Eltern und die Vornamen der Eltern, aber Mutters »Geburtsname«, der bringt es ohne Gnade an den Tag.

Bloß daß bei mir alles in Ordnung war: die »geborene« Mama und die »geborenen« Omamas und die Großväter, die strengsten Gesetze konnten mir nichts anhaben – da staunten selbst die Kaderleiter.

»Ja, weshalb hat man Sie denn dann entlassen?!«

Ich hatte zwei Antworten parat.

Wenn mir die Arbeit nicht zusagte und es mir nicht drauf ankam, erwiderte ich geheimnisvoll: »Ich weiß es ja selber nicht...«

Wenn ich die Stelle kriegen wollte, sagte ich auf Anhieb: »Ich weiß es nicht, aber ich bin keine Jüdin.«

Die Reaktion war mißbilligende Entrüstung: »Aber! So war das doch nicht gemeint...«

Denn die Leute genierten sich trotz allem, Fragen dieser Art direkt zu stellen, und sobald sie meine unverblümte Antwort hörten, hielten sie es für ihre Pflicht zu protestieren.

Bald wußte ich mir ihre Reaktionen recht genau zu deuten: Neugier, peinliche Betretenheit, Angst... Sie waren leicht zu durchschauen, besonders, wenn sie Angst hatten. Einmal überwand eine Kaderleiterin ihre Furcht sogar, sie versprach mir Arbeit und bat mich nur, am Rand des Fragebogens zu vermerken, wo ich getauft sei.

Ich stand auf, lief nach Hause und erklärte, ich wolle lieber doch aus Polen weg.

Ohne Erfolg. Als Besitzerin so vieler blütenreiner polnischer Großmütter und Großväter konnte ich die Ausreise nicht selbst beantragen, und mein Mann bereitete sich soeben auf sein Doktorexamen und die Verteidigung seiner Arbeit vor, die sehr hoch bewertet worden war. »Nur noch die Verteidigung, dann fahren wir«, sagte er. »Such derweil ein bißchen weiter...«

Ich suchte, ich entsinne mich, in den Außenbezirken von Warschau. Dort hatten sie ein paar freie Planstellen und keinen einzigen Menschen mit Hochschulabschluß. Als sie mein Diplom sahen, freuten sie sich ehrlich – einen Monat später gaben sie mir den Rat, in ihrem Bezirk nicht länger nach Arbeit zu suchen. Ich zog durch andere Stadtbezirke, insgesamt war ich bei fünfzig Kaderabteilungen. Arbeit bekam ich über das Arbeitsamt: in einer Genossenschaft, die Lampenschirme herstellte.

Dort arbeiteten Leute, die nirgendwo sonst unterkamen: kinderreiche ledige Mütter, amnestierte Strafgefangene, ein Mensch aus einem russischen Lager, der uns das Nordlicht, die *aurora borealis,* beschrieb, tja und wir, die »Märzmenschen«. Wir – denn eines Tages sah ich auf dem Gang traurige schwarze Augen, die Augen eines Doktors der Chemie, der aus dem Institut für Kernforschung entlassen worden war. Seine Schwester, die altfranzösische Lyrik übersetzt hatte, hatte vor einem Monat Selbstmord begangen, seine Frau Zwillinge zur Welt gebracht. Wir setzten uns nebeneinander. Wir sprachen nicht, weil rundherum Leute arbeiteten. Der Doktor der Chemie strich die Lampenschirmgestelle mit weißer Farbe, ich bezog sie mit Seide und verzierte sie mit Kunstblumen.

Ich kann mich rühmen: die Genossenschaftsvorsitzende höchstpersönlich hielt unsere Schirme für die schönsten. Zur Belohnung erlaubte sie mir, während der Arbeitszeit zum Friseur zu gehen, bevor ich zur Verteidigung der Doktorarbeit meines Mannes aufbrach.

Die Promotion fiel glänzend aus. Ich wunderte mich nicht, als der Doktorvater meinem Mann empfahl, das Thema zu vertiefen und an die Habilitation zu denken. Es war klar, daß wir die Ausreise noch verschieben mußten. »Zum Glück steht es nicht schlecht«, tröstete mich mein Mann, »deine Lampenschirme gehen immer besser.«

Zwei Leute wurden aus der Genossenschaft entlassen: der Doktor der Chemie und ich.

Da beschloß ich, meinen Doktor zu machen. Das konnte ich tun, weil die Frau, die der Genossenschaft die Lampenschirme abnahm, mir eine Heimarbeit beschaffte – ich bemalte Haarspangen.

Eine Werkstatt lieferte mir Blechstücke, Draht, Farbe

und englische Pinsel ins Haus. Ich montierte Draht und Blech und bemalte das Blech mit Mustern. Die dachte ich mir selber aus: Vögel, Blätter, Blümchen... Am begehrtesten waren die Blümchen.

Meine Spangen fanden reißenden Absatz. Ich fabrizierte dreitausend Stück pro Woche, in der ganzen Wohnung waren Papierbögen ausgelegt, auf denen trockneten die Blümchen, ich verdiente blendend. Gleichzeitig schrieb ich an meiner Doktorarbeit.

Für die Arbeit und die Prüfung bekam ich die allerbesten Noten, ich bekam auch ein Schreiben, daß ich die Promotion mit Auszeichnung bestanden hätte.

Mit dem Diplom eines Doktors der Wissenschaften zog ich zur einundfünfzigsten Kaderabteilung.

Sie studierten die von der Genossenschaft ausgestellte Beurteilung und fragten: »Wieso haben Sie denn Lampenschirme hergestellt, Frau Doktor?«

In mehreren Betrieben sagten sie, für eine so hochqualifizierte Kraft hätten sie nichts. Sie fürchteten keinen Anruf von der Partei mehr. Sie fürchteten, daß diese Frau Doktor womöglich ihre Magister rausekelt.

Ich kehrte zu den Haarspangen zurück. Leider nur für kurze Zeit. Es war das Jahr 1980. Die »Solidarnosc« entstand. Sie riefen mich aus meinem alten Institut an. Sagten, es gäbe jetzt eine Kommission zur Wiedergutmachung des Unrechts vom März 1968.

Die Kommission bot mir an, ans Institut zurückzukommen.

Ich ging nicht zurück.

In der Kommission zur Wiedergutmachung des Unrechts saßen – genau wie in den Gremien der »Solidarnosc« – dieselben Leute, die uns gefeuert hatten, deren

Kumpane, deren schweigende Zuschauer, die den Mund nicht aufgemacht hatten, als sie uns feuerten.

Ich arbeite in einem Chemiebetrieb. Es ist mir egal, wo ich arbeite. Ich bin bemüht, daß die Kollegen, mit denen ich im Zimmer sitze, möglichst wenig über mich erfahren.

Mein Mann wartet auf die Professur.

Meine Schwiegermutter gibt mir manchmal zu verstehen, ich hätte ihren Sohn aus Karrieregründen geheiratet.

Meine ausgezeichnete Doktorarbeit hat nie jemandem was genutzt.

In meiner Küche habe ich eine Menge ausländische Gewürze, in meinem Badezimmer hängt exklusives Toilettenpapier, denn meine vor Jahren aus dem Institut entlassenen Kollegen vergessen mich nicht.

Ich beginne jeden neuen Tag mit dem Gedanken: wieder einer weniger bis zur Rente, wie gut.

Warschau 1986

# Rosenfeld

Rosenfeld ist wieder da.

Er wurde auf dem Flughafen in Rom gesehen.

Er stand zwischen Kisten, Koffern und Bündeln und klebte mit zitternder, schlaffer Hand Gepäckzettel auf. Neben ihm stand eine kleine, blonde Frau mit zwei weißblonden Kindern – und das war Rosenfelds Frau mit Rosenfelds Kindern. »Jesus Maria«, rief er, »dieser Knabe, dieses Wunder mit den himmelblauen Augen, das ist mein Sohn, ist ein Rosenfeld, Vater Daniel hat ihn persönlich im See Genezareth getauft!«

Er wurde in einem Flugzeug gesehen.

Es war eine IL-18, die Warschau als Ersatz für eine gewichtigere Iljuschin geschickt hatte, und der Kapitän bat die Passagiere, vom hinteren in den vorderen Teil aufzurücken, sonst kriege die Maschine kein Gleichgewicht. »Anschieben?« fragte einer beflissen. »Nicht nötig«, erwiderte die Stewardess von oben herab. Der Kapitän teilte mit: »Meine Damen und Herren, soeben haben wir die Grenze Polens passiert.« Rosenfeld aber lehnte den Kopf zurück, schloß die Augen, und in seinen krausen schwarzen Bart rannen Tränen.

Rosenfeld weinte vor Glück, daß er die Grenze Polens passiert hatte.

Er wurde in Lublin gesehen.

Er war bei seiner ehemaligen, hochgewachsenen, stillen Frau mit dem glatten, zum Knoten aufgesteckten Haar abgestiegen. Die ehemalige Frau trat Rosenfeld, seiner jetzigen Frau, den Kindern, den Taschen und Kisten eins ihrer beiden zehn Quadratmeter großen Zimmer ab und holte die roten Pantoffeln aus dem Schrank. Rosenfeld fuhr in seine roten Pantoffeln und sagte schon zum zweiten Mal an diesem Tag: »Ich bin wieder da.«

Von der hochgewachsenen Frau hatte er sich auf Anraten der Ärzte scheiden lassen. »Sie leiden an MS, an multipler Sklerose. Um dieser schrecklichen Krankheit die Stirn zu bieten, brauchen Sie eine Motivation fürs Leben. Woraus aber bezieht ein Mann mehr Lebenswillen als aus Kindern, einer neuen Frau und einem neuen Heim?«

So befanden die Ärzte, und Rosenfeld mußte sich fügen und sich nach einer Motivation umschauen.

Er erblickte sie im Zug nach Zywiec. Sie hatte himmelblaue Augen und war etwa fünfzehn Jahre jünger als die hochgewachsene Ehefrau, die nicht mehr genug Lebenslust in ihm entfachte. Dafür ging sie mit ihm gleich nach der Scheidung, direkt aus dem Gericht, in ein Konfektionsgeschäft und kaufte ihm einen wattelinegefütterten Mantel. Der Winter stand vor der Tür, die künftige Frau erwartete ein Kind, und Rosenfeld würde erhebliche Ausgaben haben.

Zwei Jahre später, zur Zeit des Kriegszustands*, bewahrte ihn die MS vor dem Internierungslager. »Internierung nur möglich unter Lazarettbedingungen«, schrieb

* Am 13. Dezember 1981 war in Polen das Kriegsrecht ausgerufen worden, was das Verbot der Gewerkschaft »Solidarnosc« sowie die Verhaftung zahlreicher Oppositioneller zur Folge hatte.

der Arzt, dem ihn die Wojewodschaftskommandantur der Miliz zuführte. Drei Jahre später, in Israel, aber zeigte sich, daß er nicht an MS litt, sondern an den harmlosen Folgen einer Rückenmarkentzündung, die er als Kind durchgemacht hatte. Was eine weitere Schwäche von Rosenfeld erklärte, und zwar den rückläufigen Gedächtnisschwund, seine Amnesia retrograda.

Aufgrund besagter Amnesie erinnerte er sich nur an manche Dinge, an die weniger unangenehmen, aber auch an die nur sporadisch. Zum Beispiel an seine Arbeit in Swiebodzin, die darin bestanden hatte, die Beiträge für die Vereinigte Bauernpartei bei den Bauern zu kassieren. Die hatte ihm ein Funktionär selbiger Partei verschafft, dessen Tochter er in einem Café begegnet war. Dank dieser Begegnung schenkte die Funktionärstochter Rosenfeld ein Töchterchen, und der Landkreis rückte, was die Beiträge betraf, auf den ersten Platz in der ganzen Wojewodschaft. Leider begann der Krieg im Nahen Osten, und der Chef des Parteikomitees sagte: »Du wirst dich öffentlich vor den Einwohnern von Swiebodzin von dieser Aggression distanzieren müssen, Parteifreund Rosenfeld.«

Daraufhin zog Rosenfeld nach Kielce, wo er den Auftrag bekam, Ersatzteile für Fahrstühle sowie attestierte Seile zu beschaffen. Ein höchst komischer Auftrag, denn in den letzten Jahren hatte niemand in Kielce auch nur ein einziges Fahrstuhlersatzteil zu Gesicht bekommen – aber Rosenfeld wußte das nicht, und er bat um einen Laster. »Guten Tag, Herr ...«, sagte er im Werk für Fahrstuhlarmaturen in Warschau, »mein Name ist Rosenfeld.« – »Sehr angenehm«, erwiderte der Herr, »mein Name ist Apfelbaum« – vielleicht auch nicht »Apfelbaum«, aber bestimmt so ähnlich, was sich im Jahre achtundsechzig in

Warschau besonders lustig anhören mußte – , und noch am selben Abend war Rosenfeld zurück in Kielce, mit einem mit Teilen beladenen Laster.

Leider ging die Ehe mit der Funktionärstochter in die Brüche, trotz der Erfolge in der Kielcer Fahrstuhlersatzteilversorgung. Rosenfeld zog um nach Breslau. Dort machte er die Bekanntschaft einer reizenden Krankenschwester; die fand eine Weile später in einer Literaturzeitung ein Gedicht von Rosenfeld und schrieb an die Zeitung. Auf die Weise erfuhr Rosenfeld, daß sein Sohn in der Nähe von Krasnik wohnte und schon ein halbes Jahr alt war. Schleunigst zog er in die Gegend, um die Mutter des Sohns zur Frau zu nehmen, er bekam eine Anstellung in der Bibliothek und heiratete alsbald – allerdings die hochgewachsene, stille, einen Knoten tragende Bibliothekarin.

Rosenfeld ließ sich also in Lublin nieder. Er war Sanitäter beim Rettungsdienst, Leiter von Diskussionsrunden in einem Programmkino und Rausschmeißer im »Volkshaus«, wo man ihn probeweise einstellte. »Wer so intelligent ist wie Sie, wird sich doch nicht mit diesem Pack einlassen?« fragte er den ersten überflüssigen Kunden am ersten Abend. Das Argument entpuppte sich als schlagend, und Rosenfeld wurde einer der besten Rausschmeißer in der ganzen Gegend. Wenige Monate danach veröffentlichte er die erste Reportage – über das »Volkshaus«. Seitdem schrieb er regelmäßig Reportagen und Gedichte. Neunzehnhunderteinundachtzig druckte der Chefredakteur der »Arbeiterstimme« sein Poem über Lódz. Den Redakteur traf Rosenfeld dann in Rom, in der Via Nomentana, wieder. »Du, hör mal«, begann der Redakteur, »ich hab da ein Problem.« – »Und was hast du, mein Lieber, für ein Problem?« fragte Rosenfeld. »Ich hab eine in Silber gefaßte Ikone zu verkaufen.« Rosenfeld aber dachte sogleich an Pater Sergio, der immer so freundlich zu ihm war und ihm sogar eine wunderbare elektronische Schreibmaschine geschenkt hatte. Zwar hatte die Maschine keine polnischen Zeichen, aber bei meiner Lyrik, wozu brauche ich da ein »ę« oder ein »ą«? tröstete sich Rosenfeld. Er begab sich stracks ins Centro Russia Ecumenica, wo sie Ikonen verkauften und wo Pater Sergio arbeitete. »Er hat mein Poem über Lódz gedruckt«, klärte er ihn auf. »Und was will er für die Ikone?« fragte der Pater.

»Nicht der Rede wert.« Mit lässiger Gebärde wehrte Rosenfeld den Dank des Redakteurs ab. »Der Herrgott hat mir nur ermöglicht, mich für den Abdruck des Poems zu revanchieren.«

»Ist es nicht etwas unbedacht, den Herrgott mit solchen Kleinigkeiten zu behelligen«, fragte der Redakteur besorgt.

»Ich behellige ihn nicht«, entgegnete Rosenfeld. »Er ist sowieso überall, warum sollte er nicht in der Via Nomentana sein, wenn du mit deiner Ikone vorbeikommst?«

Am besten gerieten Rosenfeld Gedichte über die Angst.

*ich trage einen anzug aus angst*
*vor mir selber trag ich einen anzug aus anpassung glänze*
*im zweireiher löchriger zähne lächle*
*den mächtigen zu verbeugung links verbeugung rechts*
*die tage vergehn wie wunderbar*

Oder:

*wohnung fand ich in meiner eignen angst*
*sah mich drin um sie hat*
*genau das maß einer dreizimmerwohnung*

*37 quadratmeter plus toilette*
*wenn die nacht kommt bette ich mich*
*auf die couch mir bleibt sogar*
*platz die seite zu wechseln*

Oder:

*still du mein bebender herzmuskel*
*selbst wenn gefahr*
*dir droht ist nichts zu machen*
*still ihr meine beiden kammern*
*in die vorkammern gelangt kein fremder*

Oder:

*angst wohnt in mir und ich bin klein*
*vor meiner angst fürchte ich mich*
*sie beim namen zu nennen mich mit ihr anzufreunden*
*fällt schwer unzertrennlich sind wir*
*ich und mein gefährte die angst*

Nachdem Rosenfeld seine Motivation im Zug nach Zywiec gefunden hatte, mußte er sich nicht mehr so sehr fürchten. Und wirklich. Es kam der August '80, und ein Bekannter aus Zywiec stellte Rosenfeld im Landwirtschaftsbulletin der Solidarnosc an. Fragen der Landwirtschaft waren Rosenfeld nicht fremd, seit er in der Gegend von Swiebodzin die Beiträge für die Bauernpartei kassiert hatte, er ging also tatkräftig ans Werk. Leider führten sie bald darauf das Kriegsrecht ein, und Rosenfeld fürchtete sich nun umso mehr.

Nach einem neuerlichen Gespräch mit der Staatssicherheit schrieb Rosenfeld ein paar Zeilen an den zuständigen General. »Sehr geehrter Herr General«, schrieb Rosenfeld, »wenn sich schon jemand mit mir unterhalten muß, dann sollte es doch, wenn ich bitten darf, jemand Intelligentes sein.«

Einen Monat später meldeten sich zwei Herren. »Wir sind die Intelligenten«, stellten sie sich vor und gaben Rosenfeld zu verstehen, daß es für ihn vielleicht besser wäre, auszureisen. Woraus Rosenfeld folgerte, daß es für ihn vielleicht schlechter wäre, wenn er bliebe – und er beschloß zu emigrieren. Natürlich zusammen mit seiner himmelblauäugigen Frau und seinem drei Monate alten weißblonden Sohn.

Die himmelblauäugige Frau erhielt einen echten, einen polnischen Paß, der weißblonde Sohn erhielt einen echten, einen polnischen Paß, Rosenfeld hingegen händigte man einen Zettel von der Größe eines Schulzeugnisses aus, auf dem geschrieben stand: Reisedokument. Putjewoi dokument. Titre de voyage... Unter der Schrift befanden sich ein Foto des schwarzhaarigen, bärtigen Rosenfeld und die Mitteilung: »Der Besitzer dieses Dokuments ist nicht polnischer Staatsbürger. Wladjelez nastojaschtschego dokumenta... Le titulaire de ce titre...« Und so weiter.

Rosenfeld kam nach Israel.

Er war Briefträger, arbeitete in einer Schokoladenfabrik, sattelte auf Klempner um und fegte Bahnhöfe.

Hinterher sagte er: »Ich bin nach Israel gegangen, weil es dort keine Polen gibt. Aber wißt ihr, was sich herausstellte? Dort gibt es Juden.«

Zu alledem gingen den Juden dort weder Rosenfelds Judentum noch seine Gedichte über die Angst nahe, sie wollten lediglich die Briefe pünktlich zugestellt und den Bahnhof ordentlich gefegt haben.

Infolgedessen verließ Rosenfeld Israel und begab sich

nach Rom, so wie einst von Lublin nach Zywiec und von Swiebodzin nach Kielce.

Rosenfelds Schwester rief im Vatikan an, bei einem Priester, den sie kannte: ihr Bruder habe in Israel Schulden hinterlassen, die müsse der alte Vater nun bezahlen.

»Ganz recht«, bestätigte Rosenfeld ungerührt. »Mein Vater hat mir niemals einen Pfennig gegeben. Er müßte mir noch dankbar sein, jetzt kann er endlich seine Schuld begleichen und in Frieden die Augen schließen.«

Daß Rosenfeld bis zum Vatikan vordrang, versteht sich. Daß der Papst die vierköpfige Familie Rosenfeld ein ganzes Jahr aus seiner Privatschatulle unterhielt, nimmt nicht wunder. Wo anders, als im See Genezareth, hätten die Kinder eines Rosenfeld denn getauft werden sollen, und wer anderer, als der Papst persönlich, sollte die Familie eines Rosenfeld denn unterhalten?

Rosenfeld ist wieder da.

Die ehemalige Frau hat die roten Pantoffeln hervorgeholt, die verkaterten Stammgäste im »Volkshaus« hießen ihn gerührt willkommen. Was die hiesigen Juden betrifft, die Gehobenen und die Gebildeten, die waren von dem, was sie über Rosenfeld hörten, peinlich berührt und angewidert. Ja schön, mit Juden konnte man verkehren, aber mit Juden mit Niveau. Am besten mit den Deutsch-Parisern. Mit einer gewissen Arendt, einem gewissen Husserl – liebend gern. Zur Not noch mit den Jelineks aus Wien (dem Arzt, dem Maler, der Sopranistin oder dem Likörhersteller). Aber mit diesem Rosenfeld? Dem schlotternden Helden uralter jüdischer Anekdoten? Wenn er sich wenigstens den Bart stutzen ließe. Oder nicht an den Nägeln kaute. Oder seine Zähne reparieren ließe. Oder leiser lachte. Oder für sein Essen selbst bezahlte. Oder nicht ungeniert über die Angst schriebe. So ein Rosenfeld brachte es fertig und verdarb einem gehobenen Juden das ganze unermüdlich auf den eigenen bebenden Kammern und Vorkammern aufgebaute Image.

Ein Glück – alles in Ordnung.

Rosenfeld ist wieder weg.

Er wurde auf dem Hauptbahnhof gesehen, um einundzwanzig Uhr fünfundzwanzig, im Zug Leningrad-Köln.

Die Fenster waren geschlossen. Hinter der verdreckten Scheibe wirkten Rosenfelds Augen und sein zahnloser Mund schwärzer denn je.

Am Tag zuvor hatte jemand zu ihm gesagt: »Sie sind keineswegs zurückgekehrt, Herr Rosenfeld. Sie sind hier als Tourist. Ihr Visum ist morgen abgelaufen. Sie müssen die polnische Grenze bis vierundzwanzig Uhr passiert haben.« – »Aber, Herr Rosenfeld«, setzte ein anderer hinzu, »Sie hätten das Reisedokument nicht anzunehmen brauchen...«

Danach brachte Rosenfeld seine Frau, die Kinder mitsamt ihren guten, arischen Pässen zu Verwandten, verkaufte die elektronische Schreibmaschine, das Geschenk von Pater Sergio, und erstand eine Fahrkarte.

»Nun, und wohin soll ich jetzt zurückkehren?« rief Rosenfeld hinter der Scheibe.

Zum letzten Mal ward er am Fenster des Wagens 256 auf Bahnsteig drei gesehen.

Rom – Lublin 1987

# Das Überlebendensyndrom

*Arnold Friedman* – Unternehmer in der Holzindustrie und in der Elektronik; *Yosaif Yarmush* – Chassid; *Henry Fenigstein* – Doktor der Medizin; *Dubi Arie* – Maler; *Baruch Goldstein* – Theologe.

## Arnold:

Mein Papa war ein armer Schlucker. Er hatte eine Kuh, eine Stube, eine Frau und fünf Kinder.

Es gibt den armen Schlucker, der nichts hat.

Es gibt den Juden, der beim armen Schlucker pumpt, der nichts hat.

Und es gibt denjenigen, der in einem Winkel beim Juden wohnt, der beim armen Schlucker pumpt, der nichts hat.

Mein Papa befand sich an der Spitze dieser Leiter, hinter der Stube, in der wir alle wohnten, war folglich eine zweite, in der ein Laden war, denn jeder Jude in Rakoszyn hatte was zu verkaufen.

Rakoszyn hatte tausend Häuser, eine katholische Kirche für die Ungarn und die Polen, eine unierte Kirche für die Ukrainer, eine jüdische Synagoge und seinen eigenen, den Rakoszyner Kalender. Im Frühling wurde die Gans für Pessach gemästet und im Herbst das Huhn für Jom

Kippur, nach Rosch Haschana, wenn die Nachmittage kürzer und die Schatten länger wurden, setzte man den Most für den neuen Wein an, nach dem Wein kam das Federnschleißen, und nach den Federn war es Zeit, die Kartoffeln zu roden, für Chanukka, für die Latkes.

Diejenigen, die bei der katholischen Kirche wohnten, sprachen jiddisch mit ungarischem Akzent, und die, die bei der unierten Kirche wohnten, sprachen jiddisch mit ukrainischem Akzent.

Als sie in Rakoszyn das Ghetto aufmachten, wollten unsere ukrainischen Nachbarn eine meiner Schwestern bei sich verstecken, und die ungarischen Nachbarn die andere, aber mein Papa bedankte sich vielmals und sagte, er möchte lieber, daß die ganze Familie zusammen umkommt, dann wüßte er wenigstens, was für eines Todes seine Kinder sterben.

Kurz vor Pessach sagte unser ehemaliger ukrainischer Nachbar, der Polizist geworden war, zu Papa: »Ihr habt noch zwei Nächte. Heute schlaft wie immer, morgen macht euch fertig, und übermorgen hole ich euch.« Papa dankte dem Nachbarn für seine Freundlichkeit, Mama bewirtete ihn mit Wein vom Vorjahr, und wir gingen schlafen.

Am nächsten Tag packten wir unsere Sachen, setzten uns vors Haus und horchten auf den seltsamen Ton, der in der Stadt allmählich anschwoll. Es war wie ein Stöhnen, wie ein Gesang... Als es immer näher kam, sagte ich zu Papa, ich würde doch lieber leben als mit der ganzen Familie sterben und machte mich auf nach Mukaczew. Noch vor Mukaczew holte mich mein jüngerer Bruder ein. Er hielt ein Bündel in der Hand und sagte, Papa befehle mir zurückzukommen, aber ich war schon fünfzehn, also erwiderte ich, mir habe keiner was zu befehlen. Da wickelte mein Bruder den Anzug aus, den sie zu Bar Mizwa für mich hatten nähen lassen, und sagte, ich solle auf mich aufpassen, und ging zurück nach Rakoszyn.

Zwei Wochen später verfrachteten sie uns in Mukaczew in Waggons, und in Auschwitz auf der Rampe stiegen wir aus. Die Selektion nahm Doktor Mengele persönlich vor, der die gesunden Kinder zwischen vierzehn und achtzehn aussortierte. Mengele war ruhig und sah sehr gut aus. Er sagte kein Wort und gab nur mit dem Zeigefinger Zeichen: nach links, nach rechts, nach links, nach links, nach links... Und die SS führte die Kinder beiseite. Die Kinder weinten nach ihren Eltern, die Eltern versuchten, sich die Kinder zurückzuholen, die SS brüllte, in diesem ganzen Getöse waren nur wir beide ruhig, Mengele und ich. Er, weil er bloß mit dem Finger zeigte, und ich, weil ich keinen mehr hatte, dem ich nachweinen konnte.

Wir, die von Mengele ausgewählten Kinder, waren noch fünftausend, und wir füllten fünf Baracken. Wir beteten, wie man es uns daheim gelehrt hatte: morgens priesen wir Gott, daß er uns den Tag schenkte, abends beklagten wir die Zerstörung des Tempels, zwischen den Gebeten machten wir Jagd auf Läuse, und manchmal steckte uns das Kommando aus der Kanada genannten Baracke Schokolade zu, die von den vergasten holländischen Juden übriggeblieben war.

Zu Rosch Haschana mußten wir uns vor den Baracken aufstellen. Wir zogen die Sachen aus, und Mengele zeigte, wer zur Seite treten sollte – diesmal nicht mit dem Finger, sondern mit der Hand, in der er eine brennende Zigarette hielt. Wenn sie ausging, steckte er sie sich von neuem an und wies wieder die Richtung. Am nächsten

Tag sagte einer von den erwachsenen Häftlingen: »Seht ihr den Rauch? Das sind eure Kameraden, die gestern zur Seite treten mußten.«

Zu Jom Kippur mußten wir uns wieder aufstellen.

Zum Laubhüttenfest legten sie ein Brett über zwei Pfähle, und wer ohne sich zu bücken darunter hindurchgehen konnte, trat zur Seite.

Als die Herbstfeiertage des Monats Tischri vorüber waren, von denen es heißt, in ihnen sei das Geheimnis der Judenheit beschlossen, hatten die jüdischen Kinder alle in einer Baracke Platz.

Befreit wurden wir von den Amerikanern. Das war im Gebirge, auf dem Weg nach Dachau. Ich fuhr sofort nach Rakoszyn und begann zu warten. Ich wartete sechs Monate, aber es kam keiner mehr. Als ich begriffen hatte, daß es nichts zu warten gab, fuhr ich zurück zu meinen Lagerkameraden. Nach London flogen wir mit dem Flugzeug, nach Halifax fuhren wir mit dem Schiff und von Halifax ab mit dem Zug. Ein paar stiegen in Montreal aus, ein paar in Toronto, und der Rest in Vancouver, weiter ging der Zug nicht.

## Yosaif:

Unsere Bewegung, die man im Chassidismus Chabad nennt, nach den Anfangsbuchstaben der drei höchsten Hypostasen Gottes – Chochma, die Weisheit; Bina, der Verstand; und Daat, das Wissen – , wurde vor zweihundert Jahren vom Raw des Reußenlandes, Schneur Salman aus Ladi, dem Schüler des großen Maggid von Mesritsch, gegründet. Salmans Sohn ließ sich in dem Städtchen Lubawicze nieder. Die nachfolgenden Generationen seiner

Enkel lehrten, daß der Weg zu Gott über den Verstand führe, bis die bolschewistische Revolution ausbrach. Unser Rebbe war zu jener Zeit in Rostow am Don. Zu Purim des Jahres 1920 besetzten die Bolschewiken die Stadt, und der Rebbe sprach: »Ich mag sie nicht. Ich kann nicht bleiben, wenn sie so nahe sind«, und starb. Die geistige Führung über die Chassidim von Lubawicze übernahm Josif Jizchak, der Urenkel des Salman aus Ladi im sechsten Glied.

Viele Juden verließen Rußland, aber Josif Jizchak blieb. Er konnte die Menschen nicht verlassen, denen die Jewsektia – die Jüdische Sektion der Bolschewistischen Partei – erklärte, daß Beten Aberglaube sei, die Mikwe der Hygiene widerspreche und die Bethäuser in Komsomol-Klubs umgewandelt werden müßten.

Eines Tages, als Josif Jizchak im Kreise seiner Chassidim ins Gebet vertieft war, drang eine Gruppe bewaffneter Tschekisten ins Bethaus ein. Der Älteste zückte einen Revolver und zielte auf den Rebbe.

»Dieses Spielzeug«, sagte er lachend, »hat die Weltanschauung schon so manches Weisen vor dir geändert.«

»Dieses Spielzeug«, erwiderte Rebbe Josif, »mag einen Menschen erschrecken, der viele Götter hat und eine Welt. Ich aber habe einen Gott und zwei Welten, die irdische und die künftige, und dein Spielzeug schreckt mich nicht.«

Josif Jizchak war der einzige chassidische Führer, der in Sowjetrußland blieb und versuchte, das religiöse Leben der Juden aufrechtzuerhalten. Am fünfzehnten Juni 1927 wurde er verhaftet. Man verhörte ihn nächtelang, quälte ihn, sperrte ihn in ein Verlies voller Ratten, aber in den Hungerstreik trat er erst, als man ihm die Tefillin nahm, die ein Jude beim Gebet zu tragen hat. Als er drei Tage gehungert hatte, gaben sie ihm die Tefillin wieder, und die beseelten chassidischen Lieder des Rebbe hallten erneut durch die Gefängnisflure. Er gab auch seine theologischen Studien nicht auf, seine Betrachtungen zum Talmud und seine Torakommentare notierte er auf Zigarettenpapier.

Eines Tages führten sie ihn aus dem Karzer geradewegs zum Gefängnisvorsteher. Der teilte ihm mit, man habe das Strafmaß gemildert und zeigte ihm ein Dokument. Am oberen Rand des Blatts las der Rebbe – ZUM TODE VERURTEILT, aber die Worte waren durchgestrichen. Darunter war geschrieben – ZEHN JAHRE SOLOWKI, doch daneben sah er das Wort »njet«. Noch weiter unten erkannte er – KOSTROMA, DREI JAHRE.

»Ihr habt sechs Stunden Zeit, Bürger Rebbe«, sagte der Vorsteher. »Ihr begebt euch jetzt nach Hause und macht euch fertig für die Reise.«

Das war an einem Donnerstag.

»Wann trifft der Zug in Kostroma ein?« fragte der Rebbe.

»Freitag abend.«

»Bedaure«, erwiderte der Rebbe. »Am Schabbes pflege ich nicht zu reisen.«

Und so blieb der Rebbe bis zum Sonntag im Karzer.

Josif Jizchak gab den Bitten der Chassidim nach, die um seine Gesundheit bangten, und verließ Rußland. Zuallererst begab er sich ins Heilige Land, wo er lange an der Klagemauer betete. Dann fuhr er in die USA, wo er dem Präsidenten Hoover einen Besuch abstattete. 1933 ließ er sich in Warschau nieder.

Als das Ghetto entstand, konnten die Chassidim den Rebbe wieder zur Ausreise bewegen.

»Einer muß überleben«, sprachen sie. »Einer muß die Weisheit des Volkes bewahren«, und Josif Jizchak, der sechste Zaddik aus Lubawicze, dessen Namen ich trage, verließ Warschau und gelangte über Wilna und Schanghai nach Amerika.

## Henry:

Ich bin Briefmarkensammler. Ich sammle seit fünfundsechzig Jahren: ich hab auf dem Kreczmar-Gymnasium in der Wilcza-Straße gesammelt, während des Medizinstudiums, im Warschauer Ghetto, und jetzt sammle ich in Kanada.

Im Ghetto hab ich in der Gesia-Straße im Spital gearbeitet. Eines Tages fragte mich ein befreundeter Sammler, ob ich Lust hätte, mich mit einem deutschen Sammler zu treffen.

Ich hatte Lust.

Der deutsche Sammler erschien in Dienstkleidung in unserem Spital: in der Uniform eines Hauptsturmführers der SS. Sie kamen entsetzt angerannt, als er nach mir fragte, aber der SS-Mann grüßte höflich, nahm im Sessel Platz und sagte, ihn interessierten das alte Danzig, das alte Deutschland und gute britische Kolonien.

Er fragte, was mich interessiere. Ich erwiderte, ich würde alles vom Ghetto sammeln: Briefmarken, Postkarten und vor allem Briefumschläge mit dem Stempel der Ghettopost. Leider hatte er nichts für mich, aber ich hatte eine Menge für ihn, und so kam er öfters, und wir hockten stundenlang über den Michel-Katalogen.

Ich hatte alle Hände voll zu tun, denn außer meiner Arbeit im Spital und der Beschaffung von guten alten

Marken für Konrad (so hieß mein Hauptsturmführer), war ich an Untersuchungen über den Hunger beteiligt. Ein Ärzteteam im Ghetto führte sie durch, das eine für die Medizin einmalige Gelegenheit nutzte: das reichlich vorhandene Forschungsmaterial. Für wissenschaftliche Untersuchungen sind Obduktionen nötig, und ich war Pathologe, Assistent von Józef Stein, Doktor der Medizin und der Philosophie, daher gehörte das Sezieren der Leichen zu meinen Aufgaben.

Ich sezierte im Spital in der Stawki-Straße, einem ehemaligen Schulgebäude, im Sezierraum im Parterre. Die den Leichen entnommenen Organe legte ich der Reihe nach auf die Waage, die Studenten lasen die Ergebnisse ab, dann stellte ich die Tabellen zusammen: Hautfärbung, Hungerödeme im Verhältnis zur Hautfärbung, Rückbildungshäufigkeit bei den einzelnen Organen während der Krankheit und so weiter.

Ich stellte fest, daß bei hungernden Menschen alles schrumpfte und verkümmerte: das Herz, die Lungen, die Leber, die Nieren... Nur ein Organ war nicht vom Schwund befallen: das Gehirn.

Konrad kam also oft, setzte sich in den Sessel, blätterte im Katalog und äußerte Bitten. »Weißt du, was ich gebrauchen könnte?« sagte er. »Eine ordentliche Kolonie aus dem neunzehnten Jahrhundert, sagen wir, eine Mauritius.« Oder: »Kannst du nicht ein bißchen altes Österreich auftreiben?« Ich beschaffte ihm die Marken über andere jüdische Sammler, Konrad bezahlte mit Kohletalons, und ich kehrte in den Sezierraum zurück.

Ich habe sämtliche Obduktionen allein gemacht, routiniert und emotionslos. Ich könnte es immer noch im Dunkeln tun, wenn man mich nachts weckte. Die erste

Bewegung – ein waagerechter Schnitt, vom Oberarm über das Schlüsselbein, von links nach rechts, die zweite Bewegung – von oben, über das Brustbein nach unten, bis zum Schambein, die dritte – die Freilegung des Brustkorbs und des Bauchs, und die vierte, schon mit der Schere... Dreitausendsechshundertachtundfünfzig Herzen, Nieren, Gehirne und Lungen habe ich auf die Waage gelegt.

Am zwanzigsten April '43 rief mich Konrad an.

»Du solltest nicht im Spital bleiben«, sagte er. »Ich schicke dir meinen Adjutanten.«

Ich hatte zwei Möglichkeiten: ihm glauben oder nicht.

Ich glaubte ihm.

Konrads Adjutant führte mich mit ein paar Bekannten zum Umschlagplatz. Wir warteten zwei Tage, am dritten Tag kam ein Ukrainer und verlas unsere Namen. Wir stiegen in die Waggons. Am Abend hielt der Zug in Lublin. Bis heute weiß ich nicht, ob Konrad vorher wußte, daß der Zug nicht nach Treblinka ging, oder ob er es speziell für mich so eingerichtet hatte. Wie dem auch sei, Lublin war eine sehr nette Revanche meines Sammler-Kollegen für die Mauritius.

Danach war ich in sechs Lagern: in Budzyn, Radom, Auschwitz, Vaihingen, Hessental und Allach, und eben war ich unterwegs ins siebente, da blieb unser Zug auf freiem Felde stehen, irgendwo im Süden Deutschlands. An der Stelle kreuzte sich meine Kriegsroute mit der der amerikanischen Armee des Generals Patton. Bald darauf kam ich nach Kanada.

Dubi:

Meine Mutter hatte sieben Schwestern, alle Schwestern hatten einen Mann und Kinder, wir wohnten in der Nowolipki-Straße. Überlebt haben nur wir, meine Mutter und ich. Wir wanderten nach Palästina aus, und gleich nach der Ankunft starb meine Mutter. Sie war sechsunddreißig. Sie war nicht krank gewesen, hatte über nichts geklagt, sie hielt ihre Mission offenbar für beendet. Sie hatte den Krieg überlebt, mich gerettet und nach Palästina gebracht... Sie fand, sie habe das Recht, sich endlich ihren Schwestern zuzugesellen.

Ein ganzes Jahr lang, Tag für Tag, dreimal täglich, sprach ich das Kaddisch für meine Mutter, wie es die Tradition gebietet. Als das Jahr um war, fuhr ich in einen Kibbuz und bat um dreierlei: viel Essen, unliniiertes Papier und ein paar Buntstifte.

Mit siebzehn ging ich zur Armee. Ich wurde Fallschirmspringer und kämpfte im Sechstagekrieg. Ich kämpfte in Jerusalem. Wir hatten kleine Transistorradios, die die Frontmeldungen durchgaben. Wir hörten eine Stimme: »Unsere Truppen nehmen Ostjerusalem, sie nähern sich der Klagemauer, die Kämpfe halten an...« Das war über uns, wir waren es, die Ostjerusalem einnahmen, doch erst als wir die Meldung hörten, begriffen wir, was vor sich ging: wir eroberten Jerusalem, wir näherten uns der Klagemauer. Alle begriffen das gleichzeitig, und alle hielten sofort inne. Sie setzten die Rucksäcke ab, holten den Tallit heraus, streiften ihn über die Uniform und sprachen laut: »Schema, Israel, Adonaj elohejnu, Adonaj ehad... Höre, Israel, der Ewige ist unser Gott, der Ewige ist einzig...« Darauf steckten sie den Tallit ein, setzten den

Rucksack wieder auf und rannten weiter. Es war ja Krieg.

Was mich betrifft, ich öffnete und schloß den Rucksack nicht. Ich kam aus einem sehr fortschrittlichen Kibbuz, der seinen Soldaten keinen Tallit mitgab.

Danach besetzten wir, in einer Luftlandung aus Hubschraubern, die Golanhöhen und kehrten nach Hause zurück. Mein Zuhause war von da an der Kibbuz Shaar Agolan, Pforte des Golan, zwischen Jordanien und Syrien, je einen Kilometer weit von jeder Grenze. Zwei Jahre lang schliefen alle unsere Kinder nachts in Bunkern, manchmal kamen sie den ganzen Tag nicht raus, trotzdem verließ keine von den siebenhundert Familien den Kibbuz. Erst nach dem Jom-Kippur-Krieg, als die Kinder ins Freie durften, bat ich um die Erlaubnis zum Studium. Ich studierte fünf Jahre Malerei an der Kunstakademie, dann kehrte ich zu meiner Arbeit auf die Avocado-Plantage zurück.

Ich baute Avocados an und grübelte, was ich mit dem Rest meines Lebens anfangen sollte. Als ich fand, ich wüßte es nun, fuhr ich zu meinem Professor von der Akademie: »Ich muß ein Bild malen«, sagte ich zu ihm.

(Kann sein, daß ich es schon früher gewußt hatte – als ich Jerusalem eroberte und die Soldaten das »Schema, Israel...« sprachen. Vielleicht sogar noch früher – als ich das Kaddisch für meine Mutter sprach, die sich entschlossen hatte, sich ihren sieben in Treblinka vergasten Schwestern zuzugesellen.)

»Ich muß ein Bild malen. Die Geschichte des Volkes...«

Der Professor riet mir, es weit weg von Israel zu malen, ein Künstler müsse frei sein von Emotionen und brauche Abstand zu seinem Thema.

Ich machte den Mitgliedern des Kibbuz klar, daß ein

Künstler Abstand brauche und von Emotionen frei sein müsse, und der Kibbuz stimmte meiner Reise zu. Sie kauften mir die Fahrkarte, und ich fuhr nach Kanada.

## Baruch:

Ich bin in der Bronx geboren, meine Eltern sind in der Bronx geboren, meine Großeltern kamen aus Polen in die Bronx. Alle waren sie gute, fromme Juden. Ich sollte auch ein guter Jude werden. Ich besuchte die hebräische Schule, beging meine Bar Mizwa, fastete zu Jom Kippur und beklagte die Zerstörung des Tempels.

Ich kam zum Militär, und sie schickten mich nach Vietnam. Ich war mutig, jung und ähnelte wahrscheinlich den Jungs aus den amerikanischen Vietnamfilmen. Vielleicht war ich nicht ganz so hart und zynisch wie sie. Vielleicht war ich aber auch genauso.

Eines Tages mußte ich Wache stehen.

Es wurde schon dunkel.

In Vietnam bricht die Dunkelheit rasch herein, sozusagen überraschend. Ich wußte, gleich würde die Luft blau, dann dunkelblau, dann schwarz, so ein heißes, klebriges Schwarz, das an der Haut haftete. Mir war plötzlich traurig zumute. Vielleicht, weil es dunkel wurde, und ich war so furchtbar weit weg von der Bronx...

Zweihundert Meter vor mir stand mein Kamerad. Ich dachte, dem ist vielleicht auch traurig zumute, ich geh mal hin, und wir rauchen eine Zigarette zusammen.

Ich marschierte los.

Ich hatte den halben Weg schon hinter mir, als etwas Seltsames mit meinen Beinen passierte – sie gehorchten mir nicht mehr. Ich wollte weitergehen, aber meine Beine wurden immer schwerer. Ich rief: »He, du, ich komm rüber zu dir!« Mein Kamerad drehte mir das Gesicht zu, und da geschah etwas noch Seltsameres. An der Stelle, wo er stand, stiegen auf einmal Wurzeln und Laub in die Höhe, sie wirbelten durch die Luft, verteilten sich nach allen Seiten, wie bei einem Feuerwerk, und sanken langsam zu Boden. Das war nicht weiter aufregend, ich entsinne mich nicht mal, eine Detonation gehört zu haben, nur, als sich das Laub gesenkt hatte, war mein Kamerad verschwunden, und aus meiner linken Hand floß Blut.

Die Verwundung war nicht schwer, ich hatte noch zwei heile Finger an der Hand.

Während ich im Lazarett lag, gerieten meine Kameraden in einen Hinterhalt des Vietkong und kamen ums Leben. Alle kamen sie um – neunundneunzig Soldaten.

Wir waren ein Trupp von hundert Mann gewesen.

Ich war der Hundertste.

Ich war verschont geblieben, weil ich nicht in den Hinterhalt geraten war.

Weil ich an dem Tag im Lazarett gelegen hatte.

Weil ich an der Hand verwundet war.

Weil meine Beine mir nicht gehorcht hatten, als ich zu meinem Kameraden wollte.

Ich kehrte in die Staaten zurück. Die Rente, die ich für meine Finger bekam, war nicht schlecht für einen jungen Spund. Ich ging nach Kalifornien und wurde Hippie.

Ich war glücklich. Ich lebte, hatte Freunde, wollte, daß meine Freunde ebenso glücklich, die anderen Menschen ebenso frei wären wie ich, wollte alles, was ich besaß, mit allen anderen teilen.

Ich fuhr für ein paar Tage zu meinen Eltern in die

Bronx und hörte, daß mein jüngster Bruder Christ geworden war. Ich regte mich furchtbar auf und begann auf ihn einzuschreien.

»Wie kannst du denen glauben? Weißt du denn nicht, wieviel Antisemitismus ihre Lehre enthält? Wieviel Haß? Wieviel Unlogisches und wie viele Fehler?«

»Wo sind ihre Fehler und wo ihr Haß?« fragte mein Bruder.

Ich kaufte das Neue Testament, setzte mich hin und begann zu lesen – um den Haß zu finden und ihn meinem Bruder zu zeigen. Jeder Jude weiß, daß die Christen ungereimtes Zeug erzählen und daß sie uns hassen, auch ich wußte das.

Ich las das Evangelium, aber ich konnte nichts finden. Ich las es ein zweites, ein drittes Mal. Ich dachte bei mir, alles, was ich da lese, ist klug und schön. Bin ich vielleicht darum aus Vietnam zurückgekommen, dachte ich, ich allein von der ganzen Truppe, um das zu begreifen?

Ich studierte Theologie an einem christlichen College und widmete mich nur einer einzigen Sache: mit den Juden über Jesus zu sprechen; Jesus, den wir uns haben wegnehmen lassen, zurückzugewinnen.

Unsere Bewegung heißt Jews for Jesus – Juden für Jesus. In den Staaten sind wir hunderttausend, in Kanada nur eine Handvoll, drum fuhr ich als jüdischer Missionar nach Kanada.

## Arnold:

Die Kanadier, die aus dem Krieg heimkehrten, das waren Helden. Die Leichen kamen nicht zurück, die Leichen blieben in Europa. Die Kanadier, die wußten, wie man stirbt, blieben in Europa, die, die heimkehrten, erzählten, wie man siegt.

Wir wußten, wie man stirbt, aber wir waren Fremde, und wir erzählten in einer fremden Sprache. Wen interessieren fremde Tragödien? Offenbar gab es zwei Europas, dachten die Kanadier, eins, in dem fremde, tödliche Dinge passierten, und ein anderes, aus dem ihre Helden heimkehrten.

Als wir anfingen, von Auschwitz zu erzählen, sagten die Frauen, die uns in ihre Häuser eingelassen hatten: »Glaubt ihr, wir hätten nichts Schreckliches erlebt? Der Zucker war auf Marken, auf ein Auto wartete man zwei Jahre, und die Stoffzuteilungen waren derart knapp, daß es nicht mal für die Aufschläge an den Hosen reichte. Unsere Väter mußten Hosen ohne Aufschlag tragen!« Wir langweilten sie also nicht länger, kehrten ins Leben zurück und begannen uns nach einer Arbeit umzusehen, denn wenn du keine Arbeit hast, freut es dich nicht mal, daß du den Krieg überlebt hast.

Toronto erstreckte sich damals vom Ontario-See nach Norden, bis zur St. Clair-Straße, dahinter fingen die Wälder an. Und die Juden, die Arbeit suchten, gingen in die Wälder.

Nach dem Krieg kamen viele Menschen aus Europa, aber alle zog es zu den eigenen Leuten. Die Polen zu ihren Polen nach Windsor, die Ukrainer zu den Ukrainern nach Winnipeg, nur die Juden gingen geradeaus, ins Freie, in den Wald.

Nicht der Mut trieb uns, sondern das Entsetzen.

Die hiesigen Juden waren nicht schlecht. Gewiß, unsere traurigen Geschichten mochten sie nicht, dafür zeigten sie uns wohlwollend, wie man einen Lichtschalter bedient.

Schließlich kamen wir aus dem Osten, waren ungebildet und zurückgeblieben, woher sollten wir wissen, wie man das Licht anknipst? Das aber zeigten sie uns wirklich gerne.

Diejenigen von uns, die Englisch und eine »Applikejschn« schreiben konnten, kriegten einen Posten im »Offiss«, einem Büro, auf der Post, oder wo auch immer, und an den klammerten sie sich bis ans Lebensende.

Diejenigen, die die Bewerbung nicht schreiben konnten, gingen in den Wald und fingen an, Holzhäuser zu bauen.

Aus Europa kehrten die Soldaten heim, die nach dem Krieg auf dem Schwarzmarkt reich geworden waren. Die Farmer wanderten ab in die Industrie, in die Städte... Die einen wie die andern kauften alte Häuser, und die Besitzer der alten Häuser kauften neue Häuser, und diese neuen Häuser bauten wir, die Juden des Holocaust, die zu blöd waren für eine »Applikejschn«. Wir hatten keinen anderen Ausweg: wir mußten in den Wald und bauen und Millionäre werden.

Die Geschichte fast jedes jüdischen Millionärs aus Toronto fängt in Polen an – mit seinem Überleben und seiner Heimkehr.

Ich hab darüber ein Gedicht gemacht, über meine Heimkehr nach Rakoszyn nach dem Krieg:

*Welcome, Moshe*
*you have survived...*

*Grüß dich, Mosche,*
*überlebt hast du...*
*Und uns haben sie gesagt, ihr wärt alle tot...*

(Sie hatten nichts gegen uns, sie wunderten sich nur so sehr.)

*Deine Sachen haben wir gerecht verteilt...*
*Wer dachte denn, daß du zurückkommst.*

(Sie waren nicht froh, uns zu sehen. Sie waren nicht betrübt, uns zu sehen. Sie wunderten sich nur so sehr.)

*Welcome, Moshe*
*überlebt hast du...*

Und vor dieser Verwunderung mußten wir flüchten. Und vor den kanadischen Hosen ohne Aufschlag. Und vor unseren Träumen, in denen uns Nacht für Nacht, unverändert, eine Hand die Richtung wies: nach rechts, nach links, nach links, nach links...

Die Angst hat uns getrieben.

Wir flüchteten in den Wald, und in diesem Wald warteten Millionen.

## Yosaif:

Die meisten chassidischen Schulen, die einst auf polnischem Boden entstanden, gibt es auf der Welt bis heute: die Schule von Bobowa, die von Przysucha, die von Góra Kalwaria... Wir unterscheiden uns nicht in unserm Verhältnis zu Gott – alle wenden wir uns in denselben Worten an Ihn, an Wochentagen legen wir zum Beten die Tefillin an, am Sabbat entzünden wir Kerzen, und wir ehren unsere Eltern. Wir unterscheiden uns lediglich in der Auffassung von Chabaz und Chabad – der Rolle der Gefühle und des Verstandes. Denn Gott hat uns sowohl den Verstand als auch das Gefühl gegeben, und wir gebrauchen beide, um Ihm zu dienen, doch wüßten wir gern, was zuerst da war: der Intellekt, der die Emotionen erzeugt, oder der Glaube, der den Wissensdurst freisetzt.

Andere chassidische Gemeinschaften leben in kleinen, geschlossenen Gruppen und schirmen sich gegen die Welt ab. Wir leben unter den Menschen. Wir unterhalten Schulen und Ferienlager, Eheberatungsstellen und Seelsorgetelefone, wir räumen Zweifel aus, sowohl was die Fünf Bücher Mose als auch was den Alltag betrifft... Bei dem Anruf eben ging es um Silberbesteck, das jemand gekauft hat – was ist zu tun, um es koscher zu machen. Die Frau, die gerade gegangen ist, hat gefragt, was sie mit einer Wunde tun soll, die nicht heilen will. Die schwierigsten Fälle leiten wir an unseren Zaddik weiter. Das ist Menachem Mendel Schneuerson, der Schwiegersohn und Schüler von Josif Jizchak, der Nachfolger von Salman aus Ladi und Führer der Chassidim aus Lubawicze im siebten Glied. Er hat seinen Sitz in New York. Die Kwitlech, die Listen mit den Fragen und Bitten, übermitteln wir ihm per Telefax.

Ich bin siebendunddreißig Jahre alt, habe eine Frau und sechs Kinder. Meine Kinder besuchen eine religiöse Schule.

Ich werde sie nicht auf die Universität schicken, eine bessere Universität als die Tora gibt es nicht.

Meine Kinder sollen gute Juden werden, dann werden sie auch reiche Leute.

Ein reicher Mensch ist ein glücklicher Mensch, durch das, was er ist.

Es ist nicht schwer, glücklich zu sein. Man braucht nur das zu tun, was Gott von uns erwartet. Man braucht sich Ihm nur dankbar zu erweisen, daß Er uns auserwählt hat, Juden zu sein.

Wir sind nicht besser als Seine anderen Kinder, aber uns hat Er am reichsten beschenkt. Denn uns hat Er mit der kostbarsten Gabe ausgestattet: den sechshundertunddreizehn Gesetzen der Tora.

Henry:

Ich gab die Pathologie und meine Studien über die Hungerkrankheit auf, die mir in Kanada ja kaum was nützten, und begann als Hausarzt, als »family doctor«, Kranke zu behandeln. Meist behandelte ich Emigranten: Juden, Polen, Holländer, Japaner und Ukrainer. Die Juden kamen aus den Ghettos und Konzentrationslagern, die Polen und Ukrainer aus Gefangenen- und Straflagern, eine Japanerin stammte aus Hiroshima.

Es stellte sich heraus, daß diese Leute an einer sonderbaren Krankheit litten. Da kein »family doctor« im Medizinstudium je etwas über sie gelernt hatte und auch ich ihnen nicht helfen konnte, nahm ich noch einmal ein Studium auf, und fünf Jahre später, mit vierundfünfzig, war ich dann Psychiater.

Die meisten meiner Patienten waren die einzigen Überlebenden in ihrer Familie. Ich stellte fest, daß sie – unabhängig von ihrer Nationalität und von dem, was sie durchgemacht hatten, ob sie ein Straflager, den Atomangriff oder Auschwitz hinter sich hatten –, wenn sie die einzigen Überlebenden waren, allesamt das gleiche Symptom aufwiesen: Schuldgefühle. Sie fühlten sich schuldig gegenüber ihren ermordeten Eltern, Kindern, Brüdern und Schwestern, weil sie deren Schicksal nicht geteilt hatten. Sie hatten keine anderen Verbrechen begangen – niemandem das Brot weggenommen, niemanden von der Pritsche gestoßen... Sie waren am Leben geblieben, das war die Sünde, die sie begangen hatten und die sie sich nicht verzeihen konnten.

Dieses Krankheitsbild bekam in der Medizin den Namen »survivor's syndrom«. Das Überlebendensyndrom.

Ich spezialisierte mich auf diese Krankheit. Andere Ärzte schickten ihre Patienten zu mir, durch mein Behandlungszimmer sind Hunderte von Kranken gegangen.

Ich wurde Spezialist für die Krankheit der Geretteten mit der wohl größten Praxis in ganz Kanada.

Manche heilte ich ziemlich rasch, andere nach Jahren, manche behandle ich heute noch. (Heilte?... Ich half ihnen, ihren Frieden mit der eigenen Vergangenheit zu machen, nur das.) Ich habe noch ein gutes Dutzend Patienten, überwiegend Frauen, Jüdinnen mit ähnlicher Biographie, die aus großen Familien stammen, aus Polen, aus den Städtchen, und das Ghetto oder das Konzentrationslager überlebten. In ihren Schilderungen ist immer erst Krieg und danach die Rückkehr nach Hause. In ihren Erzählungen über die Rückkehr kommen ein paar Einzelheiten vor, die sich wiederholen: ein Brunnen, ein Federbett, ein Teelöffel... »Ich wollte nichts von ihnen, ich wollte nur den Brunnen berühren, den meine Mutter berührt hat...« – »Ich wollte doch bloß einen Teelöffel, nur einen einzigen Löffel von meiner Mutter haben, weiter nichts...« Aber die Häuser waren besetzt, alle Löffel lange fortgeholt, an den Brunnen schöpften fremde Menschen Wasser, die sie mit abweisender Verwunderung empfingen. Und so fuhren sie aus den kleinen polnischen Städtchen nach Kanada und litten vierzig Jahre lang an der Überlebendenkrankheit. Vor kurzem hat meine Assistentin ein paar Patientinnen nach Polen begleitet, zum ersten Mal nach dem Krieg. Sie sahen sich in ihrem Nowy Dwór und ihrem Glinnik um. Sie entdeckten, daß der Ort noch kleiner und noch armseliger war als in ihrer Erinnerung. Sie wechselten ein paar gleichgültige Sätze mit den Bewohnern. Beteuerten, sie kämen nicht wegen der Löffel. Befriedigt stellten sie fest, daß ihre kanadischen Kleider von ungleich besserer Qualität waren als die der Einheimischen. Dann berührten sie den Brunnen und kehrten nach Kanada zurück. Beruhigt zurück. Ähnlich wie meine japanische Patientin, die zum ersten Mal nach dem Abwurf der Bombe nach Hiroshima fuhr. Ich weiß nicht, warum sie geheilt wiederkommen: Hideko aus Hiroshima und Lubka aus Glinnik in der Nähe von Kielce. Ich verstehe es nicht, und ich versuche nicht, eine Erklärung dafür zu finden. Ich freue mich, daß sie von der Krankheit befreit sind, das ist alles. Und was die Kleider betrifft, so ist die Sache einfach. Sie haben sich die ganzen vierzig Jahre ausnehmend sorgfältig gekleidet. Sie müssen geschminkt sein, gut angezogen, stark und gesund. Sie müssen blendend aussehen, um nicht auf die linke Seite zu geraten, falls es wieder einmal eine Selektion gibt...

## Dubi:

Mein Bild ist zwölfeinhalb mal zweieinhalb Meter groß. Es ist riesig, weil es die ganze Geschichte der Juden zeigt. Es beginnt mit Abraham, dem brennenden Dornbusch, den Tafeln vom Berge Sinai, geht weiter über die Kreuzigung, die Zerstörung des Tempels in Jerusalem, die Diaspora, die Pogrome, den Holocaust, die Kriege um den Staat Israel, und es endet mit einer Zukunftsvision: Moses hält in dem wiedererrichteten Tempel Einzug. Auf meinem Bild gibt es Propheten, Könige, Richter, Rabbiner, Engel, Soldaten, es gibt Vögel und Tiere, es gibt die Mauern von Masada und sechs Grabsteine, für die sechs Millionen ermordeter Juden. Für keine einzige Gestalt hat mir jemand Modell gestanden, und nur zwei haben das wirkliche Gesicht von jemandem: ein israelischer Soldat hat das Gesicht meines Sohnes, und Moses die Züge des Zaddiks von Lubawicze. Bevor ich an die Arbeit ging, bat ich den Zaddik um seinen Segen. Ich wußte, daß der Rabbi nur einmal in der Woche das Haus verläßt und immer zu dem gleichen Zweck: er begibt sich ans Grab seines Schwiegervaters, Josif Jizchak, um nachzudenken und die Briefe zu lesen. Er verbringt dort viele Stunden, ist ganz allein, liest Tausende von Briefen, die ihn aus aller Welt erreichen, und kehrt nach Hause zurück, und die Woche darauf verläßt er wieder das Haus zu demselben Zweck, und nur zu diesem: um mit den Briefen ans Grab des Meisters zu treten... Auch ich schickte ihm einen Brief, und der Zaddik antwortete mir: er segne mein Vorhaben.

Das Bild möchte ich Jerusalem zum Geschenk machen. Ich wünsche mir, daß die Menschen, wenn sie es betrachten, sich vom Wogen seiner Farben, Formen und Symbole emportragen lassen und daß sie dann Fragen stellen. Nicht mir, sich selbst. Ebenso wie die Chassidim von Lubawicze glaube ich, der Weg in den Himmel führt über den Verstand.

## Arnold:

Morgen ist Donnerstag. Morgen, während des Gebets, wird in der Synagoge der Neffe meiner Frau vorgestellt. Der Rabbiner wird ihn auffordern, aus der Tora vorzulesen, und er wird den Versammelten mitteilen, daß sich der Junge verheiratet. Dann wird er ihm ein paar Ratschläge geben und ihn für den weiteren Lebensweg segnen.

Der Vater des Jungen muß bei der Feier die Tefillin anlegen, aber der Bruder meiner Frau geht selten in die

Synagoge, und er weiß nicht mehr, was man zum Gebet anlegt und wie. Er kam zu mir, und ich habe ihm gezeigt, daß man den einen Tefillin um die Stirn bindet, nahe dem Gehirn, den andern um den Arm, auf der Seite, wo das Herz ist, weil man sein ganzes Hirn und sein ganzes Herz Gott anvertraut.

Das Vorlesen aus der Tora findet in allen Synagogen der Welt dreimal pro Woche statt: montags, donnerstags und samstags.

Einstmals, vor langer Zeit, war in den meisten polnischen Städtchen am Montag und am Donnerstag Markttag, und der Rabbiner nutzte die Anwesenheit der Juden, die aus der Umgebung angereist kamen, um Geschäfte zu machen, und bestimmte diese Tage fürs Gebet. Darum legt der Bruder meiner Frau, einer der größten Geschäftsleute von Toronto, morgen die Tefillin an. Und darum wird sein Sohn morgen aufgefordert, aus der Tora vorzulesen.

Weil morgen Donnerstag ist.

Weil vor langer Zeit in irgendwelchen kleinen polnischen Städtchen der Donnerstag einmal Markttag war.

Weil es vor langer Zeit in irgendwelchen kleinen polnischen Städtchen einmal Juden gab.

Toronto – Warschau 1987

# Eine Story für Hollywood

1.

Eine Frau, die ich nicht kannte, rief bei mir an und teilte mir mit, daß eine Frau, die wir beide nicht kannten, sich ein Buch über sich wünsche. Dieses Buch solle ich schreiben.

»Ist ihr Leben es wert, beschrieben zu werden?« fragte ich, aber die Anruferin wußte nicht das geringste über das Leben jener Frau.

»Bezahlt sie dafür?« fragte ich. Die Anruferin wußte auch nicht das geringste über den Stand ihrer Finanzen, aber sie gab mir die Adresse durch. Die Frau, in deren Namen sie anrief, wohnte in Israel. Ich schrieb ihr einen Brief. Es war ein kurzer, sachlicher Geschäftsbrief: »Wie ich höre, wünschen Sie sich ein Buch über sich, schrieb ich. Falls sich Ihr Leben für ein Buch eignet, werde ich es schreiben, aber das wird natürlich etwas kosten.«

Nie zuvor hatte ich so einen Brief geschrieben, aber ich hatte auch nie zuvor eine Tochter im Exil gehabt. Meine Tochter und mein Enkel lebten seit kurzem in Kanada, und ein Ticket nach Kanada war nicht billig. Und schon gar nicht zwei, das andere für meinen Mann. Für zwei Tickets zu meiner Tochter, dachte ich, laß ich mich für jedes Leben als Neger anheuern.

»Negerarbeit«, so nennt sich die Dienstleistung, die ich zu erbringen hatte.

Im Westen machen arme Literaten oft so was. »Ghostwriter« heißt so einer. Einer, der für einen andern schreibt, ohne genannt zu werden, gegen Geld.

In ihrer Antwort schlug mir meine potentielle Heldin und Brotgeberin vor, nach Israel zu kommen.

In Jerusalem sollte demnächst eine internationale Konferenz zur Geschichte und Kultur der polnischen Juden stattfinden, zu der ich eingeladen war, soweit fügte sich das gut. Ich schrieb der potentiellen Heldin, daß ich nach der Konferenz zu ihr käme, sie würde mir ihr Leben erzählen, ich ihr meine Bedingungen nennen. Sollten wir uns nicht einig werden, wäre das kein Beinbruch. Dann hätten wir uns kennengelernt, zusammen Tee getrunken und würden uns freundlich verabschieden. Doch womöglich fänden wir sogar Gefallen aneinander.

Ich wohnte eine ganze Woche in Jerusalem. Hin und wieder telefonierten wir miteinander. Ich wußte inzwischen, daß sie noch nicht lange in Israel lebte, hier zwei Töchter hatte und während des Kriegs in Auschwitz gewesen war.

»Über Auschwitz gibt es eine Menge Bücher«, sagte ich enttäuscht.

»Ich weiß, aber bei mir verhielt es sich anders«, beteuerte sie.

»Etwas Besseres als Borowski und Primo Levi kann nicht mehr geschrieben werden...«

»Ich war auch an ein paar anderen Orten...«

Eines Tages rief sie mich an, um mir mitzuteilen, daß man sie auf einer Party gefragt habe, wie oft bei ihnen, in diesem Auschwitz, die Bettwäsche gewechselt worden sei. »Die Betreffende war noch jung«, fügte sie hinzu, »aber trotzdem...«

»Machen Sie sich nichts draus«, versuchte ich sie zu trösten. »Gestern hat mich eine Journalistin aus Tel Aviv gebeten, ihr den Namen Mordechaj Anielewicz zu buchstabieren. Die Journalistin war noch jung, aber trotzdem.«

»Ja eben«, seufzte sie, und wir verstummten beide.

Die Konferenz war zu Ende, man brachte mich in die Stadt, in der die potentielle Heldin meines potentiellen Buches lebte.

Wir fuhren durch die Dunkelheit, vorbei an Gärten und Villen. Vor der Nummer 27 stieg ich aus und klingelte.

Es öffnete eine ältere Dame.

Sie stand im Hausinnern, hell beleuchtet, wie angestrahlt von einem Punktscheinwerfer, der aus dem Schwarz ringsum nur sie heraushob. Sie hatte volles graues, hochgestecktes Haar, große braune Augen, ein verlegenes Lächeln und einen aufmerksamen Blick.

»Genau so hab ich mir Sie vorgestellt«, sagte ich erfreut.

Sie servierte den Tee im beigefarbenen Salon, zeigte mir das roséfarbene Bad, das die Ausmaße meines größten Zimmers in Warschau hatte, und führte mich ins weiße Schlafzimmer. Am Morgen las ich ihren Bericht, den sie in der Gedenkstätte Yad Vashem in Jerusalem niedergelegt hatte.

»Gut«, sagte ich, »darüber läßt sich schreiben. Wieviel zahlen Sie?«

»Wieviel möchten Sie?«

Ich nannte eine Summe, die dem Preis von zwei Tickets nach Kanada und zurück entsprach, zuzüglich Telefonate, ebenfalls nach Kanada.

»Gut«, sagte sie, und ich bereute sofort, nicht eine höhere Summe genannt zu haben.

»Einem Westautor müßten Sie das Zehnfache zahlen«, setzte ich großmütig hinzu (es war die Wahrheit).

»Ich weiß«, pflichtete sie mir bei, »aber ich habe nicht das Geld für Westautoren. Das ist das Haus meiner Tochter. Ich lebe von meiner Rente. Um Sie zu bezahlen, muß ich eine Stelle als Pflegerin bei einer blinden, halbtauben alten Frau annehmen, die nur noch die tiefen Töne hört. Ich spreche zu ihr wie ein Bauchredner...«

»Da bin ich besser dran«, erwiderte ich. »Aber wozu brauchen Sie eigentlich dieses Buch?«

Sie brauchte es für einen Film.

Das Buch sollte ein Weltbestseller werden und der Film in Hollywood entstehen. Ihr Leben, sagte sie, sei außergewöhnlich gewesen, sie möchte den Menschen davon erzählen, und sie wolle auch Geld verdienen für ein paar Dinge. Für eine eigene Wohnung in einem Altersheim, um die große Tochter zu unterstützen, die nicht zurechtkomme, für eine Schönheitsoperation, für die Betreuung ihres Mannes, sobald der gebrechlich würde.

»Wissen Sie, keins meiner Bücher war ein Weltbestseller«, bekannte ich zerknirscht. »Bis auf eins vielleicht, und das handelte von dem Mann, der den Aufstand im Ghetto angeführt hat. Ein gewisser Unterschied zwischen euch beiden besteht schon, trotz allem. Sind Sie sicher, daß unbedingt ich das Buch für Sie schreiben soll?«

Sicher war sie sich nicht, aber ihr blieb keine Wahl. Sie hatte die Sache schon einem bekannten polnischen Schriftsteller angetragen, der in Israel lebte, doch der hatte abgelehnt. Er schriebe nur eigene Geschichten, hatte er gesagt und ihr geraten, sich selber dran zu setzen.

»Das ist ganz einfach«, erklärte er ihr. »Nehmen wir mal die Szene, in der Sie in Ihrem schwarzen Lackkoffer

Tabak nach Wien schmuggeln. Sie betreten das Abteil, legen den Koffer ins Gepäckfach und setzen sich. Wenig später kommt ein großer, gutaussehender SS-Mann mit einem schweinsledernen gelben Koffer herein. Er legt ihn neben den Ihren und nimmt Ihnen gegenüber Platz...«

»Und weiter?« fragte sie.

»Weiter müssen Sie sich das schon selbst ausdenken«, erwiderte der Schriftsteller. »Der Knoten ist geschürzt. Sie müssen ihn nur entwirren. Genau darauf beruht Literatur.«

»Sagen Sie mir wenigstens noch, was er in diesem gelben Koffer hatte«, drängte sie.

»Woher soll ich das wissen?« entrüstete sich der Schriftsteller. »Sie müssen das wissen, nicht ich.«

»Ich kann nicht mal über meinen eigenen schwarzen Koffer schreiben, und jetzt noch über diesen erfundenen gelben...«

»Genau darauf beruht Literatur«, wiederholte der Schriftsteller und zuckte die Achseln. »Ich habe Ihnen ohnehin schon viel gesagt.«

Damit endete ihr Versuch, einen bekannten Schriftsteller für Hollywood zu gewinnen. Blieb nur noch ich. Weil ich das Buch »Dem Herrgott zuvorkommen« geschrieben hatte, aus dem man ersähe, daß ich die Juden verstünde, und weil ich die Reportagen »Sechs Töne Weiß« geschrieben hatte, aus denen man ersähe, daß ich was von der Liebe verstünde. Und von diesen beiden Dingen müßte ich was verstehen, um das Buch über sie zu schreiben. Das Buch, für das sie sich die Wohnung im Altersheim kaufen, die Schönheitsoperation machen lassen würde und so weiter.

Ich fand es, offen gestanden, etwas kränkend, daß ich nicht die erste war, an die sie sich wandte, aber ich multiplizierte rasch das Honorar mit dem Schwarzmarktkurs des Dollars, zog den Preis der Kanada-Tickets davon ab, und es stellte sich heraus, daß wir, wenn wir nicht so oft telefonierten und uns überhaupt ein wenig einschränkten, zweimal zu den Kindern fahren könnten.

»Gut«, sagte ich, »ich schreibe Ihnen das Buch. Aber wissen Sie was? Wir sind unterschiedlicher Ansicht über Literatur. Der Schriftsteller und ich. Ich glaube, Literatur beruht auf etwas anderem... Stört Sie das nicht?«

»Nein«, entgegnete sie. »Hauptsache, es kommt ein Film für Hollywood dabei heraus.«

Ich bat um Papier und einen Kaffee mit Milch, machte es mir in dem beigefarbenem Sessel bequem und begann sie nach ihren Eltern zu befragen.

## 2.

Das Buch über Izolda R. – so lautet der wirkliche, der Vorkriegsname meiner Heldin, jetzt heißt sie anders –, dieses Buch, für mich und nicht für Hollywood geschrieben, müßte wie folgt beginnen:

»Izolda R., nicht sehr groß, brünett, mit ziemlich langen Beinen und mit Schenkeln, die sie gern als »voll und rund« bezeichnete (sie war der Meinung, die kräftigen langen Beine ließen sie größer erscheinen), lernte ihren künftigen Mann im ersten Jahr des Zweiten Weltkriegs kennen. Schon bald nach ihrer Hochzeit begann man um das jüdische Viertel die Mauer hochzuziehen, nach dem ersten Hochzeitstag wurde die Mauer dichtgemacht. Izolda R., Tochter eines Chemikers und Besitzers eines stattlichen Mietshauses an der Ecke Ogrodowa- und Zelazna-Straße, mußte lernen, Typhuskranke zu pflegen. Das ging ihr gut von der Hand. Tagsüber arbeitete sie im Spital, nachts bei Privatpatienten. Die starben genauso häufig, aber in sauberem Bettzeug, im Kreis ihrer Angehörigen, im Beisein eines Arztes, und sie zog das luxuriöse Sterben der Reichen dem Tod der Armen im Spital vor. Nach Hause kam sie erst im Morgengrauen. Dann sah sie jene, die sich nicht einmal ein eigenes Begräbnis leisten konnten, von privater Pflege ganz zu schweigen. Ihre Verwandten schafften sie aus den Häusern, legten sie auf die Gehsteige, deckten sie mit Zeitungen zu, die Zeitungen beschwerten sie mit Steinen gegen den Wind. Später dann fuhren die Karren der Beerdigungsgesellschaften durch die Stadt, die die Leichen einsammelten, doch Izolda R. kam früher nach Hause, noch ehe die Beerdigungsgesellschaften sich an die Arbeit machten...«

So müßte mein Buch beginnen, aber es war sofort klar, so konnte es nicht beginnen – aus zweierlei Gründen. Erstens würde kein amerikanischer Leser verstehen, worum es hier ging: Was für ein Typhus? Was für eine Mauer? Was denn für Leichen? Womöglich mußte man bei »Zweiter Weltkrieg« das Datum in Klammern dahintersetzen, wer weiß. Zweitens – wenn ich so mit dem Material umsprang, würde ich eine Reportage schreiben, keine schlechte vermutlich, aber nur achtzig Seiten, und ich sollte einen großen Roman verfassen.

»So einen dicken Wälzer, Frau Hania«, bat meine Heldin. »Mindestens so was wie »Ingeborg« von Kellermann. Kennen Sie nicht? Die schönste Geschichte über die Liebe. Man kann alles so nachfühlen – seine Verzweiflung, diese Liebe, diesen Schmerz... Verstehen Sie, was ich meine?«

Ich verstand.

Ich verstand auch, daß es mir selbst an dem allerkleinsten Einfall für einen dicken Wälzer mangelte, bei welchem man Liebe und Verzweiflung fühlte.

Nach meiner Rückkehr aus Israel rief ich Krzysztof Kieslowski an. Er war inzwischen ein weltberühmter Regisseur und mußte wissen, wie man für Hollywood schrieb.

Ich erzählte ihm die Geschichte der Izolda R.

»Nicht übel«, befand er. »Die amerikanischen Juden haben genug von ›die Juden als Opfer, die Juden als Erniedrigte, als widerstandslos in den Tod Getriebene‹. Deine Heldin kämpft und siegt, und das ist ›in‹, genau die richtige Story für einen amerikanischen Produzenten.«

»Wenn das stimmt, Krzysztof, dann tu mir den Gefallen und schreib mir den Anfang. Nichts Langes, ein paar Sätze, typisch Hollywood, bloß damit ich sehe, wie man das macht.«

Krzysztof Kieslowski ist sehr kollegial. Er ging nach Hause, spannte sein Drehbuch aus der Maschine, spannte ein frisches Blatt ein und schrieb:

»Seine Hände glichen aufs Haar denen aus dem italienischen Bildband, auf Leonardo da Vincis Zeichnungen. Woher hatte Leonardo gewußt, daß ausgerechnet er einmal solche Hände haben würde? Und daß sie, die von Kind an, sowie der Vater einmal ausblieb, auf einen Stuhl geklettert war und den Band vom höchsten Regal heruntergeholt hatte, um diese Hände zu betrachten – daß sie ihnen einst begegnen und sie berühren würde? Schmale, klar geformte Hände mit schlanken Fingern, zu denen ein dünner goldener Ehering ideal gepaßt hätte, jener allerdünnste, den sie je im Leben gesehen hatte, am Finger ihrer toten, für den Sarg geschmückten Tante, nur so ein Ehering, und sonst gar nichts. Er hätte gepaßt, denn er wäre kaum zu sehen gewesen – seine Haut war von goldener Farbe. Nicht brünett, nicht sonnengebräunt, nein, von der Farbe des Goldes das ganze Jahr über, auch im Winter... Diese Hände wirkten wie hindekoriert, wenn er sie auf die Sessellehne legte, und jetzt gaben sie, ohne dessen gewahr zu werden, ihren Schultern, ihren Armen etwas Erhabenes...«

Ja, das war's! Gelehrig füllte ich den Text durch die entprechende Szenerie zu einem ersten Kapitel auf: ein Birkenwäldchen, sengendes Moos, gleißendes, zwischen den Zweigen flirrendes Licht. *Seine Hand glitt über ihren Nacken hin...*, fügte ich hinzu, dann folgte die goldfarbene Haut. Nur gegen die tote, für den Sarg geschmückte Tante begehrte ich auf, die strich ich.

Kieslowskis Text erwies sich als ebenso prophetisch wie die Zeichnung von Leonardo da Vinci. Izolda R.s Mann, den ich sehr viel später kennenlernen sollte, hatte exakt solche Hände wie Krzysztof Kieslowski sie beschrieben hatte.

## 3.

Als in Izolda R.s Bericht das Ghetto schließlich dichtgemacht wurde, als die mit Zeitungen abgedeckten Hunger- und Typhustoten in den Straßen lagen, da dachte ich zum ersten Mal bei mir, daß ich Hollywood wohl sausen lassen würde. Schon möglich, daß die Amerikaner imstande wären, darüber einen Film zu drehen – ein Ghetto aus Kulissen aufzubauen, es mit ausgezehrten Menschen zu bevölkern, die Straßen mit zeitungspapierbedeckten Puppen zu dekorieren –, die Amerikaner sind zu allem imstande, mir aber war die Lust zu einem dicken Wälzer vergangen. Mir ging jetzt etwas anderes durch den Kopf: Was waren das für Zeitungen, im Ghetto, auf den Leichen? In allen Tagebüchern werden sie erwähnt – Zeitungen, mit Steinen beschwert gegen den Wind, aber niemand sagte genau, um was für welche es sich handelte. Nicht gerade wichtig, ich weiß, und dennoch – was für Zeitungen? Welche aus der Vorkriegszeit? Die Menschen im Ghetto wechselten häufig die Wohnung, sie schleppten bei diesen Umzügen doch kein Altpapier mit? Aus der Besatzungszeit? Der polnische *Nowy Kurier Warszawski* wurde nur am Anfang im jüdischen Viertel verkauft, später war der Vertrieb verboten, das Blatt wurde von der arischen Seite hereingeschmuggelt und war nun teurer. Kauft jemand, der sich ein Begräbnis nicht leisten kann, eine Zeitung auf dem Schwarzen Markt? Die anderen Blättchen entfielen: sie waren zu klein. Was ließ sich schon abdecken mit dem *Biuletyn Informacyjny* oder mit *Ojf der Wach*, die A4-Format, also die Größe einer Schreibmaschinenseite hatten? Legte man sie längs, bedeckten sie einen Arm, vom Ellenbogen abwärts, nicht mal mehr die Finger, quergelegt eine Hand, bestenfalls.

Außerdem wurde mir bewußt, daß ich mir, trotz aller Bücher, die ich gelesen hatte, und trotz meines eigenen Buches über Marek Edelman, den Alltag im Ghetto, in dem Izolda R. hatte leben müssen, nicht vorstellen konnte. Ich fragte Ruta Sakowska, die beste Kennerin des Warschauer Ghettos in Polen, wo ich noch darüber nachlesen könne.

Sie sagte: »Vielleicht in der *Gazeta Zydowska?*«

Diese Zeitung war zwei Jahre lang mit Genehmigung der deutschen Behörden in polnischer Sprache erschienen, hatte folglich als Hetzblatt gegolten. Sie besaß Großformat und täglich acht Seiten. Sie kostete dreißig Groschen, ein erschwinglicher Preis. Nur diese Zeitung brachte die aktuellen Verlautbarungen, und deshalb wurde sie – vermutlich mit einem Gefühl der Verachtung – gelesen. Erfüllte sie nicht später eine zusätzliche Funktion: die des Leichentuchs? Acht Seiten – zwei große Bahnen...

Die *Gazeta* druckte neutrale Mitteilungen. Kein Hunger, keine Transporte, kein Treblinka. Im Gegenteil. Die *Gazeta* sollte beruhigen und die Normalität der Welt bezeugen.

Und hier Mitteilungen, mit denen die Leichen in den Straßen des Ghettos zugedeckt wurden.

Über Lebensmittelzuteilungen:

*Die Versorgungsanstalt bringt zur Verteilung auf Lebensmittelkarten gelber Farbe, auf Abschnitt »51« je 500 g Sauerkraut und 100 g eingelegte Rote Rüben zum Gesamtpreise von Gr. 1,50...*

*Monatsration 4 kg Brot pro Person – für in arischen Betrieben Beschäftigte; Sonderzuteilung von 2,6 kg Brot – für Personen, die eine gemeinnützige Arbeit verrichten...*

*Wie bekannt, werden wir für den Monat April nur auf die Talons mit der Nummer »3« bis »8« Brot erhalten. Zwei Aprilrationen wurden bereits vor den Feiertagen in Empfang genommen.*

Über die Definition des Begriffs »Jude« nach dem Verordnungsgesetzblatt Nr. 48 des Generalgouvernements, erster Teil:

*Jude ist, wer wenigstens von drei rassisch rein jüdischen Großeltern abstammt,*

*als Jude gilt, wer von zwei rassisch rein jüdischen Großeltern abstammt, sofern er*

*a) am 1. September 1939 der Jüdischen Religionsgemeinschaft angehörte;*

*b) zum Zeitpunkt des Inkrafttretens der Verordnung mit einem Juden verheiratet war;*

*c) Abkömmling einer außerehelichen Beziehung mit einem Juden ist und nach dem 31. Mai 1941 geboren wurde.*

*Unter dem Begriff »gemischten jüdischen Blutes« ist zu verstehen…*

Über koscheren Süßstoff:

*Nach verbindlicher Aussage des Rabbinats ist zu den bevorstehenden Osterfeiertagen nur Süßstoff in Kristallform zu verwenden, der in Wasser aufgelöst und noch vor den Feiertagen durchgeseiht wurde…*

Über den Gedenktag der Zerstörung des Tempels in Jerusalem:

*Vor 1870 Jahren verloren wir unser Land. Verloren wir unsere Erde… Der Sturm der Geschichte treibt das Boot unseres Daseins dahin…*

*Wer weiß, vielleicht einem dauerhaften, einem sicheren Hafen entgegen…? Es sitzt einsam und schweigt – sagt der Prophet Jeremias, über die Haltung unseres Volkes im Ungemach –, denn es nimmt sein Geschick mit Würde auf sich…*

Über Unglücksfälle:

*In der Zamenhofstraße 13 sprang ein 17jähriges Mädchen unbekannten Namens aus dem dritten Stock, welches auf der Stelle den Tod fand.*

*Dawid Feldmacher, wohnhaft Gesia-Straße 105, wurde bei einem Sprung aus dem vierten Stock auf den Asphalt des Hofes…*

Über Erste Hilfe:

*Erhängen. Der Erhängte ist umgehend abzuschneiden und künstlich zu beatmen…*

Über Bestattungsinstitute:

*Der aus seiner langjährigen Tätigkeit bekannte Natan Wittenberg, bis zum Krieg Geschäftsführer des Bestattungsinstituts »Der Letzte Dienst«, hat das neue Bestattungskontor »Der Letzte Weg« gegründet und führt es unter zügiger Leitung in der Grzybowska-Straße 23.*

*Das Jüdische Bestattungsinstitut »Ewigkeit« gibt die Einführung der ersten Beerdigungsfahrzeuge auf Fahrrädern in Warschau bekannt, welche auf einem Patent des Institutseigentümers beruhen. Die vierrädrigen Beerdigungsräder werden von zwei tretenden Trauergästen bedient und sind in vielerlei Hinsicht ästhetisch und praktisch. Sie sind imstande, vier Särge auf einmal zu bergen. Auf die Art behindert der Trauerzug nicht mehr den Verkehr, der Unternehmer aber spart Zeit…*

Über Gefundene:

*In der Zamenhofstraße wurde ein Kind männlichen Geschlechts im Alter von vier Monaten gefunden. Bei dem Kind fand man einen Zettel: »Zu Händen der menschlichen Barmherzigkeit, an welche noch glaubt – die unglückliche Mutter«. Das Kind wurde im Findelheim abgegeben.*

Über den Rabbi von Sasów:

*Er sagte einmal: »Wenn jemand zu dir kommt und dich um Hilfe bittet, handle so, als gäbe es keinen Gott und als wäre da auf der ganzen Welt nur ein einziges Geschöpf, das ihm helfen kann, nämlich du selbst«.*

Über Geschenke:

*Der künstlerisch gestaltete Siegelring mit Rangbezeichnung – das schönste Erinnerungsgeschenk für den Angehörigen des Ordnungsdienstes. Graveur Jakubowicz, Leszno-Straße 65…*

Über die Mode:

*Signale aus London kündigen für den Herrn bei Feierlichkeiten großen Stils die Rückkehr zum Zylinder an. Besitzer nicht getragener Zylinder bringen diese darum unverzüglich zu Keller. Daselbst stopft man neben Zylindern auch Löcher in Pullovern, Tischdecken und Garderobe.*

*Weder Aristoteles noch Sokrates hätten je zu träumen gewagt, daß selbst der speckigste Herrenhut wieder wie neu aussieht – und doch ist dem so. Nachfragen bei: Keller...*

Über Armbinden mit Stern:

*Willst du der Bestrafung wegen einer unvorschriftsmäßigen Armbinde entgehen, nimm eine vorschriftsmäßige, aus Kautschuk, mit aufgedrucktem, nichtabwaschbarem Stern, mit praktischen Anbringevorrichtungen...*

Über Hellseher:

*Hellseher – Psychographologe klärt sämtliche Angelegenheiten, auch von Vermißten. Zukunftsvorhersagen erstaunlicher Art...*

Über Alaska:

*Ungehobene Schätze und nur 500 Juden. Wir bringen einen Überblick über die Struktur des Landes, das – wer kann das wissen – vielleicht einmal zur neuen Heimat für viele unserer Leser wird. Die Flüsse und Seen der Tundra bergen den Reichtum des Lachses...*

Vermischtes:

*Wanzenausrottung, radikal, durch Gas, Garantie;*

*Typhusimpfungen, für Flüchtlinge und Abgebrannte ermäßigt;*

*Arzt, Israelit, Junggeselle sucht Frau mit Ausreiseerlaubnis in die USA oder anderes Überseeland;*

*Theater »Neues Asasel«, Nowolipie-Straße 72 – »Der Gott der Rache«, täglich;*

*Den 17. Juli 1942, Freitag, Kerzenanzünden in Warschau, 20 Uhr 36…*

4.

Als das mit dem Umschlagplatz und den Transporten nach Treblinka losging, begriff Izolda R., wozu sie da war. Sie war da, um ihren Mann zu retten. Auch sich selbst und die restliche Familie, doch das war nicht ganz so wichtig. Der einzige Mensch, der am Leben bleiben MUSSTE, war er. Schwer zu erklären, warum. Weil er schmale Hände hatte? Weil er dichtes, glattes Haar hatte, das am Kopf anlag wie ein Goldhelm? Vielleicht gab es auch gar keinen Grund. Er mußte leben, das war alles.

Izolda R. verließ als erste das Ghetto, um Verstecke zu beschaffen. Den Tag davor verbrachte sie auf dem Umschlagplatz, die Nacht über hockte sie, schon auf der arischen Seite, auf dem Klo einer öffentlichen Bedürfnisanstalt, schlotternd vor Angst, daß jemand sie fände. Am nächsten Morgen ging sie zu Zofia Romerowa, einer Polin, die sie aus der Sommerfrische vor dem Krieg her kannte.

Zofia Romerowa wunderte sich nicht, und sie erschrak auch nicht bei ihrem Anblick. Sie strich ihr über das schmutzige, zerzauste Haar und sagte: »Weine nicht. Wir dürfen nicht weinen.« WIR hatte sie gesagt. Zu Izolda. So als wäre eine, die versucht, sich auf dem Umschlagplatz in einem Faß zu verstecken und dann auf dem Klo einer öffentlichen Bedürfnisanstalt schlottert, genausoviel wert wie die Gattin eines polnischen Majors in Gefangenschaft, die eine Waffe und konspirative Flugblätter in ihrem Tisch aufbewahrt. Für Izolda R. gab es keinen Zweifel: auf der arischen Seite lebten andere, irgendwie bessere Menschen, wenn es ihnen so viel besser ging, wenn niemand sie auf einen Platz oder in Waggons trieb – und Zofia Romerowa hatte sie durch dieses eine kurze WIR in den Kreis jener Besseren aufgenommen.

Am gleichen Tag besuchte Izolda R. ihren Friseur aus der Vorkriegszeit und wurde zur Blondine. Mit dunklen Augen, freilich, doch sie hoffte, die Länge ihres aschblonden Haars und ihrer kräftigen Beine würde auch den gewieftesten Schmalzownik* in die Irre führen. Zufrieden kam sie vom Friseur zurück, betrat die Küche von Frau Romerowa, in der der Hausmeister saß, und stellte mit der ungezwungenen Gebärde einer großen Blondine ihre Tasche auf den Tisch.

»Marynia«, sagte Frau Romerowa streng, »nimm die Tasche runter, du stellst sie ab wie eine Jüdin.« Frau Romerowa erklärte ihr hinterher, die Ermahnung habe jedem Verdacht des Hausmeisters vorbeugen wollen, alles sei also zu ihrem Besten geschehen, doch von nun an sollte Izolda R., wann immer sie eine Tasche abstellte, überlegen: stell ich sie wie eine Jüdin ab?

Als der Hausmeister gegangen war, begann sie das arische Abstellen zu üben: auf dem Fußboden, dem Sofa, einem Hocker, einem Stuhl... Jedesmal betrachtete sie sich und die Tasche: steht sie nun auf jüdische Art? Künftig würde sie sich noch andere arische Sachen antrainieren müssen: arisches Gehen, eine arische Stimme, ja sogar, sich auf arische Art an der Wandtafel zu bücken (das war

* Pole, der Juden in ihren Verstecken auf der arischen Seite aufspürte und sie mit der Drohung, sie an die Deutschen zu denunzieren, erpreßte.

nach dem Krieg, in der Schwesternschule, nachdem eine von den Mitschülerinnen halb im Scherz eingeworfen hatte: »An der Tafel bückst du dich wie eine Jüdin«) – aber ihre erste Lektion hatte sie damals, in der Küche der Frau Romerowa, bekommen. Denn der Besuch bei Frau Romerowa sollte für das weitere Leben von Izolda R. Folgen haben. Gleich zu Beginn des Besuchs hatte Izolda R. ja beschlossen, fürderhin der besseren, der polnischen Welt anzugehören. Und noch während des Besuchs war sie durch die läppische Bemerkung über die Tasche aus dieser Welt ausgestoßen worden. So sollte es bleiben. Das Verlangen, polnisch zu sein – und das Ausgestoßenwerden.

Nachdem sie sich in eine große Blondine verwandelt hatte, schleuste Izolda R. ihren Mann aus dem Ghetto. Sie gelangten durch die Abwässerkanäle nach draußen, im Gefolge von polnischen Arbeitern, die im Ghetto Häuser abzureißen hatten. Für die Eltern, die jüdisch aussahen und schlecht polnisch sprachen, mietete sie eine Wohnung. Dort durften sie nicht vom Fußboden aufstehen, damit niemand sie durchs Fenster bemerkte. Sie selbst quartierte sich mit Mann und Mutter in der Nähe von Warschau ein, in einem kleinen Sommerhaus in Wesola. Das Nebenzimmer bewohnte eine Frau mit ihrer Tochter. Das Mädchen war geistig behindert, doch es hatte eine schöne Stimme und sang in der Stadtbahn. Am liebsten das Brahmssche Wiegenlied: »Morgen früüüh, wenn Gott wiiill, wirst du wieder geweeeckt...«, danach sammelte die Mutter das Geld in ein Leinensäckchen.

Einmal brachte Izolda R. in einer Rikscha ein Bündel Bettwäsche zum Bahnhof. In der Jerusalemer Allee hielt sie ein Polizist an. Er musterte Izolda R. mit kurzem Kennerblick und befahl dem Rikschafahrer in die Chmielna-

Straße abzubiegen. Dort gab es ein Hotel. Auf dem Zimmer sagte der Polizist: »Du bist Jüdin, aber ich tu dir nichts. Zieh dich aus.« Es war keine Vergewaltigung. Izolda R. zog sich freiwillig aus und hängte ihre Sachen ordentlich über einen Stuhl. Vom Bett her verfolgte sie, wie der Polizist die Uniform auszog und das Koppel mit der Pistolentasche ablegte. Als er dann auf ihr lag, dachte sie plötzlich, sie brauche bloß den Arm auszustrecken und nach der Waffe zu greifen. Sie dachte auch, genau das würde Frau Romerowa tun. Sie aber lag still, schließlich hatte sie einen Mann, den sie beschützen mußte. Als der Polizist fertig war, zog er sich an und sagte: »Du hast Glück, daß du an einen anständigen Menschen geraten bist«, salutierte und ging. Sie fuhr mit der Bettwäsche zum Bahnhof und stieg in den Zug. Auf halber Strecke hörte sie den näherkommenden Gesang des Mädchens: »Morgen früüüh, wenn Gott wiiill…«. Sie warf ganze fünf Zloty in das Leinensäckchen, vor Freude, daß alles so schnell gegangen und sie an einen anständigen Menschen geraten war, der ihr nichts Böses wollte. Sie kam nach Hause, küßte ihren Mann zur Begrüßung, machte ihm Essen, und als er nach draußen ging, wusch sie sich und wechselte die Unterwäsche.

Meine Heldin hatte ohne Scheu und ohne Erregung von dem Polizisten erzählt. So sprach sie über alles – präzise, sachlich, als hätte sie vergessen, daß hier ein Wälzer entstehen sollte. Manchmal machte sie den Versuch, sich selber, jene von damals, zu verstehen. Manchmal ließ sie das auf sich beruhen, weil sie, zu recht, annahm, es sei heute nicht mehr zu verstehen, weshalb ihr nur die äußerste Sachlichkeit bliebe. Ihr gefaßtes Entferntsein vom DAMALS erweckte den Eindruck, als habe sich zwischen sie und die Vergangenheit ein durchsichtiger, doch undurchdringlicher Vorhang herabgesenkt – wie auf einer Bühne.

Wir saßen also im beigefarbenen Salon, tranken Tee und knabberten Schokoladennüsse, und hinter dem durchsichtigen Vorhang verabschiedete sich Izolda R. von Basia Gajer, ihrer besten Freundin, die den Deutschen glaubte, daß Juden, die Auslandspässe besaßen, Polen verlassen dürften. Das spielte sich im *Hotel Polski* in der Dluga-Straße ab. Basia trug einen Pullover aus bunten Wollresten, den sie sich für die Reise gemacht hatte, und sie zeigte Izolda das Muster und das rosa Futter, mit dem sie die vielen Knoten auf der Rückseite abgefüttert hatte.

Als Izolda R. später selbst nach Auschwitz kam, erblickte sie gleich am ersten Tag den Pullover von Basia Gajer. Ein Funktionshäftling auf der Quarantänestation hatte ihn an. Ganz sicher war es Basias sorgfältig rosa abgefütterter bunter Restepullover.

Am Morgen umzingelten die Deutschen das Hotel. Sie teilten die Leute in zwei Gruppen ein: Juden, die Polen verlassen wollten, und Polen, die gekommen waren, um sich von ihnen zu verabschieden. Izolda R. wies ihre arischen Papiere auf den Namen Maria Pawlicka vor und kam zu den Polen. Die Juden wurden nach Bergen-Belsen gebracht, die Polen ins Pawiak-Gefängnis. Hinter dem durchsichtigen Vorhang in dem vornehmen beigefarbenen Salon voller Bilder, Bücher und Schallplatten tut sich eine Gefängniszelle auf:

Vierundzwanzig weibliche Häftlinge wischten Morgen für Morgen, nach dem Frühstück, den Fußboden, und als die Reihe an Izolda R. kam, stellte sich heraus, daß sie sich nicht aufs Wischen verstand. Dreiundzwanzig Frauen sahen staunend zu, wie sie den Lappen unbeholfen in den Eimer tauchte, wie sie ihn auswrang, und sie fragten: »Hast du noch nie einen Fußboden gewischt?« Wahrheitsgemäß erwiderte sie, nein, das hätte das Dienstmädchen für sie getan. Doch unter den Frauen waren auch ein paar reiche, die dennoch geschickt aufwischten. Das machte sie unruhig: wieder war sie anders als alle andern. Zwar besaß sie keine Tasche, die sie auf jüdische Art abstellen konnte, aber wie sich zeigte, ließ sich auch ein Scheuerlappen anders eintauchen, und ihr Eintauchen war ganz bestimmt nicht polnisch.

Der Gefängnisflur war lang, mit Zellentüren zu beiden Seiten. Wenn man sie zur Toilette führte, konnten sie durch den »Spion« einen kurzen Blick in eine Zelle werfen, die »die jüdische« hieß. Izolda R. sah immer dort hinein, und eines Tages erkannte sie die Mutter ihres Mannes, für die sie erst vor kurzem die Mietwohnung besorgt hatte. Die Mutter saß mit dem Gesicht zur Tür, es war, als schaute sie Izolda direkt an, und schüttelte in einem fort den Kopf. Durch diesen Tick, die Folge eines leichten Schlaganfalls, bekamen ihre Züge etwas heiter Ungläubiges. Jetzt schien dieses Gesicht zu sagen: »Hältst du es für möglich, ich bin im Pawiak.«

Izolda R. kehrte in ihre Zelle zurück. Dort hatten sie zwei neue junge Frauen, die am Tag zuvor eingeliefert worden waren.

»Wen haben sie mit euch hergebracht?« fragte sie. »War vielleicht ein Mann drunter, blond, groß, gutaussehend?«

»Ja«, sagten die jungen Frauen.

»Und wie hat er dagesessen?« fragte Izolda R. »Hielt er vielleicht die Knie gespreizt, ließ er die schmalen Hände kraftlos herunterhängen?«

Genauso hatte der gutaussehende blonde Mann gesessen, neben einem älteren grauhaarigen Mann. Aber ein junges, blondiertes Mädchen war nicht mit dabei gewesen.

Da war alles klar: sie hatten ihren Mann und seine Eltern geschnappt, nur seiner Schwester war die Flucht gelungen.

Izolda R. wollte am liebsten sterben, sofort, noch in der Zelle. Sie blickte zu ihren Mitgefangenen: würden die an ihrer Stelle auch sterben wollen? Starben Frauen, die einen Scheuerlappen richtig auswringen konnten, aus Liebe?

Sie begriff nicht recht, was ein Scheuerlappen mit dem Tod aus Liebe zu tun hatte, aber sie war sicher, daß es so war. Die Frauen in der Zelle stammten aus der besseren Welt. In der besseren Welt stellte man seine Tasche ab, wie es sich gehörte, man schrubbte ordentlich den Fußboden... In der besseren Welt griff man nach der Pistole des Polizisten, der neben einem lag... In der besseren Welt lebte man weiter nach dem Tod seines Mannes, weil man für die Sache lebte. Was konnte sie dafür, daß sie außer ihrem Mann nichts hatte?

Am nächsten Morgen führte man sie zum Hofgang.

Während sie so im Kreise gingen, kamen fünf Frauen aus dem Gefängnisgebäude und betraten den Gang. Es war die jüdische Zelle. Sie wurden zum Erschießen geführt. Eine der Frauen war die Mutter ihres Mannes. Sie gingen den Gang entlang, die Treppe hinunter, wandten sich in Richtung Hof.

Entsetzen ergriff von Izolda R. Besitz. Wenn sie nach links abbogen, konnte die Mutter sie bemerken. Erkennen. Eine Gebärde machen. Die Mutter konnte sie verraten... Izolda R. trug ein Kettchen mit der Muttergottes um den Hals, das ihr Frau Romerowa am ersten Tag mit den Worten geschenkt hatte: »Jetzt stehst du unter Ihrer Obhut, dir kann nichts Schlimmes zustoßen.« Izolda faßte nach dem Medaillon und begann zu beten. »Heilige Muttergottes«, betete sie, »mach, daß sie nicht hierher sieht. Heilige Muttergottes, mach, daß sie nicht zu mir sieht...«

Die jüdische Zelle ging noch immer über den Hof, die Mutter ihres Mannes ging in den Tod, und sie bat die Gottesmutter, sie möge sie etwas schneller in diesen Tod gehen lassen. Endlich sah sie den Rücken der Mutter, die Frauen verschwanden hinter dem Gebäude. Sie empfand Erleichterung. Kurz darauf hörte sie fünf Schüsse. Sie dachte: gleich führen sie meinen Mann zum Erschießen.

Zwei Tage später bekam sie einen Kassiber von ihrem Mann. In jenem Auto war, wie sich herausstellte, ein anderer schöner blonder Mann mit anderen schmalen, kraftlos herabhängenden Händen ins Pawiak gebracht worden.

Diesseits des durchsichtigen Vorhangs erhob sich meine Heldin aus dem Sessel und knipste die Lampe an.

»Am Morgen wollte ich sterben, und als seine Mutter an mir vorbei war, empfand ich Erleichterung... Verstehen Sie das?«

Ich überlegte nicht, ob ich verstünde, mich beschäftigte ein anderer Gedanke. Ich spürte, wie sich in mir ein Gefühl ausbreitete, das mir seit Jahren, seit ich Reportagen schrieb, bekannt war. Dieses Gefühl stellte sich ein, sobald ich einen trefflichen Helden, sobald ich DAS THEMA vor mir hatte. Izolda R. erzählte, wie sie im Hof des Pawiak um einen rascheren Tod ihrer Schwiegermutter gebetet hatte, ich aber dachte, was für eine großartige Szene. »Verstehen Sie das?« hätte ich fragen können, aber ich genierte mich und bat Izolda R., mir den Hof des Pawiak aufzuzeichnen. Als wäre meine Beschreibung wichtiger als ihr Tod, dachte ich zerknirscht, während mir Izolda R. die Topographie des Geschehens erklärte. Als wären sie nur gegangen, damit ich es beschreibe... Trotzdem, versuchte ich mich zu rechtfertigen, die Geschichte muß festgehalten werden. Die Mutter, wie sie in den Tod geht, und Izoldas Gebet... Und wenn es schon festgehalten werden muß, dann muß es gut festgehalten werden, damit jemand, der das einmal liest... Hannah Arendt hat alle Bücher dieser Welt gelesen, und doch hat sie nicht verstanden, warum die Juden willenlos in den Tod gingen. Läßt sich das überhaupt beschreiben, daß einer es versteht?

Mir fiel eine Geschichte ein, die mir vor gar nicht langer Zeit ein Komponist, ein Auschwitzhäftling, erzählt hatte. Als man mit der Evakuierung des Lagers begann, hatte man mehrere Hundert Männer in Viererreihen antreten lassen, um sie zu den Waggons zu führen. Die ersten Reihen stimmten patriotisch die Warszawianka an, alsbald sang die ganze Kolonne. Da beschlossen die Deutschen, ihnen eins auszuwischen. Dort, wo die Wege sich gabelten, dirigierten sie die Männer nicht zu den Waggons, sondern in Richtung Gaskammer. Noch sangen die Polen: »Hej, ans Bajonett, ihr Polen...«, aber die Worte: »Freiheit, Polen, ihr sollt leben...« sang die erste Reihe nicht mehr. Die erste Reihe verstummte und bog zur Gaskammer ab. Dann verstummte die zweite Reihe. Dann die dritte. Dann ging die ganze Kolonne, sie marschierte nicht mehr, sie ging einfach, vielmehr, sie schleppte sich vorwärts – totenstill, gelähmt. »Ich dachte an gar nichts«, erzählte der Komponist. »Ich habe mich später wieder und wieder zu erinnern versucht, woran ich dachte, und ich kam zu dem Schluß, an nichts. Weder an meine Frau noch an meine Eltern. Meine Beine bewegten sich willenlos, mein Körper bewegte sich, bar jeden Bewußtseins.« Ein paar Meter vor den Gaskammern befahlen die Deutschen der Kolonne lachend die Kehrtwendung. Die Häftlinge schwiegen weiter. Man führte sie zu der Baracke, in der sie auf den Zug warten sollten. In dieser Baracke warfen sie sich auf die Pritschen, schirmten das Gesicht mit den Armen ab und weinten. Die ganze Baracke war erfüllt vom unterdrückten Weinen mehrerer Hundert Männer, die vor der Gaskammer bewahrt worden waren. »Seitdem verstehe ich«, schloß der Komponist, »warum die Juden sich in den Tod führen ließen.«

Kann man Hannah Arendt vorwerfen, daß sie nie mit abgeschirmtem Gesicht auf einer Pritsche weinte?

Kann man das Gebet der Izolda R. verstehen, ohne je über den Hof des Pawiak gegangen zu sein?

Kann man, indem man ihr Gebet aufschreibt, auch nur irgendwem das Verstehen erleichtern?

Das dachte ich, als Izolda R. mit ihrer Skizze des Hofes fertig war und sich mit der unvermeidlichen Frage aus dem Sessel erhob: »Was essen wir zu Abend, Frau Hania?«

## 5.

Die eigentliche Geschichte der Izolda R. – jene, die die Story besagten Wälzers abgeben sollte – beginnt bei der Verhaftung ihres Mannes. Er war geschnappt worden, als er Flüchtlinge durchs Gebirge in die Slowakei schmuggelte. Als Izolda R. von der Verhaftung ihres Mannes erfuhr, begab sie sich zuallererst zu Terenia, der Schwester von Frau Romerowa. Terenia las aus den Karten. Als sie die Nachricht hörte, griff sie sich wortlos ein Spiel, legte es aus und rief: »Na bitte, der Herzkönig, schon auf dem Sprung.« (Sie fand, Izoldas Mann – blond, verliebt, verheiratet – müsse Herzkönig sein.)

Eine plötzliche Reise sagte sie später öfter voraus, denn erst schickten sie ihn nach Auschwitz, dann nach Mauthausen, schließlich nach Ebensee. Oft tauchten auch die Pique-Neun und die Kreuz-Neun auf, und das sind nicht die besten Karten, bedeutete ihr Terenia, aber auch keine Tragödie. Am schlimmsten waren drei Piques nebeneinander: König, Bube, Neun. »Oho, eine gefährliche Gestalt«, seufzte Terenia, »du solltest ihn irgendwie warnen...« (Der »Zigeuner«, dachte Izoldas Mann sofort, als sie ihm sechs Wochen nach dem Krieg in Ebensee die Prophezeiungen wiederholte. Der und kein anderer. Der gemeinste Kapo im ganzen Lager.)

Terenia legte ihr Tag für Tag die Karten.

»Nun, es gibt Ärger, aber es gibt auch eine freudige Nachricht von unterwegs...« Und wirklich, es gab eine Nachricht, einen Brief. Freilich aus Auschwitz, aber mit einer Nummer, an die sie, als an einen Polen, Päckchen schicken durfte.

Sie schickte ihm ein Kilo Zucker, ein Kilo Schmalz, einen Laib Brot, Speck, Zwiebeln und Salz. Das kostete hundertzwanzig Zloty. Pro Monat war ein Päckchen erlaubt, und wenn sie dafür sterben, wenn sie sich selbst dafür hätte verkaufen sollen, sie würde diese hundertzwanzig Zloty Monat für Monat auftreiben!

Sie hatte mit ihrem Mann immer im »Bukett« zu Mittag

gegessen. Ehedem ein vornehmes Restaurant, war es seit dem Krieg ein beliebtes Lokal für Schmuggler und Händler, in dem es für die weniger vornehmen Gäste zwei Gerichte gab: Klöße mit Kohl und Klöße mit Roten Rüben. Sie nahm für gewöhnlich den Kohl, ihr Mann die Rüben, und der Kellner, der sie mochte, tat ihrem Mann für dasselbe Geld immer eine doppelte Portion Klöße auf.

Sie betrat das Lokal wie stets, zur Mittagszeit. Der Kellner stellte die Klöße mit Kohl vor sie hin und fragte: »Für Ihren Mann auch schon servieren, oder warten wir?«

»Mein Mann ist in Auschwitz«, sagte Izolda R. »und wissen Sie was?« setzte sie hinzu, »ich muß ihn dort rausholen. Ich brauche jetzt sehr viel Geld. Sie verstehen?«

Der Kellner nickte.

Der Kellner war alt, schon etwas langsam, mit unübersehbaren Plattfüßen, weshalb er die Füße nach innen kehrte, wie das alle Kellner der Welt nach vielen Berufsjahren zu tun pflegen. Er mochte sie wirklich, und er hatte ihrem Mann die doppelte Kloßportion mitunter noch mit einer dicken Fleischsoße begossen.

»Können Sie mir helfen?« fragte sie.

Ein paar Tage später sagte der Kellner, während er auftrug: »Er wartet. Dort.«

Sie aß zu Ende, erhob sich und ging zu der Tür, hinter der sich das Chambre separée des Lokals befand. Hinter der Tür, auf einem abgeschabten Sofa, saß ein Mann. Kahlköpfig, dick, saß er mit weitgespreizten Beinen da, die den Hängebauch stützten, an seiner Weste sperrte ein Knopf. Ansonsten lächelte er freundlich, denn es war ein durchaus sympathischer, jovialer älterer Herr, der auf eine Frau wartete. Sie setzte sich neben ihn. Der Herr fuhr ihr mit der Hand das Bein hinauf, schlug ihren Rock hoch.

In ihrem Strumpf, am Schenkel, hatte sie eine Laufmasche. Sie täuschte Verwunderung vor, obwohl sie seit einer Woche davon wußte, daraufhin streichelte der Herr die Laufmasche und sagte: »Keine Sorge, wir kaufen dir neue Strümpfchen.«

Izolda R. legte ihre Hand auf die Hände des alten Herrn und fragte: »Gefalle ich Ihnen?«

»O ja, sehr«, erwiderte er verklärt.

»Dann müssen Sie mir nichts kaufen... Ich werde alles tun, was Sie sich wünschen. Und wie Sie es sich wünschen. Und wie oft Sie es sich wünschen. Und wie lange Sie es sich wünschen. Aber ich brauche sehr viel Geld, weil mein Mann in Auschwitz ist und ich ihn dort rausholen will. Wären Sie mit so einem Geschäft einverstanden?«

Sie blickten einander an – sie, den Schenkel entblößt, und der freundliche ältere Herr mit der rosa Glatze in seinem grauen Fil-à-fil. Dem Herrn stand der Sinn wohl nicht mehr nach ihren Laufmaschen und Schenkeln.

Er sagte mehrmals bekümmert: »In Auschwitz... Ja so!«

Da erhob sie sich lächelnd und flüsterte dem Kellner im Vorbeigehen zu: »Bedaure, Herr Roman, das ist nicht das, was ich meine...«

Fieberhaft war sie auf der Suche nach Geld und Protektion. Sie fuhr herum, trieb Handel, war Zwangsarbeiterin in Deutschland, floh, suchte wieder – auf sich allein gestellt und abseits der ganzen übrigen Welt, zu der sie nicht gehörte, denn es war die bessere Welt. Sie wußte, auch die Polen litten, aber das war ein besseres Leiden, um das man sie nur beneiden konnte. Ihr eigenes Leid war schlechter, denn sie selbst war schlechter. Die ganze Welt hielt sie für schlechter, und daß sich die ganze Welt in ihrem Gefühl für Gut und Böse oder vielmehr für Besser- und Schlechtersein irren sollte, das war schwer denkbar. Die Welt mußte im Recht sein. Sie war schlechter, und deshalb verkleidete sie sich. Sie hatte ihren Namen, hatte die Haarfarbe gewechselt, stellte die Handtasche auf andere Weise ab, und erst in dieser Verkleidung wurde sie von der Welt angenommen. Da die Welt die Verkleidete der Echten vorzog, hieß das nun mal, daß die Person, als die sie sich verkleidete, besser war als die echte.

Izolda R.s Mann wurde von Auschwitz nach Mauthausen verlegt. Mauthausen liegt in Österreich, Izolda R. beschloß also, nach Wien zu fahren. Sie begann sich unter Bekannten umzuhören. Jemand wußte eine Adresse, jemand sagte, er kenne einen bei der Organisation Todt, und das war eine gute Fährte, denn diese Organisation führte Bauarbeiten für die deutsche Wehrmacht durch und stellte – kostbare und verläßliche – Arbeitspapiere aus.

Izolda R. holte sich einen Arbeitspaß für Dalmatien, als Gegenleistung sollte sie lediglich jemandem in Wien Päckchen mit Tabak überbringen. Sie lieferte den Tabak ab und begriff, daß sie auf keinen Fall ins sichere Dalmatien fahren durfte. Vielmehr mußte sie nach Warschau zurück, um weitaus mehr Tabak nach Wien zu schaffen. Vom Erlös des Tabaks mußte sie italienische Seide kaufen. Die in Warschau verkaufte Seide würde ihr das Geld bringen, um ihren Mann aus Mauthausen herauszuholen, vielleicht reichte es auch noch zu einer Wohnung für die Mutter, den Schwiegervater, die Schwägerin, für sie selbst... Sie fuhr mehrmals, vier-, fünfmal. Jedesmal schaffte sie fünfundzwanzig Kilogramm Tabakblätter nach draußen, die in ihrem Koffer übereinandergeschichtet lagen. Sie brachte Seide zurück – in demselben schwarzen Lackkoffer, unter ihrem Nachthemd. (Es war der Koffer, von dem sie dem Schriftsteller erzählt hatte und neben den der gutaussehende SS-Mann seinen gelben hatte stellen sollen.) Einmal war sie mit einem Mann von der Organisation Todt im Café Prückel verabredet, aber statt ihres Bekannten erschienen zwei Fremde, hakten sie auf beiden Seiten unter und brachten sie auf die Gestapo.

Izolda R. wurde beschuldigt, daß sie für den polnischen Untergrund arbeite und ihre Besuche in Wien mit dem General Anders in Italien zu tun hätten.

Der Vorwurf war absurd, denn für den Untergrund zu arbeiten war das letzte, was Izolda R. in den Sinn gekommen wäre. Der polnische Untergrund ging sie nichts an. Sie ging ihr Mann an, und eine konspirative Tätigkeit hätte ihr in den Bemühungen um ihren Mann nur schaden können. Hätten die Polen ihrem Mann helfen wollen, sie hätte vielleicht etwas für sie getan, aber da er sie nicht interessierte, warum sollte sie sich für irgendwelche Melderinnen, irgendeinen General Anders interessieren?

Zuerst schlugen sie ins Gesicht, wie üblich. Dann schlugen sie so, daß sie jedesmal mit dem Hinterkopf gegen die Wand knallte. Dann ließen sie sie hängen – die auf den Rücken gedrehten Arme waren an einem Haken festgemacht, die Hände mit Handschellen gefesselt.

Dann schaffte man sie nach Auschwitz. Nach drei Monaten – länger konnte sie nicht bleiben, in Mauthausen wartete ja ihr Mann – trat sie an der Rampe zu Dr. Mengele, sagte, daß sie Krankenschwester sei und bat darum, den abgehenden Transport zu begleiten. (Das war während der Räumung des Lagers, von der der Komponist, der mit der Warszawianka, erzählt hatte. Die Menschen verfrachtete man in überfüllte Waggons, doch in jedem Zug fuhr eine Krankenschwester mit – Ordnung muß sein.) Dr. Mengele, gutaussehend, höflich, examinierte sie kurz.

»Wie unterscheiden sie eine Venenblutung von einer Arterienblutung?« fragte Dr. Mengele. Das wußte sie, denn sie hatte Krankenpflege gelernt auf der Typhusstation im Ghetto.

»Wieviel Atemzüge tut der Mensch in der Minute?« fragte er weiter. Das wußte sie nicht und bekam es mit der Angst zu tun.

»Wie oft schlägt das Herz in der Minute?« fragte er, einfühlsam wie ein Professor, der nicht gern jemanden durchfallen läßt.

»Das kommt drauf an«, erwiderte sie. »Ob einer sich fürchtet und wie sehr...«

Dr. Mengele lachte auf, und sie bemerkte die Lücke zwischen seinen Vorderzähnen. Diastema, fiel ihr da ein, so eine Lücke heißt Diastema...

Sie kam mit auf den Transport und fuhr von Auschwitz nach Guben. Dort stahl sie einer deutschen Arbeiterin den Mantel und flüchtete (in Mauthausen wartete ihr Mann). Sie kam in ein anderes Lager, wurde für den Transport nach Auschwitz aufgerufen, aber sie fuhr nicht mehr los: genau an dem Tag wurde Auschwitz befreit. Man trieb sie nach Westen. Unterwegs ergriff sie die Flucht (in Mauthausen... und so weiter). Sie kam bis Wien, dort arbeitete sie als Schwester in einem deutschen Lazarett. Im April besetzten die Russen das Lazarett.

»Nu, sestra, kotoryj SS?« fragte sie ein Offizier.

Sie wußte, wer bei der SS war, weil sie täglich die Verbände wechselte, aber sie erwiderte: »Nje snaju.«

»Jetzt kannst du dich rächen«, erklärte ihr der Offizier, als sie ihm sagte, sie sei Jüdin und ihm ihren Arm mit der Auschwitznummer hinhielt. »Wer ist bei der SS?«

»Ich weiß es nicht«, wiederholte sie mit einer Unnachgiebigkeit, die sie selbst erstaunte. »Ich kann dir sagen, wer keine Augen, keine Arme hat, aber wer bei der SS ist? Keine Ahnung.«

Die Soldaten zogen ab, sie nahm die Haube vom Kopf, streifte den Ärmel herunter und lief aus dem Lazarett. Der Zweite Weltkrieg war zu Ende.

Ihren Mann fand sie in den Baracken in Ebensee – in den Bergen, oberhalb von Mauthausen.

»Wo bleibst du denn, seit sechs Wochen ist der Krieg aus...«, sagte er vorwurfsvoll, obwohl sie die erste Ehefrau war, die im Lager auftauchte. Dann rückte er näher an ihr Ohr: »Hier weiß niemand, daß ich... Daß wir...«

Sie nickte. »Von mir auch nicht. Und so soll es bleiben. Wir sind für immer Polen...«

Sie nahmen auf seiner Pritsche Platz.

»Ich wußte, daß du am Leben bist. Obwohl Terenias Karten eine gefährliche Gestalt gezeigt haben. Drei Piques nebeneinander!«

»Der Zigeuner!« rief er. »Ich hab sogar ein Geschenk für dich.«

Er griff unter das Kopfkissen und überreichte ihr eine Streichholzschachtel.

Sie schob sie auf. Erblickte ein verkohltes Stück Menschenknochen.

»Drei Piques«, sagte er lächelnd. »Der Zigeuner. Der gemeinste Kapo im ganzen Lager. Wie die Deutschen weg sind, haben wir ihn im Krematorium verbrannt, die Knochen haben wir als Geschenk aufgehoben.«

»Wirf das weg«, sagte sie angewidert.

»Na hör mal«, sagte er enttäuscht, »ich habe ein Stück vom Schädel ergattert, extra für dich...«

Sie verließen die Baracke.

»Es ist keiner mehr da«, sagte sie still und begann aufzuzählen: ihre Eltern, seine Eltern, seine vier Schwestern, sein Neffe, der Schwager... Beim Aufzählen legte sie der Reihe nach die Finger um, erst an der einen, dann an der anderen Hand, dann hatte sie keine mehr – da richtete sie zwei Finger auf, den Zeigefinger und den Mittelfinger: »Uns gibt es noch, dich und mich. Ich wußte, daß du überlebst. Ich habe dich gerettet...« (Damals sagte sie zum ersten Mal: »Ich habe dich gerettet.« Später wiederholte sie das öfter. Wenn er zweiundzwanzig Monate Lager überlebt hatte, eins wie Mauthausen, wenn von fünfhundert Mann, die das Lager Ebensee gebaut hatten, sechzehn übriggeblieben waren und er sich unter diesen sechzehn befand, dann durch sie, die Kraft ihrer Liebe hatte ihn am Leben erhalten. – »Ich habe ihn in mir getragen wie eine Schwangere das Kind unter ihrem Herzen«, sagte sie zu Frau Romerowa, und Frau Romerowa erwiderte: »Sag ihm das nicht. Sag ihm nie wieder, er habe sein Leben dir zu verdanken...«)

Sie kehrten nach Polen zurück. Natürlich behielten sie die arischen Papiere. Ihr Mann machte eine Weberei auf, sie arbeitete in der Schwesternschule. Sie ließen beide Töchter taufen, gingen mit ihnen zur Kirche, wie sich's gehört. Eines Tages bekam ihr Mann eine polizeiliche Vorladung. Auf dem Tisch des Offiziers lagen ein paar vergilbte Zettel. Sie betrafen nicht die Weberei. Der eine entpuppte sich als das Original der Heiratsurkunde seiner Eltern aus der Vorkriegszeit, der andere als die Steuererklärung seines Vaters. Er nahm die Blätter behutsam zur Hand, so als fürchtete er, sie könnten zu Staub zerfallen, aber der Offizier beruhigte ihn: »Das ist gutes altes Papier, das verträgt noch manches... Nun, wie sieht's aus«, fügte er seufzend hinzu, »wann kehren wir zum richtigen Namen zurück? Es ist höchste Zeit, Herr Pawlicki...«

Bald nach dem Gespräch füllten sie die entsprechenden Formulare aus und reichten sie bei der Paßstelle ein. Der Beamte fragte nach ihrer Nationalität.

»Polnisch«, antwortete sie.

»Und die der Eltern?«

»Polnisch.«

»Ich wußte nicht, daß ein Krähenpaar einen Falken zeugen kann«, sagte der Beamte lachend.

Im Ministerium erfuhr sie, daß sie, wenn sie unter Nationalität »jüdisch« eintragen würden, die Papiere binnen sieben Tagen bekämen. Sie schrieben: »jüdische Nationalität«, und eine Woche später händigte man ihnen Karten von der Größe eines Schulzeugnisses aus, die den Aufdruck »Reisedokument« trugen. Darunter stand die Mitteilung »Der Besitzer dieses Dokuments ist nicht polnischer Staatsbürger«.

Sie gingen nach Wien. Die jüngere Tochter, die in Polen keine Sonntagsmesse ausgelassen und an Fastentagen nicht einmal Wasser getrunken hatte, fuhr in den Ferien in einen Kibbuz. Als sie wiederkam, teilte sie ihnen mit, daß sie mit ihrem Verlobten nach Israel ginge. Die Ältere besuchte die Jüngere in den Ferien und blieb ebenfalls. Sie lebten ohne Töchter, weit weg von Polen und von jener Welt, der sie bisher angehört hatten, und nur das eine erwies sich als unabänderlich – Izoldas Liebe. Sie war wie immer fürsorglich und zärtlich und stets bereit zu Hingabe und

Aufopferung. Ja sie war noch fürsorglicher und aufopfernder, ihr war schließlich nur noch ein Objekt geblieben: ihr Mann.

Eines Morgens betrat Izolda R. die Küche. Sie griff nach dem Kaffee und entdeckte einen Zettel – vierfach gefaltet, auf der Nähmaschine, direkt unter dem Firmenschild »Singer«. Sie setzte den Kaffee auf, nahm die Brille und begann zu lesen. Es war ein Brief von ihrem Mann. Er teilte ihr mit, daß er sie verließe.

»Ich gehe und komme nicht zurück«, schrieb ihr Mann. »Ich zahle dir monatlich fünfzig Dollar. Ich komme auch für Miete und Telefon auf, vorausgesetzt, die Rechnungen sind nicht übertrieben hoch. Janek.«

Sie fuhr nach Israel. Sie bezog ein Haus, das die ältere Tochter und deren Mann gekauft und eigens für sie eingerichtet hatten. Sie lebt allein. Ihr Mann ruft selten an. Sie spielt nicht mehr die Polin. Sie macht sich keine Gedanken mehr, ob die anderen sie für eine Polin halten. Sie hat festgestellt, was für eine große Erleichterung es ist, nicht mehr zu denken, ob die anderen… Sie hat festgestellt, daß sie überglücklich sein müßte, nicht mehr spielen, nicht mehr daran zu denken, ob… Und sie ist glücklich – bloß daß ihr Mann immer seltener anruft und nur dann, wenn es um die Töchter geht.

Ihr Mann leidet an Niereninsuffizienz, hat hin und wieder Depressionen, er hatte schon einen Herzinfarkt, muß an der Prostata operiert werden. Irgendwann wird er zur Dialyse müssen, die kranken Gefäße werden ihm immer mehr zu schaffen machen, die Depressionen wiederkommen… Dann wird er zu ihr zurückkehren, zum Glück ist sie ja Krankenschwester. Sie versteht was von der Niere und vom Herzen – und jetzt lernt sie Dialyse…

Ihr Mann wird Pflege auf höchstem professionellen Niveau bekommen.

6.

Ich hatte das Buch geschrieben. So wie es hatte sein sollen. Ich schickte das Manuskript ab. Es herrschte Schweigen. Als das Telefon endlich klingelte, vernahm ich eine verlegene Stimme: »Es ist sonderbar. Ich lese und lese, schon viermal hab ich es gelesen. Lassen Sie uns drüber reden, ja?«

Wir redeten in Wien. Zuerst im Café Prückel, dann in der Wohnung ihres Mannes. Aus dem Café hatte sie damals die Gestapo abgeholt. Sie zeigte mir den Tisch, an dem der Mann von der Organisation Todt gewartet hatte: unter dem Spiegel, gegenüber der Tür, neben einem Palmenkübel. Der Spiegel hing immer noch, der Tisch stand, die Palme wuchs...

Sie sagte: »Ich saß mit dem Gesicht zum Eingang, und das war mein Fehler. Ich hätte mit dem Rücken dazu sitzen müssen.«

»Die hätten Sie im Spiegel gesehen. Sie hätten ein paar Minuten gewonnen, höchstens.«

»Stimmt.«

Wir saßen nicht weit von jenem Tisch, am Fenster und aßen Apfelstrudel mit Schlagsahne. Der Teig war heiß, die Sahne kalt. Wir aßen den köstlichen Strudel, und meine Heldin erklärte mir, welchen Weg die Gestapo mit ihr gegangen war.

»Wir bogen nach links ab, da, dort entlang« – sie wies zum Fenster hinaus –, »gingen wir in Richtung Kanal, und wieder links, ich kann es Ihnen zeigen... Schrecklich schmal ist der Roman, Frau Hania«, sagte sie plötzlich. »Ein dickes Buch sollte es werden, und herausgekommen ist ein Büchelchen.«

»So muß es sein«, erklärte ich. »Das Buch über Marek Edelmann war noch dünner. Sechzig Seiten weniger, ein ganzes Drittel. Und das war ein Buch über die Aufständischen im Ghetto...«

»Es war alles so schrecklich«, warf sie ein, als hörte sie nicht, was ich sagte, »meine Verzweiflung, mein Herz, meine Tränen, und bei Ihnen? Ein paar Sätze, und das soll alles gewesen sein?«

»Je größer die Verzweiflung, umso weniger Sätze braucht es, Frau Izolda.«

»Ich habe Ihnen so viel erzählt... Ich dachte, Sie würden es verwenden«, sagte sie immer entschiedener, mit hörbarem Vorwurf in der Stimme.

Wut überkam mich. Meine Heldin führte sich auf wie eine Kundin, die der Schneiderin einen Stoff gebracht und eine Kreation mit Volants und Rüschen, mit Puffärmeln und Falbeln erwartet und ein schlichtes, bescheidenes Kleid bekommen hat.

»Je aufwendiger der Stoff, umso schlichter hat die Fasson zu sein«, wiederholte ich mein Argument mit anderen Worten. »Sie sind wirklich reizend, Frau Izolda«, fügte ich hinzu, »aber Sie haben einen schlechten Geschmack. Nicht unbedingt einen schlechten«, korrigierte ich mich, »sondern einen unzeitgemäßen. Einen traditionellen vielmehr...«

Am nächsten Tag besuchte ich sie in der Wohnung ihres Mannes, wo sie für die Zeit ihres Aufenthalts logierte. Eine hübsche helle Wohnung außerhalb der Stadt.

Ihr Mann war noch nicht von der Arbeit zurück.

Ich sah mich um. In allen Zimmern hingen Vergrößerungen von Fotografien an den Wänden. Schwarzweißfotografien, aber auch welche, die nachträglich koloriert worden waren. Sie zeigten Frauen – dunkel- und hellhaarige, alle jung, freundlich, lächelnd.

»Die Schwestern meines Mannes«, erklärte Izolda R. »Das ist Tusia, das Hela...« In Wirklichkeit hatten sie Estera, Chaja, Nechama und Sara geheißen, aber zu Hause hatte man sie beim polnischen Namen gerufen: Tusia, Hela, Halina, Zosia... Ich kannte sie alle aus Izolda R.s Erzählung und aus meinem, nicht-meinem Buch.

Zosia. Die Jüngste unter den Schwestern, sie hatte in Lwów geheiratet, war als erste umgekommen.

Tusia und Hela. Hela trug ein rosa Sommerkleid. Sie hatte goldfarbenes Haar, ein sonnengebräuntes Dekolleté und eine Wespentaille. Beide hatten nach dem Tod von Helas Mann Selbstmord begangen. Zuerst hatten sie Tusias kleinen Sohn, dann sich selbst vergiftet. Als sie sich zum letzten Mal sahen, sagte Hela zu Izolda: »Rette sie. Rette meine Mutter, meinen Vater, meine Schwester...« Um den Bruder hatte sie nicht gebeten, sie wußte, um den kümmerte sie sich sowieso. Das nahm ihr Izolda übel. So hell, so schön war sie gewesen, so gar nicht einer Jüdin ähnlich und hatte nicht einmal versucht, sich zu retten, und sie, mit den gefärbten Haaren, mit Augen, die der Polizist mühelos sogar in der vorbeifahrenden Rikscha erkannt hatte – ihr bürdete man auf, am Leben zu bleiben und alle zu retten.

Szymek, Tusias Sohn. Er war sechs. Sie hatten ihm das Gift gegeben, hatten gesagt... Was sagt man in so einem Fall? »Schluck das schön runter«? Die Leute, denen das

Versteck gehörte, fanden alle drei nach ein paar Tagen. Sie hatten Ärger mit dem Begräbnis.

Halina. Sie war dunkel, häßlicher als die Schwestern, hatte keine schönen Beine, doch auf dem Foto schlug sie sie hübsch übereinander (ich glaube, Izolda übertrieb mit diesen Beinen, so plump waren sie gar nicht). Sie bleichte sich das Haar – eine abscheuliche gelbe Farbe. Lernte einen Herrn kennen. Sagte: »Wir verstehen uns ohne Worte...« Izolda wurde hellhörig. Wer konnte sich für Halina interessieren? Mit ihren Beinen? Mit diesen gelben Haaren? »Paß auf dich auf«, sagte sie. Als sie das zweite Mal aus Wien zurückkam, erzählte man ihr, der Herr habe Halina und den Vater geholt, er habe sie mitgenommen, sie seien spurlos verschwunden.

Der Vater. Beim ersten Mal hatte er fliehen können: als die Wohnungsbesitzerin sie auf die Straße setzte. Sie warf sie am hellichten Tag hinaus – zwei alte Leute, die das ganze letzte Jahr auf dem Fußboden zugebracht, sich nicht aufgerichtet hatten und auf allen Vieren unterm Fensterbrett vorbei zur Toilette gekrochen waren, und Halina, mit den traurigen schwarzen Augen und diesen gelben Haaren. Die Mutter schnappten sie und schafften sie ins Pawiak, der Vater und Halina flüchteten. Beim zweiten Mal gelang ihnen die Flucht nicht: als Halinas Bekannter kam, mit dem sie sich ohne Worte verstand.

Der Vater – auf dem Bild hat er ein glattrasiertes Gesicht. In Wirklichkeit trug er einen Bart, aber nach dem Krieg, als alles auf polnisch umgemodelt wurde – selbst die Namen der Eltern und die alten Fotografien –, brachten sie die Aufnahme zu einer Fotografin. Die machte ein Negativ, entfernte den Bart, und der Vater bekam ein seltsames, fremdes Gesicht. Ein Gesicht ohne Bart, und so blieb es dann für allezeit.

Wir saßen zusammen wie damals, in Izolda R.s Salon in Israel, doch ohne den durchsichtigen Vorhang. Vielleicht machten das die Gesichter, die von den Wänden auf uns heruntersahen und bei uns waren.

Wir saßen zusammen, und Izolda R. las vor, was sie sich notiert hatte.

Die Szene mit den Klößen hinzufügen. Es handelte sich um Klöße, die ihr eine Bäuerin in der Gegend von Lódz auf den Teller häufte, als sie von der Zwangsarbeit in Deutschland geflohen war. Die Bauersfrau hatte sie freundlich bewirtet und ihr erklärt, woher all das Übel käme: von den Juden.

Die Szene in dem Restaurant hinzufügen (Details kann ich mir sparen).

Durchweg: hinzu, hinzu, hinzu.

»Das hatte ich drin, Frau Izolda«, sagte ich. »In der ersten Fassung hab ich das beschrieben, aber ich mußte es streichen, es wären Längen entstanden.«

»Längen?!« rief Izolda R. »Was denn für Längen? Die Szene mit den Klößen benennt doch das Problem!«

Dann: bestimmte Wörter streichen, zum Beispiel: »demütig«, »gefügig«, »einschmeichelnd«, »ergeben«...

Das war über sie. Mit diesen Worten hatte ich die Heldin charakterisiert, die der ganzen Welt tapfer und selbstbewußt die Stirn bot, aber vor ihrem Mann schüchtern und demütig wurde.

»Kein Gedanke dran! Demütig? Ich?!«

(»Aber ja doch«, erzählte mir später Izoldas Freundin. »Sie war unglaublich mutig, mutiger als alle unsere polnischen Mädchen im Untergrund. Wir hatten die Organisation, Verbindungen, die Kameraden hinter uns, sie ging allein vor, und das war unvergleichlich kühner. Aber sowie sie IHN den Schlüssel im Schloß umdrehen hörte, wurde sie still, klein, kroch in sich zusammen, war scheu und ängstlich.«

Ich war sehr stolz, daß ich Izolda R. so genau getroffen hatte. Sie hatte mir nie etwas von Demut erzählt, ich war schreibend darauf gekommen. Schreiben ist, wie man sieht, ein Erkenntnisprozeß...)

Wir hörten den Schlüssel im Schloß. Ihr Mann trat ein. Er war groß, sah blendend aus. Er begrüßte mich charmant. Er hatte schöne schmale Hände.

»Bist du hungrig?« fragte Izolda R. und sprang aus dem Sessel auf.

Nach meiner Rückkehr nach Warschau gab ich das Manuskript über Izolda R. einer erfahrenen Verlagslektorin. Nicht zum Druck – ich bin nicht im Besitz der Rechte. Aus Neugier, um eine kompetente Meinung zu hören. Gleichzeitig nahm ich die Änderungen vor, um die mich meine Heldin gebeten hatte.

»Schreiben Sie?« fragte sie, diesmal aus Israel.

»Ich schreibe.«

»Fügen Sie hinzu?«

»Ich füge hinzu. Aber ich streiche sofort, weil sich das Hinzugefügte als überflüssig erweist.«

Im Hörer wurde es still. Diese Art von Stille ist kostspielig, Izolda R. mußte schwer dafür arbeiten, indem sie zu ihrer Patientin, die die hohen Töne nicht hörte, mit Bauchrednerstimme sprach.

Die Stille zog sich hin.

»Was gibt's bei Ihrem Mann?«

»Nichts.«

»Ruft er an?«

»Nein.«

»Was gibt's bei der Tochter?«

»Nichts.«

»Ruft sie an?«

»Nein.«

Stille.

»Und überhaupt, was gibt's?«

»Überhaupt? Nichts, Frau Hania.«

Wieder tat sie mir leid.

»Ich versuche, noch was dazuzuschreiben, Frau Izolda.«

»Versuchen Sie's?« In Izolda R.s Stimme schwang der Ton, in dem sie sich in meinem Buch an ihren Mann zu wenden pflegte. »Ach bitte, versuchen Sie's.«

Die Verlagslektorin rief mich an. Sie sagte, sie würden den »Gewonnenen Krieg der Izolda R.« gern bringen.

»Ich habe nur noch eine Bemerkung«, setzte sie hinzu, »sie betrifft den Aufbau. Sollte dieser Ehemann sie nicht schon viel früher verlassen? Für den Roman wäre es wirklich besser.«

Jerusalem – Warschau 1988

# Hypnose

1.

... Es war einmal ein Junge, der stammte aus dem Land Polin und wurde infolge von »Volkstumulten« nach Prag verschlagen. Er hatte Verwandte, die waren in Polin geblieben, und bei besagten Tumulten war ihnen ein Unrecht widerfahren. Ob wegen des Unrechts oder wegen des Jungen, das weiß man nicht genau – die Angehörigen wandten sich an einen Rabbi. Die Antwort des Rabbis, einer Familie unbekannter Herkunft in unbekannter Sache erteilt, dieses Rabbinatsrespons aus dem Jahr 1029 ist der älteste urkundliche Beweis für die Anwesenheit von Juden auf polnischem Boden.[1] Auf diesem Boden, im Lande Polin, bildeten sie die größte und bedeutendste Ansammlung in der gesamten jüdischen Diaspora.

2.

Professor Matatiahu Minc, Historiker aus Tel Aviv, war unlängst in Krakau, im Stadtteil Kazimierz. An einem Freitagabend schlenderte er durch die stillen, verlassenen Straßen und dachte bei sich, bestimmt sitzen sie noch alle daheim, beim Sabbatmahl, gleich stehen sie von der Tafel auf und kommen heraus und gehen spazieren. So ging er lange, lange, bis es anfing zu tagen, die Milchmänner trugen schon die Milch aus, doch kein einziger Jude trat aus einem Haus.

3.

Freitagabend in Mea Shearim, dem chassidischen Viertel von Jerusalem. Stille. Das Mahl ist bereitet, die Kerzen sind angezündet, der Tschulent in der großen gußeisernen Kasserolle wurde längst zum Bäcker Fajnzylber gebracht, und die ganze Familie betet im Bethaus.

(Nein, nicht Fajnzylber bekam den Tschulent, den trug man in die Rybna- oder in die Grodzka-Straße. Und keineswegs in Mea Shearim, sondern in Lublin. Dorthin brachte man auch den Lokschenkugel – den Nudelauflauf mit Eiern, Rosinen, Honig und Zimt, unbedingt in einem Tongefäß. Und keineswegs in Mea Shearim...)

Die Gassen und Höfe von Jerusalem sind nach dem Bild JENER Städte gebaut: einstöckige Häuser, enge Lädchen, jiddische Schilder, das Schtibl zum Beten mit einem einzigen Fenster, durch das man einen beleuchteten Raum mit langen Tischen sieht. Auf einem Tisch ein mächtiges Buch, auf einem Stuhl wiegt sich, dösend, ein bärtiger Greis, zwei Jünglinge fuchteln mit den Armen, als stritten sie sich – streiten sie über einen Talmudvers? Über Maimonides?

Matatiahu Minc bittet, sich die Rührung zu verkneifen. Mit denen gibt es pausenlos Zores. Sie sind reaktionär, sind zurückgeblieben. Für die Dauer des Studiums sind sie vom Militärdienst befreit, aber sie studieren den Talmud ein Leben lang, folglich dienen sie überhaupt nicht beim Militär. Sie wollen ganz Jerusalem für sich, denn hier wird der Messias erscheinen. Wir kommen alle hierher, wenn wir am Jüngsten Gericht aus unseren Gräbern auferstehen, aber sie kaufen die Stadt schon jetzt Stück für Stück auf und wollen auf dem Ölberg begraben werden, um später nicht durch die ganze Welt wandern zu müssen. Um gleich an Ort und Stelle und ganz dicht dran zu sein, wenn der Messias erscheint.

Sie schreiben sonderbare Sachen. Rabbi Yoel Taitlbaum, ihr geistiger Führer, der Schirmherr der »Wächter der Stadt«, schreibt, der Holocaust sei die gerechte Strafe für den Versuch gewesen, göttlichem Ratschluß zuwider zu handeln. Auf diesen Ratschluß haben die Juden keine Heimat und keinen Staat, sind sie verstreut über die Erde und Verfolgungen ausgesetzt. Gott allein hat das Recht, seine Entscheidung zu ändern und das Urteil aufzuheben. Die Menschen, die versuchen, der Diaspora zu entkommen, erheben die Hand gegen IHN. Schlimmer noch, die Menschen verharren im Zustand der Sünde. Gewarnt durch den Holocaust, verharren sie dennoch in der Sünde: sie errichten einen jüdischen Staat. Die Strafe, die Katastrophe ist unausweichlich. Diesmal werden nur einige wenige verschont bleiben, und sie allein sind dereinst die Zeugen der wahrhaftigen Erlösung.

Also lehrt Rabbi Taitlbaum[2], doch nun ist das Gebet beendet, und aus der Synagoge quillt eine Menschenmenge in die eben noch stille leere Straße. Männer im schwarzen Gehrock, in weißen Strümpfen, Pelzbaretts auf dem Kopf, kleine Jungen, die Schläfenlocken zu Zöpfchen geflochten, Frauen in langen Gewändern, das Kopftuch so eng gebunden, daß auch nicht eine Haarsträhne drunter hervorlugt... Die laut schwatzende, fröhliche Menge füllt die Gehsteige und die ganze Breite des Fahrdamms und eilt nach Hause zum Sabbatmahl.

(Der Deckel der Kasserolle mit dem Tschulent aber muß mit Papier umhüllt sein und mit Bindfaden umwickelt. Das Papier brennt nicht an, es vergilbt höchstens von der Hitze. Und falls der Deckel nicht dicht genug aufliegt, muß man ihn erst ringsherum mit einem Teig aus Mehl und Wasser abdichten. Und keineswegs in Mea Shearim... In Lublin, in der Bäckerei in der Rybna- oder in der Grodzka-Straße.)

4.

... Es war einmal eine Familie, die Kuszmowa, der Nahum und ihre Kinder. Sie ließen sich scheiden. Der Nahum war reich, und er heiratete bald darauf wieder. Die Kuszmowa tat das gleiche, dabei sind doch in jüdischen Familien die geschiedenen Frauen verstoßene Frauen: häßlich, unfruchtbar, untreu, oder sie verbreiten stinkende Ausdünstungen. Die Kuszmowa war nicht häßlich und stank nicht, da sie den Szymon zum Mann bekam, was zu ihrem Wohle geschah, denn ihr erster Mann gab in der neuen Verbindung sehr rasch seine Seele an Gott... Muncha, seine zweite Frau, heiratete auch noch einmal, Dawid, den Zöllner, dabei sollte eine jüdische Witwe doch den Bruder ihres verstorbenen Mannes heiraten (es sei denn, sie kauft sich frei, dann muß sie nach der Chaliza, dem Brauch, dem Schwager im Beisein eines Richters einen Schuh ausziehen).

Muncha war großmütig: anläßlich ihrer neuen Heirat entließ sie alle ihre Schuldner aus ihren Verpflichtungen.

Muncha ging mit der Mode: in ihren beiden Häusern, in Przemysl und in Lwów, ließ sie bunte Scheiben einsetzen.

Muncha führte ein reges gesellschaftliches Leben, ihr

Mann war sogar mit dem Starosten befreundet. Als Dawid – tja, leider – der Unterschlagung von fünfhundert Geldbußen angeklagt wurde, half der polnische Starost dem Freund persönlich aus der Bedrängnis.

Die ganze vielköpfige, tatkräftige Familie lebte in außergewöhnlicher Eintracht: die Kuszmowa, ihr zweiter Mann, Nahums zweite Frau, Dawid, Nahums Söhne aus erster Ehe… Gemeinsam kauften und verkauften sie, borgten und bauten sie, pendelten in Geschäften zwischen Przemysl und Lwów. Und deshalb bauten sie und deshalb hier, weil der polnische König den Juden auf dem Boden Polens und Litauens Privilegien eingeräumt hatte.

Alles, was wir über die Familie des Nahum wissen, ist niedergelegt in den Büchern des Schöffengerichts von Przemysl. Das von den Eheschließungen und von den Schuldnern und von den bunten Fensterscheiben… Niedergelegt im fünfzehnten Jahrhundert, ein erstes Mal 1423, ein letztes Mal 1460.[3]

## 5.

Noch einmal Freitag abend. Die Sabbatfeier beginnt später als gewöhnlich. Man wartet auf die Kinder: vielleicht bekommen sie im letzten Moment einen Urlaubsschein vom Militär und schaffen es bis zum Sabbatmahl.

Am Freitag vormittag streifen diese »Kinder vom Militär« durch die gewundenen Straßen von Jerusalem. Auf dem Rücken tragen sie Maschinengewehre, auf ihrer Brust baumeln Gasmasken, an ihrem Koppel hängen lange Holzknüppel. Sie kontrollieren die Taschen derer, die zur Klagemauer gehen, denen, die zur Via Dolorosa wollen, beteuern sie, sie seien sicher.

Die arabischen Läden in der Via Dolorosa sind, zum Zeichen des Streiks, geschlossen, nur an wenigen Ständen ein paar Krämer. Der Kreuzweg schlängelt sich zwischen Läden, Ständen und Fußgängern hindurch. An der Zweiten Station (Jesus nimmt das Kreuz auf seine Schultern) ist ein Stand mit Baumwolle, an der Vierten (Jesus begegnet seiner Mutter) einer mit einem Kessel, in der Hackfleisch in Öl schmort, an der Fünften (Simon von Cyrene hilft Jesus das Kreuz tragen) verkaufen sie riesige Brezeln, die in einzelne Teile gebrochen und mit Gewürzen bestreut werden.

Genauso hätte es ja aussehen können: Stände, feilschende Händler, Lärm, Gedränge. Durch die Menge geht ein Mann mit einem Kreuz... Nur wenige spotten, nur wenige haben Mitleid, die meisten, in Anspruch genommen von ihren eigenen wichtigen Angelegenheiten, gehen gleichgültig an ihm vorüber. Höchstens am Abend, beim Sabbatmahl, sagt einer dann: »Wißt ihr, was ich heute gesehen habe?«

Der Sturm über Jerusalem ist gelb. Nicht eigentlich der Sturm, sondern der Moment, bevor er losbricht und sich der Himmel jäh verfinstert und dunkelgrau färben müßte.

Der Himmel, die Luft und der Wind in Jerusalem verfärben sich gelb.

Dann trägt der Wind den Sand aus der Wüste heran, der aber hat nicht die Farbe des trocknen Dünensandes von der Ostsee oder die des nassen Sandes aus dem Brunnen an der Narew. Die Maler nennen diese Farben Ockertöne – ein Gelb, im Ton von Gold? von Feuer? Schwefel? von der Farbe der Orangen?

Alle Schattierungen von Gelb entdeckt man in der Wüste von Judäa und an den Felsen von Masada.

Masada, die Bergfeste, in der die Juden den Römern sieben Jahre lang trotzten, wo sie, nach der Niederlage, gemeinsam den Freitod wählten, gilt den Heutigen als Sinnbild für Ehre und Mannhaftigkeit.

Jahr um Jahr legen die jungen Rekruten der israelischen Armee zwischen diesen Mauern ihren Treueeid ab: vor den Verteidigern von Masada.

Die Römer nahmen die Festung von Westen, der Weg war um ein Mehrfaches kürzer als der vom Toten Meer her. Sie schütteten einen hohen Hügel auf, befestigten ihn durch eine Plattform aus Felsgestein, dort hinauf schoben sie ihre Steinwurfmaschinen und beschossen die Festung.

Aufgeschüttet wurde der Hügel von Juden: Männern, die beim Fall des Tempels in Gefangenschaft geraten waren.

Die Verteidiger von Masada sahen von den Mauern auf sie hinunter. Sagten sie etwas? (Sagten sie: »Nein, nein, sie werden es nicht tun. Ein Jude stellt sich nicht gegen einen Juden...«) Doch die jüdischen Gefangenen schleppten weiter Erde herbei, geduldig, in Säcken, Tag für Tag, bis der Hügel hoch genug war, um die Steinschleudern aufzustellen.

Der Ankläger im Eichmann-Prozeß wollte wissen, warum sie sich nicht aufgelehnt hatten: nicht die Juden, die ins Gas gingen, und nicht die Juden, die deren Leichen in den Öfen verbrannten. Hannah Arendt wollte wissen, warum die Judenräte bei der Vernichtung von Juden mit den Deutschen zusammengearbeitet hatten.

Ein deutscher Militärarzt, dessen Aussage Hannah Arendt anführt, erinnert sich, warum er nicht protestierte, obwohl er die Wahrheit über die Judenausrottung kannte. Er wußte, er würde spurlos verschwinden und es wäre ein anonymer Tod. Hätte man ihm die Gelegenheit zu einem großen dramatischen Märtyrertod gegeben, vielleicht hätte er sich zum Protest entschlossen, aber ein stummer anonymer Tod war ein nutzloses Opfer.

Hannah Arendt ist der Ansicht, es gäbe keine Zonen des Vergessens. »Einer wird immer bleiben, um die Geschichte zu erzählen«.[4]

Vom Selbstmord der neunhundert Helden berichteten zwei Frauen, die überlebt hatten – Ehefrauen oder Mütter. Auch von einer Rebellion der Gefangenen würde jemand berichtet haben, aber die Gefangenen hatten nicht rebelliert.

Es muß noch ein Minimum an Menschlichkeit vorhanden sein, damit einer sich auflehnt. Offenbar hatte man den Gefangenen von Masada dieses erforderliche Minimum nicht gelassen. So wie man es den Menschen nicht gelassen hatte, die in die Gaskammern gingen.

Es ist unangemessen, die Ereignisse, zwischen denen 1870 Jahre liegen, miteinander zu vergleichen, und doch legen die israelischen Rekruten von heute ihren Eid vor den Helden von Masada ab. »Masada wird nie wieder fallen«, lautet die Formel des Schwurs. Sie sollten noch einen, weniger stolzen, Satz hinzufügen: »Nie wieder werden wir einen Hügel aufschütten.«

## 6.

Uri Orlew wohnt im exklusiven Stadtteil der Schriftsteller und Künstler, mit Blick auf den Berg Zion, den Raum des Heiligen Abendmahls, die Dormitio-Kirche und auf das Gedenkseil.

Uri Orlew kam mit fünfzehn Jahren, im August 1945, nach Palästina. Vier Monate zuvor war der Zug, in dem die Deutschen ihn, seinen Bruder, die Tante, den Onkel und einen Transport ungarischer Juden aus Bergen-Belsen zur Vernichtung bringen wollten, von den Amerikanern übernommen worden.

Nach Bergen-Belsen war er über das *Hotel Polski* gelangt. Er hatte bereits das Ghetto und die arische Seite hinter sich, als die Deutschen bekanntgaben, Juden, die im Besitz von Auslandspässen seien, könnten sich im Hotel in der Dluga-Straße melden, um sich von dort ins Ausland zu begeben. Da schickte die Tante von Uri, der damals Jurek hieß, sofort Onkel Frenkel los, damit der alles Nötige beschaffte.

Papiere kaufte man bei den jüdischen Gestapoagenten – es gab freilich gute und schlechte Papiere. Die guten, das waren Pässe für die südamerikanischen Länder. Die schlechten – Visapromessen für Palästina.

Der Onkel ging los und brachte, was nötig war: vier Dokumentensätze. Zwei für Palästina, für sehr viel Geld, und zwei für Honduras, für noch viel mehr Geld.

Als die Tante die Papiere sah, bekam sie einen Tobsuchtsanfall. »Du Idiot«, schrie sie den Onkel an. »Weißt du denn nicht, daß ich meiner Schwester versprochen habe, mich niemals von ihren Söhnen zu trennen?!« (Die Mutter der Jungs lebte nicht mehr, und jeder, außer dem Idioten von Onkel, wußte, daß man ein Versprechen, das man einem Sterbenden gegeben hat, halten muß.)

Der Onkel zog also noch einmal los und kam mit vier schlechten Dokumenten zurück, welchen für Palästina.

Am 13. Juli 1943 ging der Transport der Juden, jener »ausländischen Bürger«, nach Bergen-Belsen ab. Dreitausend Menschen gehörten ihm an. Zweihundertundfünfzig »Palästinenser«, der Rest »Südamerikaner«.

Am 21. Oktober 1943 wurden die »Südamerikaner«

nach Auschwitz geschafft. Sie fanden alle den Tod. Nur die mit den palästinensischen Promessen überlebten den Krieg.

Hier noch ein anderer Bericht über gute und schlechte Papiere – aus den »Hasidic Tales of the Holocaust«[5]. Unter den Juden mit ausländischem Paß befand sich auch die Schwiegertochter des Zaddiks von Góra Kalwaria mit ihrem Kind. Die Leute im Lager wußten das, und daß der Enkel des Zaddiks und dessen Mutter unter ihnen war, gab ihnen Zuversicht. Bestimmt würden der Himmel und das British Empire diese beiden retten, und mit ihnen alle Juden aus Bergen-Belsen.

Am siebten Tag des Laubhüttenfestes wurden die Leute auf dem Lagerplatz zusammengetrommelt, und man begann Listen aufzustellen. Jeder trat vor den Lagerkommandanten und zeigte seine Papiere vor. Die amerikanische Liste wurde immer länger. Die Schwiegertochter des Zaddiks hatte beides, ein gutes und ein schlechtes Dokument. Als sie an der Reihe war, faßte sie einen Entschluß: sie schluckte den dünnen weißen Zettel der palästinensischen Promesse hinunter und reichte dem Kommandanten den amerikanischen Paß.

Aus den Archiven des Museums in Auschwitz ist bekannt, daß am 24. Oktober ein Transport aus Bergen-Belsen in Birkenau auf der Rampe stand. Kurz vor dem Betreten der Gaskammer entriß eine Frau dem SS-Mann Schillinger die Pistole und erschoß ihn, einen zweiten SS-Mann, Emmerich, verwundete sie. Die übrigen Frauen stürzten sich mit bloßen Händen auf die Wachmannschaft. Die SS forderte Verstärkung an. Als sie eintraf, töteten sie einen Teil der Frauen mit Maschinenpistolen und Granaten auf der Stelle, den Rest schleiften sie in die

Gaskammer. Sämtliche Leichen wurden im Krematorium 2 und 3 verbrannt.

Den Namen der Frau, die geschossen hatte, kennen wir nicht. War es vielleicht die Schwiegertochter des Zaddiks? Aber vielleicht schoß sie nicht, sondern betete? Was hätte Abraham Mordechaj Alter, ihr Schwiegervater, der letzte Zaddik von Góra Kalwaria, von ihr erwartet, Schüsse oder Gebete?

»Einer wird immer bleiben, um die Geschichte zu erzählen...«

Von den Frauen überlebte keine, aber zum Glück blieb der SS-Mann Broad von der Mannschaft in Auschwitz am Leben und berichtete nach dem Krieg darüber.[6]

Uri Orlew brachte fast zwei Jahre in Bergen-Belsen zu. Im April 1945 verlud man sie und mehrere tausend ungarische Juden in Waggons. Unterwegs eroberte die 9. amerikanische Armee den Zug. Der amerikanische Hauptmann besetzte das nächstgelegene Städtchen, das eine Siedlung für Offiziersfamilien war, und befahl, alle Häuser müßten binnen fünf Minuten geräumt sein. Dann übergab er die Häuser den Häftlingen. Die Stärksten drangen zuerst dort ein. Sie stießen die Schwächeren beiseite und begannen die Villen zu plündern – Kleider, Pelze und Schmuck. Als sie alle Schätze weggeschleppt hatten, durften die schwächeren Häftlinge die verwüsteten Häuser betreten.

»Tante Stefa war eine starke Frau«, sagt Uri Orlew.»Sie konnte jedem Mann eins in die Fresse geben, wenn es nötig war.« Aber sie stand da, ohne sich zu rühren, und befahl auch ihnen, ruhig zu stehen. »Für uns ist der Krieg zu Ende«, sagte Tante Stefa. »Wir werden uns nicht um Lumpen schlagen.«

Uri Orlew schreibt heute für Kinder und Jugendliche. Mit dem Schreiben angefangen hat er in Bergen-Belsen, als er vierzehn war.

Eines seiner ersten Gedichte geht so:

*Stand ich auf, freut ich mich*
*Ging ich umher, grämt ich mich*
*Manchmal war mir königlich*
*Schließlich aber legt ich mich*
*Bin krepiert und reg mich nicht.*

Ich verlasse Uri Orlews Haus und schaue auf die in der Dämmerung hell schimmernden Mauern der Altstadt und auf das sich dunkel vom Himmel abhebende Seil. Wie eine deutliche waagerechte Linie zieht es sich durch die Luft, vom Berg Zion, über den Raum des Heiligen Abendmahls, die Dormitio-Kirche und weiter, in Richtung Davidsturm.

Man hat es zum Andenken hier gelassen. Als während des Kriegs 1948 die jüdischen Stellungen durch die Jordanier voneinander abgeschnitten waren, wickelten die Juden über dieses Seil, über die Köpfe der jordanischen Truppen hinweg, ihre Waffentransporte ab.

Vergangenes Jahr überquerte ein Mann, ein Franzose, wie es heißt, das Seil ohne Netz. Auf halbem Weg warf er die Schuhe ab und bewegte sich barfuß weiter, und die gaffende Menge fing die Schuhe auf und behielt sie als Andenken.

Die Überquerung sollte den Frieden zwischen Arabern und Juden symbolisieren.

Uri Orlew saß mit seinem fünfjährigen Sohn in seinem Gärtchen und erklärte ihm: »Schau, was für ein mutiger Mann, und wie wichtig die Sache ist, für die er das tut…«

Doch sein Sohn sagte: »Ach was, Papa, ich geh ins Haus.« Und verschwand.

7.

... Es war einmal ein Zaddik, der erkor sich ein armes kleines Städtchen zu seinem Sitz. Er war Schüler anderer großer Zaddikim aus armen kleinen Städtchen: des Maggid von Kozienice, des Symcha Bunam von Przysucha, des Mendel von Kock. Als der Mendel aus Kock im Jahre 1839 der Welt den Rücken kehrte (er zog sich hinter zwei verschlossene Türen zurück und hockte dort zwanzig Jahre lang, bis zu seinem Tod), wählte man Icchak Meir Alter zu seinem Nachfolger. Nach dem Tod des Meisters ging er nach Góra Kalwaria, wo er eine Dynastie und einen Hof begründete.[7]

Die Juden hier waren fromm und fleißig. Sie errichteten ein Rathaus, ein Schlachthaus, Remisen für das Feuerlöschgerät, Rinnsteine, Stadtlaternen und auch drei große Fabriken – eine für Gebetsmäntel, eine für Essig und eine für Seife.

Und da sie fromm waren, verkündeten sie den Ruhm ihres Zaddiks im ganzen Königreich. 1898 wurde die Schmalspurbahn von Warschau nach Góra Kalwaria in Betrieb genommen. Man nannte sie die Rebbes-Bahn, und Tausende von Chassidim strömten mit ihr herbei. Der Zaddik zeigte sich ihnen auf dem Balkon, nachmittags, an jedem Sabbat.

Wenn er zu den Heilquellen reiste, mußte ihn die Polizei vor dem Ansturm seiner Anhänger schützen. Wenn er photographiert werden sollte, mußte die Polizei den Photographen vor der Menge schützen.

1940 gelangte der letzte Zaddik von Góra Kalwaria mit seinen beiden Söhnen noch glücklich nach Palästina. 1941 wurden dreitausend Juden aus Góra Kalwaria ins Ghetto gebracht. Sie fuhren mit der Rebbes-Bahn.

Die restlichen Juden erschossen die Deutschen im Hof des Bethauses, sie verbrannten die umfängliche Bibliothek des Zaddiks, dann richteten sie dort eine Reparaturwerkstatt für Panzer ein.

Nach dem Krieg war in der alten Synagoge ein Kino, es fanden Versammlungen und Tanzabende dort statt. Heute sind hier Läden und Wohnungen. 1967 wurden die letzten Spuren beseitigt, die auf die einstige Bestimmung des Gebäudes hindeuten konnten, an seinem Giebel prangt die Losung: »Es lebe die Freundschaft zwischen den Völkern«.

Im einstigen Bethaus befindet sich ein Möbellager. Erhalten geblieben ist der Matzeofen und, an einer nichtbenutzten Tür, eine Mesusa.

## 8.

... Es waren einmal Zaddikim, die gaben sich große Mühe um Polen. Der Rabbi Pinhas aus Korc fand, um Polen müsse man sich mühen, denn »die Vertreibung ist hier weniger bitter als irgendwo sonst«. Und so beteten sie für Polen, namentlich in Augenblicken der Gefahr. Der Rabbi Pinhas aus Korc war übrigens der Ansicht, allein dank der Gebete seines Freundes, des Rabbi Nahman aus Horodenka, hätten die Russen nicht den Sieg über die Polen davongetragen. Leider wanderte der Rabbi Nahman aus Horodenka im Jahr 1764 aus ins Heilige Land, und in seiner Abwesenheit wurde die erste Teilung

Polens vorgenommen. Der Rabbi Pinhas seinerseits betete inständig um die Begrenzung ihrer Folgen. Erst nach dem Tode des Pinhas von Korc (er starb 1790) gelang es dem Eroberer, das Land durch eine zweite und eine dritte Teilung zu unterwerfen.[8]

## 9.

Ein Vertreter Israels bei einer großen internationalen Organisation:

Er war während des Kriegs mit der Anders-Armee nach Palästina gekommen. Eines Tages ging er mit einem Kameraden in ein Café, jemand vom Nachbartisch wies sie zurecht: wie sie hier polnisch sprechen könnten, in Polen seien doch Millionen von Menschen umgekommen. Die Leute, die sie gerügt hatten, sprachen selbst deutsch.

Er glaubt, die Juden hätten das mit den Polen noch nicht verwunden. Das mit den Deutschen schon, das war auch leichter. Den Tod nimmt man leichter hin als Demütigung. In der Sache mit den Polen geht es um Demütigung und um verschmähte Gefühle. Nichts erzeugt größere Aggressionen und nachhaltigeren Haß als zurückgestoßene, verschmähte Liebe.

Er ist in dem Städtchen Strzemboszyce Wielkie geboren. Auf dem Gymnasium war er der einzige jüdische Schüler, und nie hat ihn ein polnischer Mitschüler zu sich nach Hause eingeladen. Dann war er bei der Anders-Armee, dann absolvierte er die Sorbonne, ging nach Israel zurück und vertrat Israel bei einer großen, internationalen Organisation. Dann ging er in Pension und zog nach Paris.

»Mein ganzes Leben war ein Warten auf etwas, und immer war alles vorläufig. Mein Studium war Warten, und die Jahre in Israel und Paris waren Warten. In Wirklichkeit und auf Dauer war ich in meinem ganzen Leben immer nur vierzehn Jahre alt. Von Dauer ist nur mein Leben in Strzemboszyce Wielkie gewesen.«

## 10.

Ein Freund, mit dem ich nach dem Krieg zusammen im Waisenheim war, Professor für Geologie in Jerusalem, hielt sich anläßlich einer internationalen Konferenz in Krakau auf. Sowie er kurze Zeit allein im Raum war, kamen die polnischen Studenten, zogen die Tür hinter sich zu und fragten: »Ganz ehrlich, Herr Professor, wie waren die Polen während der Okkupation zu euch?«

Da erzählte ihnen mein Freund aus dem Waisenheim die Geschichte von Siedlce. Sie hielten sich auf der arischen Seite versteckt, seine Mutter, die Großmutter und er, und eine Frau zeigte sie bei der Polizei an. Sie tat das, ohne einen Vorteil davon zu haben, verlangte nicht mal eine Belohnung dafür. Das Verhör führte ein Polizist, von dem die ganze Stadt wußte, wie schrecklich er ist, und der an einem einzigen Tag eigenhändig zwanzig Juden erschossen hatte. Der Freund aus dem Waisenhaus ist beschnitten, der Fall war eindeutig. Man sperrte sie in den Keller des Kommissariats. Am Abend erschien der Polizist, machte das Fenster auf und half ihnen zu fliehen. Vorher nahm er meinen Freund aus dem Waisenhaus auf den Arm, schlug das Zeichen des Kreuzes über ihm und sagte: »Gott nehme dich in Seine Obhut, mein Junge.« – »Wißt ihr jetzt, wie die Polen während der Okkupation waren«, schloß mein Freund, aber sowie er einen anderen Raum betrat, folgten ihm wieder Studenten und zogen die Tür hinter sich zu.

Da erzählte er ihnen von seinem Freund, der aus dem Ghetto in den Wald, zu den Partisanen geflüchtet war. Die Partisanen wollten ihn umlegen, aber sein Freund sagte: »In Ordnung, aber ihr solltet wissen, wer meine Tante ist. Der Mann meiner Tante heißt Morgenthau.« (Morgenthau, der Finanzminister der Regierung Roosevelt, war während der Okkupation der bekannteste Jude.) »Wenn das so ist«, sagte der Offizier, »dann gehen wir zum Kommandanten«, doch zum Glück griffen die Deutschen die Einheit an, und in dem Durcheinander konnte der Freund fliehen. Irgendwelche Polen halfen ihm, ein Versteck zu finden, in dem er bis zum Ende der Okkupation zubrachte.

»Wißt ihr nun, wie sie waren?« fragte mein Freund aus dem Waisenhaus die Studenten.

(Eine Freundin aus demselben Heim:

»Die Juden werfen den Polen vor, sie hätten zu wenig Menschen gerettet. Aber wenn sie selbst welche retten müßten und dabei ihr eigenes Leben und das ihrer Familien riskieren – wieviel arabische Kinder würden sie wohl retten?«

Und wieviel polnische Kinder würden sie retten?

Und wieviel jüdische…?)

## 11.

In der Jerusalemer Allee in Warschau, zwischen dem Kinderkrankenhaus und dem Bahnhof befand sich die Wache.

Vom Hauptbahnhof brachte man eine Frau mit einem Mädchen auf die Wache. Das Mädchen hatte ein schlechtes Aussehen. Die Frau hatte ein gutes Aussehen und sehr gute Papiere. Sie hieß Emilia Ostrowska, war die leibliche Schwester von Maria Ostrowska, römisch-katholischer Konfession, wohnhaft Sienna-Straße 90. Der Polizist, der die Papiere in Händen hielt, wußte, daß sie echt sind und musterte die Augen und den Zopf des Mädchens. »Wie heißt du?« fragte er. Sie antwortete. »Wie alt bist du?« Sie antwortete. »Ist das deine Mama?« Sie nickte. Er legte die Kennkarte auf den Tisch, nahm eine Zigarette und drückte sie zurecht. Es war eine mit Tabak gestopfte Hülse. Das Mädchen, das sich selbst für eine Expertin im Hülsenstopfen hielt, mußte zugeben, daß auch der Polizist sich recht gut darauf verstand.

»Sie kennen das Gebet Engel des Herrn, nicht wahr?« wandte sich der Polizist an die Frau. »Sagen Sie es uns auf.«

Es war früher Morgen, begann eben erst hell zu werden, ein zweiter Polizist reckte sich und streckte die Beine von sich. Sie waren unrasiert, vermutlich seit dem Vortag im Dienst. Beide sahen sie zu der Frau, die schwieg.

»Dann sagen Sie uns den Engel des Herrn also nicht.« Der Polizist lächelte betrübt. So ist das, dachte das Mädchen. Sie hat es nicht gelernt. Hat es nicht fertiggebracht, so ein leichtes Gebet zu lernen. Durch sie gehen wir hoch. »Und du?« Der Polizist lächelte jetzt zu dem Mädchen hin. Sie begann sofort zu sprechen, eifrig, ohne abzusetzen: »Der Engel des Herrn brachte Maria die Botschaft, und sie empfing vom Heiligen Geist, gegrüßet seist du Maria, voll der Gnade, der Herr ist mit dir...« Sie sah auf die ausgestreckten Beine des Polizisten, aber sie wandte sich direkt an SIE: »Siehe, ich bin die Magd des Herrn, mir geschehe...«

»Das reicht«, unterbrach der Polizist. »Und was mache ich nun mit euch? Die eine sieht aus wie eine Jüdin, aber sie kann beten, die andere sieht nicht so aus, aber sie kann nicht... Wißt ihr was? Ihr entscheidet am besten selber, wer von euch Katholikin ist und wer Jüdin. Die Jüdin bleibt, die Katholikin kann gehen. Überlegt es euch und sagt mir Bescheid, wie ihr euch entschieden habt.«

Die Zelle hatte kein Fenster, das einzige Licht spendete eine schwache, nackte Glühbirne in einer Nische.

»Du gehst, ich bleibe«, sagte die Mutter. »Du bist jung, du mußt leben. Ich hab mein Teil hinter mir.« – »Du mußt am Leben bleiben«, sagte das Mädchen. »Du kannst Großmutter retten. Ich komm allein nicht zurecht, es lohnt nicht, daß ich rauskomme.«

»Du bist ein großes Mädchen«, sagte die Mutter, »bist schon sechs Jahre alt. Du sprichst jemanden auf der Straße an. Du weißt genau, wen man ansprechen kann.«

Das war die Wahrheit. Jedesmal, wenn sie sich an jemand Fremden wenden wollte, fragte die Mutter: »Was meinst du, geht es bei der?« Und manchmal erlaubte es das Mädchen, ein andermal sagte es: »Nein, bei der nicht.« – »Sie versteht was von Menschen«, erzählte die Mutter stolz. »Sie folgt nicht gut, aber auf zwei Sachen versteht sie sich blendend: aufs Abschmecken von Barszcz und auf die Einschätzung von Menschen.«

Das Mädchen wurde müde. Es legte den Kopf in den Schoß der Mutter. »Schade, daß du so ein einfaches Gebet nicht gelernt hast«, sagte sie vorwurfsvoll. »Aber mach dir nichts draus. Ich weiß schon, was wir tun. Wir bleiben beide.«

## 12.

Die Grotte der Verkündigung befindet sich in Nazareth. Hier also verkündete der Engel des Herrn der Jungfrau Maria... Der Ort ist dazu angetan, IHR die Ereignisse von damals in Erinnerung zu rufen.

Es war ein guter Einfall, Maria Ostrowska auf die Wache zu schicken (»Meine Schwester Jüdin?!« schrie sie, daß es in der Zelle der beiden zu hören war. »Emilka, wo bist du, ich werd mir diese Herren sofort vornehmen!«), die Polizisten zu zwingen, dem Geschrei zu glauben und obendrein noch eine Droschke zu beschaffen und sie haargenau in dem Moment vorfahren zu lassen, als sie aus der Wache traten. Damit sie auch nicht einen Schritt über die Straße zu tun brauchten mit dieser Kleinen, am hellichten Tag...

Ein erstklassiger Einfall war das, aber die Kirche, die die Nüchternheit des zwanzigsten Jahrhunderts verströmt, taugt nicht für Erinnerungen. Eher schon taugen Kapernaum und der See Genezareth. Hier hat die Menschheit es noch nicht geschafft, Tempel zu errichten, hier gibt es nur Hügel, Wasser, den Berg der Seligpreisungen am See und Olivenbäume, deren Wurzeln Tausende von Jahren leben, also aus JENEN Wurzeln entsprungene Bäume...

Ja, der See Genezareth, er ist am besten dazu angetan, Dank zu sagen für die Erhörung eines Gebets, das mit eiliger Inbrunst gegen die ausgestreckten Beine eines gelangweilten Polizisten gesprochen ward...

## 13.

Der Freund aus dem Waisenheim kam sechsundvierzig nach Palästina und besuchte eine Internatsschule. Das war die Zeit des britischen Mandats, in England gehören Internate zum guten Ton, die Schule, in die mein Freund ging, war demnach eine exklusive.

Der Freund aus dem Waisenheim war in der ganzen Schule der einzige Junge aus Polen, aber niemand stellte ihm irgendwelche Fragen. Er konnte ja auch nicht hebräisch, und obendrein kam er aus einer Welt, in dem sich die Juden kampflos hatten abschlachten lassen. In einem guten, nach englischer Art geführten Internat mußte das peinlich wirken, und so belästigten sie den Kameraden nicht unnötig mit ihrer Neugier. Was hätte er diesen Jungs auch erzählen sollen? Die Sache mit dem Polizisten, der ihnen bei der Flucht durch das Fenster geholfen hatte? Oder daß man sie an den traurigen Augen erkannte? Mein Freund bestreitet, daß jüdische Augen erkannt wurden, weil sie schwarz waren. Schwarze Augen kommen auch bei Polen vor. Die jüdischen Augen waren gefährlich traurig, mein Freund, zum Beispiel, wurde immerzu ermahnt, nicht so traurig dreinzuschauen. Man führte ihn extra in den Zoo – da, die Giraffe, sagten sie, diese Giraffe ist doch urkomisch, da müßtest du doch lachen müssen. Verstehst du, du mußt lustig sein.

Die Jungs im Internat fragten also nicht, er erzählte nichts, und es war alles in Ordnung. Erst nach 1961, nach dem Eichmann-Prozeß, begannen die Einheimischen zu fragen.

Matatiahu Minc, gewiß, den fragten sie nach Polen aus, als er ankam. Das war in den ersten Wochen des Jahres einundvierzig. Schon nach der Schließung des Ghettos, aber noch vor dem sowjetisch-deutschen Krieg. Matatiahu – damals noch Matys – erzählte also von Ghetto, Exekutionen, Razzien, aber man fiel ihm rasch ins Wort und bat ihn, keine Propagandamärchen zu verbreiten und sich nicht beim englischen Imperialismus anzubiedern. Matys Minc hatte es nämlich mit sehr fortschrittlichen Jugendlichen von den Haschomer Hazair zu tun, und die Funktionäre dieser Organisation wußten sehr genau, daß in Europa ein imperialistischer Krieg geführt wurde und daß Deutschland der bessere und England der schlechtere Imperialismus war.

## 14.

Im Jahr zweiundvierzig, das heißt ungefähr damals, als das Mädchen das Gebet aufsagte, mein Freund aus dem Waisenhaus versuchte, der Giraffe zuzulächeln und Gabriel Moked auf der arischen Seite hinter einem Schrank saß, hinter dem er aber ganz gut Licht hatte, ungefähr zu der Zeit schlug Gabriels Tante ein Ei mit Zucker – ein »Kogelmogel«.

Gabriel zeigt mir in Tel Aviv, auf dem Ben-Gurion-Boulevard, das Haus seiner Tante. Leider können wir nicht hinein, es befindet sich ein Museum darin, das um diese Zeit geschlossen ist. Das Museum von Ben Gurion, dessen Frau, Pola Munwes, Gabriels Tante war.

»Die Juden verübeln es den Polen, daß der polnische Untergrund ihnen nur fünfzig Pistolen gegeben hat«, sagt Gabriel. »Und Ben Gurion? Hat der ihnen fünfzig Pistolen ins Ghetto geschickt? Und zehn Pistolen, hat er ihnen die geschickt? Es wäre schwierig gewesen, ich weiß, aber einen Kurier, der erfahren hätte, was los ist, den hätte er schon schicken können. Nicht eine einzige Pistole, nicht einen einzigen Kurier, nicht einen einzigen Brief haben die Juden aus Palästina den Juden ins Ghetto geschickt. Sie sind zwischen New York und London hin und her gereist, und wichtig war für sie nur das eine: der künftige jüdische Staat und der künftige hiesige Krieg, für den sie Waffen gehortet haben. Ich verstehe«, sagt Gabriel, »das war eine wichtige Sache, der jüdische Staat, aber wenn sie wenigstens eine geschickt hätten, eine einzige Pistole, für meinen Vater, Dr. Jakub Munwes aus dem Spital in der Gesia-Straße...«

In den Pausen zwischen den Reisen nach New York und London war Ben Gurion mit der Lage der Arbeiterbewegung befaßt. Von der Mapai-Partei hatte sich gerade die B-Fraktion abgespalten, und diese Fraktion war sehr stark, und es galt, herauszufinden, wer wichtiger sein würde, die B-Fraktion oder die Mapai-Partei. Und darüber verging ihnen in Tel Aviv das Jahr zweiundvierzig: über den Streitigkeiten, wer wichtiger sein würde. Stundenlang hockten sie im Hause von Ben Gurion und diskutierten, sie brachten es fertig, fünfzehn, ja zwanzig Stunden zu sitzen, es waren Sozialdemokraten, und man weiß ja, Sozialdemokraten reden gerne, und wenn ihnen von dieser Rederei die Kehlen schon völlig ausgedörrt waren, schlug Tante Pola ein »Kogelmogel«.

Nach dem Krieg erfuhr Gabriel Moked, auf welche Weise sein Vater, der Dr. Jakub Munwes aus dem Spital in der Gesia-Straße, gestorben war.

Ein Patient des Doktors, ein polnischer Polizeisergeant, hatte ihm ein Versteck bei sich angeboten, aber der Doktor hatte abgelehnt: er wollte den Aufstand im Ghetto abwarten. Nach dem Aufstand trieb man eine Gruppe von Angestellten des Spitals zum Umschlagplatz, in ein Gebäude, in dem eine Schule untergebracht war, in einen Saal im ersten Stock...

»... Jemand sitzt am Fenster und erhebt sich... Im selben Moment ertönt ein lauter Schuß. Die Kugel fliegt pfeifend an seinem Kopf vorbei, durchbohrt den oberen Türteil und schlägt in die Decke auf dem Flur ein. In den Saal stürzen zwei SS-Männer.

›Verflucht! Wer hat geschossen?! Wer hat eine Waffe?!‹

Sie trampeln Menschen nieder, die auf dem Boden liegen, machen vor Dr. Munwes, dem Oberarzt der Abteilung für innere Krankheiten, halt.

›Hast du geschossen?!‹

Munwes bringt kein Wort heraus.

›Komm mit.‹

Sie packen ihn am Kragen und zerren ihn in den Flur. ›Du sagst es uns jetzt!‹

Sie durchsuchen ihn. Natürlich finden sie keine Waffe.

›Was ist mit der Pistole passiert? Du willst es uns nicht sagen?!‹

Der Henkersknecht schlägt ihm eine Eisenstange über den Kopf. Munwes stürzt blutüberströmt zu Boden...«[9]

Gabriel Munwes, heute Moked, verbrachte die Okkupation hinter dem Schrank. Dort hatte er ganz gut Licht, und er las all die Tage lang Bücher. Als er hinter dem Schrank hervorkam, war er zwölf. Seither ist er hochgebildet. Er machte seinen Doktor in Oxford, schrieb eine Abhandlung über Ästhetik, Kafka und Berkeley, lehrt Philosophie an der Ben-Gurion-Universität.

## 15.

Vorbild für die hiesigen Juden waren die Sabrim. Ein Sabra (so heißt auf hebräisch die Frucht einer Wüstenkaktee), das war ein palästinensischer Jude – stark, mutig, er kannte jeden Pfad in den Bergen, bewässerte die Wüste und war erdverbunden.

Die Ankömmlinge aus Polen erinnerten leider in nichts an die stolzen Sabrim. Sie kamen aus einer Welt, die die Sabrim schleunigst zu vergessen wünschten. Der israelische Staat war ja gerade deshalb errichtet worden, um diese ganze klägliche Tradition – der Jeschiwot, der Kaftane, der armen kleinen Städtchen und des Holocaust – zu widerlegen.

Bevor die Ankömmlinge das Schiff verließen, wurden sie mit DDT eingepudert oder mit Petroleum begossen: erst entsprechend desinfiziert durften sie israelischen Boden betreten.

Darauf änderten sie ihre Namen um in hebräische, gingen in einen Kibbuz, schwiegen über die Vernichtung und träumten davon, Sabrim zu werden.

## 16.

Der Schriftsteller Amos Oz sagt, einst seien die Juden von der Zukunft hypnotisiert gewesen. Jetzt seien sie von der Vergangenheit hypnotisiert. Das eine ist so verhängnisvoll wie das andere, sagt der Schriftsteller. Die Juden sollten im Heute leben, egal wie es ist.

17.

Im Kibbuz der Helden des Ghettos gibt es tausend Kühe, zweihundertundfünfzig Hektar Baumwollfelder, sechzig Hektar Zitrusplantagen, Fischteiche, Hühnerfarmen und zwei Fabriken. In einer bauen sie Kondensatoren, in der anderen stellen sie fleischähnlich schmeckende, cholesterinfreie Nahrungsmittel her. Die Nahrungsmittel sind koscher. Ein Computer steuert die Produktion, und ein Vertreter des Rabbinats kontrolliert, ob die an den Fließbändern arbeitenden Menschen nicht *trejfe* sind.

Die Kühe des Kibbuz geben jährlich an die neuntausend Liter Milch. Das liegt über dem Weltrekord. Bekanntlich ist die Milchleistung der israelischen Kühe die höchste in der Welt (achteinhalbtausend Liter pro Kuh), aber der Kibbuz der Helden des Ghettos hat eine noch höhere Leistung erzielt. Der Stall hat einen Computer, der über jede einzelne Kuh genau Bescheid weiß: wer ihr Vater war, welche Krankheiten sie hatte und was für Futter sie kriegen muß.

Der Kibbuz der Helden des Ghettos wurde nach dem Krieg von Ankömmlingen aus Polen gegründet, u.a. vom Stellvertretenden Kommandeur der Jüdischen Kampforganisation Icchak Cukierman und seiner Frau Cywia Lubetkin. Hier befindet sich das Ghettomuseum. An den Wänden Photographien, in Vitrinen – »Kleidungsstücke der Epoche«: gestreifter Lagerhäftlingsanzug und SS-Uniform. Unter Glas liegen Zeugnisse der materiellen Kultur: Löffel, Schüssel, Armbinden mit dem Davidstern. In einem Saal steht das interessanteste Exponat: der Glaskäfig, in dem Eichmann bei seinem Prozeß saß. Auf dem Ghettomodell blinken bunte Lämpchen. Wie im Museum eben.

Das Archäologische Museum in Jaffa wurde in der Mandatsszeit von den Engländern gebaut. Es steht auf den Trümmern einer türkischen Festung aus dem sechzehnten Jahrhundert (die Napoleon übrigens nicht hat einnehmen können).

Die Türken hatten ihre Festung auf die Ruinen einer Mameluckenfestung aus dem dreizehnten Jahrhundert gesetzt.

Die Mamelucken hatten ihre Festung auf den Ruinen eines Bauwerks der Kreuzritter aus dem zwölften Jahrhundert erbaut.

Die Kreuzritter hatten ihre Festungsanlagen auf einem byzantinischen Bauwerk aus dem sechsten Jahrhundert errichtet.

Die Byzantiner auf einer hellenistischen Festung aus dem dritten Jahrhundert vor unserer Zeitrechnung.

Die Griechen auf einer persischen Festung, die Kambyses, der Sohn des Kyros, im siebten Jahrhundert vor unserer Zeitrechnung bauen ließ.

Die Perser auf ägyptischen Ruinen aus der Zeit zwischen dem dreizehnten und vierzehnten Jahrhundert vor unserer Zeitrechnung.

Die ägyptischen Ruinen stehen auf etwas, von dem keiner weiß, von wem es erbaut wurde.

In Israel gibt es alles, und alle Welten, die jemals existiert haben, sind hier zu finden.

Nur eine, eine einzige Welt, die findet man nicht. In der gab es die Bäckerei von Fajnzylber und eine gußeiserne Kasserolle, mit Teig abgedichtet, und in der gab es eine Familie, die sich am Sabbatmittag zum Tschulent zusammenfand.

Wie sollte sie auch hierherkommen, diese Welt, wenn

sie doch dreitausend Kilometer von hier entfernt lag. Wenn sie in Lublin lag, in der Zlota-Straße (eigentlich nicht in der Zlota, Fajnzylber nahm ja den Tschulent gar nicht an, den trug man in die Rybna- oder in die Grodzka-Straße, zusammen mit dem Lokschenauflauf, unbedingt in einem Tongefäß...).

18.

... Es waren einmal Gelehrte – Schriftsteller, Dichter, Musiker, Maler, Ärzte, Mathematiker, Historiker, Philosophen, Sprachwissenschaftler... Viele stammten aus den kleinen Städtchen. Fast alle großen Sprachwissenschaftler stammten beispielsweise aus galizischen Städtchen, aus armen, frommen Familien.

Mojzesz Schorr aus Przemysl: Er war nicht nur ein Kenner des babylonischen und des assyrischen Rechts und Professor der Universität Lwów. Er war auch Oberrabbiner von Warschau und Senatsabgeordneter der Polnischen Republik. Als Rabbiner und einstiger Senator wurde er im letzten Krieg von den sowjetischen Machthabern in einen Gulag deportiert.

Hersz Izaak Österreicher aus Przemysl: 1920 meldete er sich im polnisch-sowjetischen Krieg als Freiwilliger an die Front und wurde von Schrapnellsplittern verwundet. Als Mitglied der Polnischen Akademie der Wissenschaften führte er eine Rechtschreibreform durch, die bis heute gültig ist. Verfasser einer berühmten Arbeit über das Partizip Perfekt. Ein überaus sanftmütiger Mensch, und dennoch lag sein Blutdruck bei fast dreihundert. Mit sechzig Jahren, als alter Junggeselle, heiratete er eine Polin und trat zum katholischen Glauben über. Im Ghetto trug er die Binde mit dem Stern. Ein polnischer Freund brachte ihn auf das Gut seiner Frau, wo er an Harnvergiftung starb.

Salomon Jaszunski aus Lódz: Er hätte in der polnischen Sprachwissenschaft einer der Größten werden können, wäre er nicht Kommunist gewesen. Sekretär der Kommunistischen Partei in Krakau, zu vier Jahren Gefängnis verurteilt und von der Liste der Studenten gestrichen. Im Gefängnis lieh man Bücher aus der Universitätsbibliothek für ihn aus. Aus den nachfolgenden Gefängnissen schrieb er Briefe an seinen Professor, den Rektor der Jagiellonen-Universität – mal über ein altkirchenslawisches Dokument, den »Kodex von Suprasl«, mal über den Zustand der polnischen Gegenwartssprache. Der Professor verwendete sich beim Staatsanwalt für ihn. Jaszunski wurde freigelassen, doch nach der Entlassung war er weiter politisch aktiv und landete wieder im Gefängnis. Er fiel am Ebro, im spanischen Bürgerkrieg.

Alfred Fei aus Minsk: Er ging als Verfasser zweier Abhandlungen in die Geschichte der Sprachwissenschaft ein – »Niederer und hoher Stil bei Jan Kochanowski« und »Aus den Studien zur Belagerung von Jasna Góra«. Er starb im Ghetto.[10]

## 19.

… Es waren einmal Juden in Polen:
im fünfzehnten Jahrhundert waren es dreißigtausend,
im siebzehnten Jahrhundert – vierhunderttausend,
im neunzehnten Jahrhundert – zwei Millionen,
in der ersten Hälfte des zwanzigsten Jahrhunderts – drei Millionen,

in der zweiten Hälfte des zwanzigsten Jahrhunderts – zwanzigtausend.

»Die Zahl der jüdischen Opfer im letzten Krieg war (genau wie in den Kriegen 1648-1657) geringer als die der polnischen«, sagte ein Professor, Experte für historische Demographie, »aber prozentual gesehen kamen tatsächlich mehr Juden ums Leben.«[11]

Jerusalem – Warschau 1988

Anmerkungen

1 Henryk Samsonowicz, Paczatki gmin zydowskich na ziemiach polskich w sredniwiwczu (Die Anfänge jüdischer Gemeinden in Polen im Mittelalter). Referat, gehalten auf der internationalen Konferenz »Geschichte und Kultur der polnischen Juden«, Jerusalem 1988

2 Amos Funkenstein, Theological Interpretations of the Holocaust, in: The Tel Aviv Review, Vol. 1, 1988

3 Hanna Wegrzynek, Stosunki w rodzinie zydowskiej w pietnastowiecznym Przemyslu (Die Beziehungen in der jüdischen Familie des 15. Jahrhunderts in Przemysl). Referat, gehalten auf der internationalen Konferenz »Geschichte und Kultur der polnischen Juden«, Jerusalem 1988

4 Hannah Arendt, Eichmann in Jerusalem, München 1964

5 Yaffa Eliach, Hasidic Tales of the Holocaust, New York 1985

6 Jerzy Rawicz, Oswiecim w oczach SS... (Auschwitz in den Augen der SS...), Warschau 1985

7 Eleonora Bergman, Góra Kalwaria (Ger): Osadnictwo zydowskie i dwór cadyków (Das jüdische Siedlungswesen und der Hof der Zadikim). Referat, gehalten auf der internationalen Konferenz »Geschichte und Kultur der polnischen Juden«, Jerusalem 1988

8 M.J. Rosman, Polacy i Królestwo Polskie w zydowskich zródlach (Die Polen und das polnische Königreich in jüdischen Quellen). Referat, gehalten auf der internationalen Konferenz »Geschichte und Kultur der polnischen Juden«, Jerusalem 1988

9 Tadeusz Stabholz, Siedem Piekiel (Sieben Höllen), Stuttgart 1947

10 Stanislaw Urbanczyk, Zydzi w polkim jezykoznawstwie (Juden in der polnischen Sprachwissenschaft). Referat, gehalten auf der internationalen Konferenz »Geschichte und Kultur der polnischen Juden«, Jerusalem 1988

11 Zygmunt Sulowski, Ludnosc zydowska na terenach polskick podczas ostatniego tysiaclecia (Die jüdische Bevölkerung auf dem Gebiet Polens während der vergangenen tausend Jahre). Referat, gehalten auf der internationalen Konferenz »Geschichte und Kultur der polnischen Juden«, Jerusalem 1988

# Das Eckhaus mit dem Türmchen

*Dem Andenken von Krzysztof Masewicz gewidmet*

Das Haus ist aus schweren Holzbalken gebaut, an der Ecke, über dem Paradeeingang, erhebt sich ein Türmchen. Von weitem wirkt es rund, ein Fenster scheint angelehnt, doch aus der Nähe sieht man, es ist nicht angelehnt, die Scheibe fehlt. Aus der Nähe sieht man auch, es ist kein rundes, es ist ein zehneckiges Türmchen.

Hier also hat er gelebt, in diesem hölzernen Stübchen?

Martin Buber schreibt, die Klause des Zaddiks sei durch zwei stets verschlossene Türen abgeschirmt gewesen. In der einen waren Öffnungen angebracht, durch die er den Gottesdiensten lauschte und man ihm abends die Suppe durchschob, die zweite öffnete er selbst, sobald sich die Chassidim davor versammelten – »da tritt er dann auf die Schwelle, im Unterkleid, furchtbaren Angesichts, und verschilt alle in abgehackten, geschleuderten Worten, so gewaltig, daß der Schrecken sie befällt und sie durch Türen und Fenster flüchten.«[1]

Wo sind die Türen, von denen Buber spricht?

Und wo ist die Uhr?

Lasik Roitschwantz sagt eindeutig, es stand eine Uhr in der Stube des Zaddiks von Kock. Der Zaddik, erzählt

Lasik, las unerträglich kluge Bücher, und vierundzwanzig Stunden am Tag grübelte er über diese Bücher nach. Das war kein Mensch mehr, das war ein einziger erhabener Gedanke... Und dann gestand dieser heilige, dieser erhabene Zaddik vor dem Tode seinem Lieblingsschüler, daß er sein ganzes trübes Leben lang schwer gesündigt hat: er habe dem Gesang einer Frau gelauscht.

In seinem Zimmer stand eine Uhr, das Werk eines unglücklichen Uhrmachers aus Proskurow. Dem Uhrmacher starb die schöne junge Braut, und in seiner Verzweiflung verbannte er ihre Stimme ins Schlagen der Uhr. Das Schlagen klang betörend, der Zaddik mußte ihm lauschen. Er wußte, daß es Sünde war, denn er hatte zu sitzen und über die Wahrheit nachzusinnen, er aber trat zu der Uhr und prüfte, ob sie vielleicht vor- oder womöglich ein bißchen nachging. Er rückte an den Zeigern, die Uhr begann zu schlagen, und eine schöne, traurige Frau sprach zu ihm: – »sie erzählte mir von der Liebe und von dem Leid«, vertraute er sich seinem Lieblingsschüler an, »sie sprach mir von Sternen und Blumen, von meinem erstorbenen Frühling und vom lebendigen Frühling des wahnsinnigen Uhrmachers, in dem die Vögel singen und der Regen murmelt.«[2]

So hat es Lasik R., der unangefochtene Marxist, dem Staatsanwalt geschildert, folglich muß es die Wahrheit sein: in dem Türmchen stand eine Uhr.

Aber wo stand sie?

Das Stübchen hat drei Fenster – ich glaube kaum, daß sie zwischen ihnen Platz gehabt hat. Schon eher an der Eingangstür, wo jetzt der Karton mit den staubigen Lumpen steht. Außer diesen Lumpen gibt es noch unausgespülte Konservengläser, zerlöcherte Bettdecken, leere

Flaschen, Zeitungsfetzen – das übliche Warenangebot heiliger jüdischer Stätten. In der Synagoge von Przysucha war es übrigens ungleich reichhaltiger: zusätzlich das Keilkissen einer Liege, und ein paar Rohrstücke, eine Mütze, Zement, da wie dort aber der unverzichtbare, der allgegenwärtige, nachgerade unvermeidliche dreckverklebte Gummischuh. Immer nur einer. In Kock, im Hause des Zaddik, einer, und einer in der Synagoge von Przysucha. In Kock der rechte, in Przysucha der linke. Wohl ein Paar – ganz recht, beides Größe vierundvierzig. Wer hat so einen großen Fuß gehabt? Der Menachem Mendel aus Kock oder der Symcha Bunam aus Przysucha? Menachem Mendel war klein, hatte einen gewaltigen Bart und glühende Augen, Symcha Bunam hingegen war Reisender, ein Mann von Welt, ein Geschäftsmann... Das sieht mir mehr nach dem Rabbi von Przysucha aus. Aber warum klebt trockener Schlamm an den Galoschen? Kam der Rabbi denn zu Fuß nach Kock? Daß er den einen Schuh dagelassen hat, das ist verständlich: er war zerstreut. In Anspruch genommen vom Disput mit dem ehemaligen Schüler, den Buber mit dem von Blitzen zerrissenen Dunkel der Nacht vergleicht, während der Meister der milde Schein der untergehenden Sonne für ihn ist...

(Und wenn es nicht an dem Disput lag? Wenn auch Symcha Bunam die verwunschene Stimme vernommen hat? Von da an kam er öfter, der unerträglich klugen Bücher wegen, bis ihn der Schüler eines Tages ertappte – mit der Braut über den Regen und die Vögel plaudernd... Er vergaß den Respekt, tobte vor Eifersucht, er war bekannt für seinen aufbrausenden Charakter – und der Rabbi von Przysucha mußte sich schleunigst aus dem Staube machen und verlor dabei den einen Schuh...)

Ja, so könnte es sich zugetragen haben. Aber Symcha Bunam starb zwölf Jahre bevor Menachem Mendel sich zurückzog.

Wem also gehört der einzelne, rechte, dreckverklebte Gummischuh?

Und wo stand die Uhr?

## Das Haus – Fortsetzung

Es steht an der Kreuzung zweier Straßen der Innenstadt, der Feldstraße und der Straße des Polnischen Heeres. Der Bezirkskonservator meint, es sei vor dem Krieg gebaut worden, nach den Bränden, die ein Pyromane aus der Gegend gelegt hatte. Das wirkliche Haus des Zaddiks sei damals abgebrannt, das, das jetzt hier steht, der Sitz des letzten Rabbis von Kock, ist – nach Ansicht des Konservators – eine Sache aus dem zwanzigsten Jahrhundert, ohne größere historische Bedeutung.

Vor einer Woche haben Architekturhistoriker aus Warschau das Haus besichtigt. Sie sagten, der Dachstuhl sei mit der Axt gezimmert, befestigt durch Holzdübel, ohne Nägel... Zimmermannsarbeit des neunzehnten Jahrhunderts...

## Das Haus – Fortsetzung

Den Paradeeingang ziert ein prätentiöses Relief: ein Tympanon, zu beiden Seiten von Vasen gehalten. Wäre es möglich, daß Menachem Mendel sich solch eine Verzierung gewünscht hat?

Er befahl seinen Chassidim, ihre Familien auf Monate zu verlassen, tagsüber körperlich zu arbeiten, sich nachts in die Geheimnisse Gottes, des Menschen und des eigenen Ich zu versenken. Er besuchte mehrere Städte, auf der Suche nach einer Bleibe. Nach Kock kam er im Jahre 1829, man hieß ihn mit Steinen willkommen. »Eins ist gewiß«, sprach er, »diese Menschen stehen den wichtigsten Dingen nicht gleichgültig gegenüber.« Und er blieb in Kock bis zum Tod.

Er war gekommen, um von den Juden restlose Hingabe an Gott zu fordern und Verachtung für das Diesseits, das nicht einen Seufzer wert war.

Kann jemand, der das Diesseits verachtet, Gefallen finden an einem banalen Tympanon? Das Schnitzwerk muß ein anderer bestellt haben, nach des Zaddiks Tod. Sein Sohn, sein Enkel, vielleicht die überkandidelte Schwiegertochter? In solchen Häusern gab es ja, neben den ehrbaren, frommen, in der Familie aufgehenden Frauen, auch schöne, ruhelose in dekolletierten Kleidern, die fremden Männern die Hand reichten, Gedichte lasen und sich nach fernen Welten sehnten...

Sie können das Ornament aber auch geschnitzt haben, als der Zaddik noch lebte, aber sich schon von allen zurückgezogen hatte. Nach jenem denkwürdigen Freitag, den die Nachkommen nur voller Furcht und Schrecken JENEN Freitag nannten – und jeder verstand sogleich, ohne überflüssige Worte, welcher grauenhafte Tag gemeint war...

Bis heute weiß man nicht, was eigentlich vorgefallen ist.

Angeblich war er spätabends im Bethaus erschienen.

Angeblich hatte er den heiligen Sabbat entweiht, indem er ketzerisch den Leuchter berührte und dabei tobte.

Angeblich hatten die Chassidim ihn fesseln wollen, aber sein treuester Schüler stellte sich schützend vor ihn,

Icie Meir, derjenige, der später die berühmte Dynastie der Zaddikim von Góra Kalwaria begründen sollte...

Bis heute weiß man nicht, wogegen Menachem Mendel aufbegehrte. Es heißt, gegen sich selber, denn er verstand weder Gott noch den Menschen gerecht zu werden. Vielleicht aber wurde Gott den Erwartungen des Menachem Mendel, des Zaddiks von Kock, nicht gerecht?

Er berührte den Leuchter und schrie etwas von einem Gericht. Manche vernahmen die lästerlichen, die grausigen Worte: »Es gibt kein Gericht! Es gibt keinen Richter!«

Menachem Mendel entwand sich den aufgewühlten Chassidim, verschwand in seiner Stube und schloß für immer die Tür hinter sich.

Sie schnitzten das Tymponon also nach JENEM Freitag. Als der Gefangene, der sich selbst zu lebenslanger Isolation verurteilt hatte, nicht mehr wußte, was im Hause vorging und was das unaufhörliche Hämmern bedeutete, das von unten, vom Paradeeingang her, zu ihm heraufdrang.

## Das Haus – Fortsetzung

War es auch wirklich hier, in diesem Türmchen?

Zu denken geben die Ausbuchtungen an den Längsseiten der senkrechten Innenpfosten, die die Balken miteinander verbinden. Für die Konstruktion sind sie völlig überflüssig, sie wurden gemacht, um die Reinheit der Form, die fließende Linie des Zehnecks zu bewahren.

Sie verlangten eine geduldige, gefühlvolle Hand. Es muß einem würdigen Bewohner zugedacht gewesen sein, das Gefühl... Für wen fertigte der Zimmermann dieses

Zehneck mit den nach drei Himmelsrichtungen, nach Osten, Westen und Süden blickenden Fenstern?

Zu denken gibt, daß keine Verbindung zwischen dem Türmchen und der Stube im Parterre besteht. Man muß über eine Außenleiter auf den Dachboden und dort oben gut zehn Meter zurücklegen. Die heutigen Bewohner des Hauses steigen nur ungern hinauf. – »Dort spukt es. Man hört deutlich Schritte und eine Stimme. U-huuu, u-huuu, so. Manchmal sind es auch Worte, aber man versteht sie nicht, sie redet auf ihre Art.« – »Und das Schlagen einer Uhr ist nicht zu hören?« – »Eine Uhr nicht, nur Schritte und die Stimme: u-huuu...«

Ja, es ist sonderbar, daß sie das Türmchen nicht mit dem Parterre verbunden haben. Nicht etwa, weil der Zaddik vom restlichen Teil so weit entfernt sein wollte, wie es nur ging?

Buber spricht von einer Tür, hinter der die Chassidim beteten. Die Betstube war unten, unter dem Dach, das sie zum Laubhüttenfest anhoben. Die alte Dachkonstruktion ist noch erhalten: Balkenträger aus Birkenholz, Schilfreste, grüne Leisten... »Die sind gestrichen«, sagt Tadeusz N., der heutige Mieter. »Die muß man streichen, von allein werden die nicht grün...«

Das Dach liegt neben dem Türmchen, er hörte also die Gebete, ohne die Tür aufzumachen. Jeden Abend brachte man ihm – wohl über die Leiter – die einzige Mahlzeit: den Teller Suppe. Die Chassidim hörten Geräusche, die nach draußen drangen, es konnten Mäuse sein, aber die Chassidim sagten, es seien Seelen, die bei dem Zaddik Erlösung suchten.

Sie sagten auch, für den Zaddik sei eine Quelle hervorgesprudelt, so daß er dem Gebot der rituellen Waschung nachkommen konnte. Angeblich war es Wasser aus der Quelle Miriam, die – im Gestein verborgen – die Juden vor langer Zeit auf ihrer Wanderung durch die Wüste begleitet hatte.

Die Quelle konnte aus den Pfosten entspringen, die der gefühlvolle Zimmermann gehobelt hatte, aus deren Hohlkehlen zu beiden Seiten, immer der Reihe nach – versiegte das Wasser auf der einen Seite, begann es auf der andern zu sprudeln, dann sprang es über zum nächsten Pfosten, zum dritten, zum neunten... Als es aus beiden Höhlungen aller zehn Pfosten gesprudelt war, starb der Zaddik.

Wenn dem aber so gewesen ist – wenn die Quelle gesprudelt und die Uhr mit der Stimme der Braut geschlagen hat und die Seelen Erlösung gesucht haben, dann hat Menachem Mendel auch zwanzig Jahre in dem zehneckigen Türmchen zubringen können.

## Der Blick

Aus den drei Fenstern blickt man in drei Himmelsrichtungen – nach Osten, nach Westen und nach Süden.

Auch auf die Straßen von Kock blickt man.

Die eine führt zum Marktplatz und zu einem leeren Sockel mit der Inschrift »Tadeusz Kosciuszko«, die andere zum Grab von Berek Joselewicz, noch eine andere nach Wola Gulowska und zum Militärfriedhof, noch eine andere zum Keller der Apolonia Machczynska.

## Zu Kosciuszko

Zuerst geht es vorbei an Kneipen, deren offene Türen den Blick auf einen dreckigen Fußboden und auf nasse Tische freigeben, säuerlicher Bierdunst entweicht dem Innern. Dann geht es vorbei am Marktplatz, an einem Dutzend Männern mit erschreckenden Zahnlücken, die noch betrunken sind oder langsam nüchtern werden oder verkatert dem nächsten Schluck entgegenfiebern.

An einer Ecke des Platzes wollte man, gleich nach dem Ersten Weltkrieg, ein Denkmal aufstellen. Ein Sockel war errichtet, die Inschrift angeschraubt und der Tadeusz Kosciuszko gegossen. Leider fiel ihm, auf dem Weg zum Sockel, eine Hand ab. Das Denkmal ward zurückgeschickt, in der Orangerie des Schlosses aufgestellt und stand dort dreißig Jahre lang, eine Hand auf dem Herzen, die andere erhoben – nein, erhoben nur den Unterarm, die Hand war nirgends zu finden gewesen. Im Oktober neununddreißig versenkten die Deutschen Kosciuszko im Sumpf. Dort lag er weitere dreißig Jahre. Mit Seilen und einem Traktor hievte man ihn heraus. »Und denken Sie nur, welche Tragik«, sagt Józef Mitura, der Vorsitzende des Freundeskreises von Kock, »nicht genug, daß er keine Hand mehr hatte, nun fehlte ihm auch noch der Kopf.« Man vervollständigte den Oberbefehlshaber, und wieder gab es ein Problem: in der zurückgewonnenen Hand mußte er etwas halten, aber was? Sie setzten einen Aufruf in die Presse: erinnert sich einer, was Kosciuszko in der Hand gehalten hat, bevor sie ihm abfiel? Keinerlei Echo. So drückten sie ihm einen Säbel in die Hand und brachten ihn nach Kock. Schon sollte er Posten beziehen, da zeigte sich, daß das Moorwasser der Konstruktion geschadet hatte und Kosciuszko die frische Luft nicht vertrug. Ein weiteres Mal ward er zurückgebracht..., bis auf den heutigen Tag steht er in der Orangerie, der Sockel auf dem Markt ist leer.

Etwa zehn Jahre nach der Entscheidung für das Denkmal beschloß man, eine Schule zu bauen. Das Denkmal für Kosciuszko, die Schule für Berek Joselewicz, seinen getreuen Soldaten.

Man gründete ein Bürgerkomitee. Die Schirmherrschaft übernahm Józef Pilsudski, Marschall von Polen, Mitglieder waren: Edward Graf Zóltowski – Rittergutsbesitzer zu Kock, Jan Kanty Olszewski – Befehlshaber des 5. Schützenregiments der Kavallerie, Prälat Marceli Glinka – Pfarrer von Kock, Josef Morgensztern – Rabbiner von Kock, Jojna Zygielman – Stadtrat, und andere Berühmtheiten.

Aus diesem Anlaß brachte das Komitee eine Schrift auf Kreidepapier heraus. Ihr Verfasser ließ sich eingangs über die Teilnahme der Juden am Kosciuszko-Aufstand aus: »Als das Feuer der Bewegung die Republik erfaßte, drang es, einem Blitze gleich, bis in die jüdischen Hinterstuben und trieb den Kaftanträger vor die Altäre des großen Erwachens«; er zitierte die Benachrichtigung Kosciuszkos über das aus Alttestamentarischen gebildete Regiment und den Aufruf von Oberst Joselewicz an die Mitbrüder: »Und wenn es auch uns selbst nimmer zuteil wird, werden doch unsere Kinder frei und sicher leben und nicht umherirren wie die wilden Tiere... Der Ewige im Himmel will es so, die Zeichen stehen dafür«; er stellte auch das weitere Schicksal von Berek dar – die Verteidigung von Praga gegen die Truppen von Suworow, die Legionen und das letzte Gefecht: »Er streifte Serokomla und ließ es sich in der Pfarrei wohl sein beim Ausbringen von Trinksprüchen«, als man ihm meldete, die österreichische Reiterei stünde im nahen Kock; er eilte zum Marktplatz, teilte nach rechts und links Säbelhiebe aus, am Kopf getroffen, lehnte er es ab, sich zu ergeben »und hauchte seinen Geist aus, beinahe in Stücke gehauen.«[3]

Zum Schluß rief der Autor der Broschüre die Bürger zu Freigiebigkeit auf und nannte die Kontonummer, auf welche sie die Spenden einzahlen sollten.

Die Schule wurde nicht gebaut.

Ein Komiteemitglied, das in ernstliche finanzielle Nöte geraten war, hatte sich das Geld ausgeliehen und es nicht zurückgezahlt. Der Mann saß eine Zeitlang im Gefängnis, dann bekam er Hausarrest, dann brach der Krieg aus. Während des Krieges hielt er Maniusia, eine verhinderte Schülerin jener Denkmalsschule, und deren Mutter, Frau Zygielman, versteckt. Frau Zygielmans Mann war Stadtrat und Mitglied des Baukomitees, sie war eine begehrte Schneiderin, bei der die Gräfin Zóltowska höchstpersönlich nähen ließ. Nicht alles, versteht sich, die Balltoiletten nämlich bestellte sie in Warschau, aber die Kleider für jeden Tag, die nähte ausschließlich Frau Zygielman für die Frau Gräfin.

Die Schule gibt es nicht.

Gerettet wurden zwei Jüdinnen.

Und wenn das Komiteemitglied nun nicht in ernstliche finanzielle Nöte geraten, wenn es später nicht von Schuldgefühlen geplagt gewesen wäre? Hätten Maniusia und Frau Zygielman den Krieg überlebt?

Vielleicht ist es auch besser, daß es die Schule nicht gibt.

## Zum Grab von Berek Joselewicz

Begraben haben sie ihn auf dem Feld, am Wegrand.

Sonderbar: er starb in einer Stadt, in der es zwei Friedhöfe gab, einen jüdischen und einen polnischen, und liegt an einem Feldweg. Die einen sagen, weil keiner ihn haben wollte. Den Juden war er zu polnisch, für die Polen blieb er der Jude. Andere sagen, im Gegenteil, ihn wollten die einen und wollten die anderen. Da sie sich nicht einigen konnten, folgten sie dem rätselhaften Rat des Rabbis: sie vertrauten die Sache den Ochsen an. Sie spannten zwei Ochsenpaare vor den Wagen mit dem Sarg und sahen zu, zu welchem Friedhof sie ihn zögen, die aber zogen zu gar keinem Friedhof, sondern in Richtung Bialobrzegi. Die Trauergäste hinterher, gespannt, wie weit sie wohl laufen müßten: zum Glück blieben die Tiere auf halbem Weg, vor der Anhöhe, stehen. Man hob den Sarg vom Wagen, schaufelte ein Grab und begrub den Oberst.

Zum hundertsten Todestag stiftete ihm der Graf Zółtowski Hügel, Grabstein und Inschrift, die mit den Worten endet: »Nicht mit Schacher, nicht mit Schnaps, mit seinem Blut hat er sich Ruhm verschafft. Zum hundertsten Todestag 1909.«

Józef Mitura wohnt in Bialobrzegi und kommt täglich auf seinem Weg zur Arbeit an dem Hügel vorbei. Einmal sah er eine Schar Kinder, ein Mädchen bekreuzigte sich beim Anblick des Grabs, die andern begannen zu spotten – »Ha, die bekreuzigt sich vor einem Juden!« und das Mädchen lief verstört zurück und versuchte, sich zu »entkreuzigen«, das heißt, die fromme Gebärde rückgängig zu machen. Der kleine Zwischenfall brachte Józef Mitura dazu, sich des Grabs anzunehmen. Die Bank stiftete eine

Umzäunung, damit die Kühe nicht auf Berek weideten, und jedes Jahr zu Allerseelen, wenn Mitura von den Gräbern der Seinen kommt, zündet er auf dem Hügel eine Kerze an und salutiert, als militärische Ehrenbezeigung für den Oberst.

Unlängst hat einer das Türchen zu Bereks Umfriedung gestohlen. Kein Wunder: Eisen, begehrte Mangelware, das kommt in jeder Wirtschaft gelegen. Seltsam schon eher, daß es sich so lange gehalten hat.

Außerdem hat sich der Stein gesenkt und die Buchstaben auf der Platte sind verwittert.

»Wenn die Juden Geld geben würden, könnte man sie erneuern«, sagen die Mitglieder des Freundeskreises Kock.

Das erstaunt mich. Berek hat doch für Polen gekämpft, und den militärischen Rang und das Virtuti Militari empfing er von Kosciuszko und vom Fürsten Józef. Wieso sollten die amerikanischen oder die isrealischen Juden sein Grab erneuern? Außerdem erkundigen sich diese Leute herzlich selten nach Berek. Nach Mendel schon, Menachem Mendel war und ist Teil der jüdischen Welt, aber Berek, die verkörperte Assimilation, wie ihn die Encyclopedia Judaica nennt, ist für die Juden von dort ein fragwürdiger Held. Der Schriftsteller Józef Opatoszu, geboren in Mlawa, wanderte 1907 nach Amerika aus und gilt als Klassiker des jüdischen Romans. Opatoszu siedelt die Handlung seines berühmtesten Buches »In pojlische welder« (»In polnischen Wäldern«) in Kock an. Sein Held ist ein junger Mann namens Mordche, unglücklich verliebt, darum vom Vater in die Lehre zum Zaddik von Kock geschickt. Der Weg ist lang, in der Schenke am Weg begegnet er einem jungen Wirt, der ihm in fiebriger Verzückung und talmudischem Singsang beweist, daß die Summe der Winkel in einem Dreieck kleiner sein kann als 180 Grad (denn das waren Zeiten, da junge Schankwirte nächtens Werke verfaßten, die das Euklidische System aus den Angeln hoben). Als er in die Stadt einfährt, trifft er dann einen Greis mit Knotenstock, einen Veteranen des Regiments der Alttestamentarischen. »Ich weiß es noch«, erzählt der Alte, »die Nacht war klar, die Sterne dicht an dicht gesät wie die Windpocken... Wir saßen ums Feuer, schwatzten, sprachen ein paar Gebete und andere jüdische Stückchen«, und am Morgen (die Kämpfe in Praga fielen auf Jom Kippur, aber der Rabbi hatte dem Regiment Dispens gegeben) entbrannte die Schlacht. »Die Luft kochte, das Feuer tobte und tobte... Berek lief von dem einen Graben zum andern, drei Rosse fielen unter ihm an dem Morgen, und immer wenn er ›Feuer‹ schrie, dann donnerten die Kanonen... Wir schlugen uns um jeden Zollbreit Boden, das Blut aber floß wie Wasser...«[4]

Ein alter Haudegen, Lagerfeuer in der Nacht, drei Rosse, jeder Zollbreit Boden... Die magische Welt der polnischen Romantik, die der jüdische Schriftsteller aus Mlawa und Kock mit nach New York genommen hatte.

»Es war keine Idylle, unser gemeinsames Leben auf diesem Boden«, sagt Józef Mitura, »aber immerhin, so lange haben wir hier zusammengelebt, und da, was seh ich, der Friedhof ist umgepflügt.«

Er meint den jüdischen Friedhof, den er eines Tages gründlich umgepflügt und mit Bäumen bepflanzt vorfand.

Da blieben in Kock nur noch zwei jüdische Gräber: das des Menachem Mendel, des Zaddiks, und das von Berek Joselewicz, dem Oberst der Polnischen Truppen.

Das des Zaddiks, weil es ein gemauertes Grab ist und kein Traktor den Ziegelresten gewachsen wäre.

Das des Oberst, weil vor hundertachtzig Jahren die Ochsen, zum Erstaunen der Trauergäste, nicht hatten zum jüdischen Friedhof gehen wollen. Weil sie einen Feldweg eingeschlagen hatten. Weil sie beschlossen hatten, den Berek vor dem Umgepflügtwerden zu bewahren.

## Nach Wola Gulowska

Man fährt über Serokomla. Wo Berek einst in der Pfarrei gesessen und seine Trinksprüche ausgebracht hat.

Man fährt durch eine Gegend, wo die Orte Namen tragen wie: Krzywda – Unrecht, Ofiara – Opfer, Samokleski – Lauterniederlagen... Wo alles zum letzten Mal geschieht.

Hier hat es nie Anfänge gegeben. Hier gab es immer nur das Ende.

Hier kämpfte Berek Joselewicz zum letzten Mal. Hier kämpfte General »Kruk« zum letzten Mal, der Held des Januaraufstands von 1863.

Als hätten sie sich diese Orte ausgesucht und seien eigens von weither angereist: um zu verlieren. Als tauge dieser Boden zu nichts anderem als zur Niederlage und zum Tod.

Eingezwängt zwischen Deutsche und Russen, zwischen Kock, Wola, Krzywda und Ofiara, hier genau verlosch im Jahre neununddreißig das freie Polen.

Gar keine Anfänge. Immer nur Ende.

Ist das Schicksal, oder was?

## Nach Wola Gulowska – Fortsetzung

Die schwersten Kämpfe, neunundreißig, tobten im Oktober, in den Wäldern, um den Friedhof und die Kirche von Wola Gulowska. Nur Sargbretter, Totengebein und Erdklumpen flogen durch die Luft, jetzt herrscht frühlingshafte, schläfrige Stille. Die Liste der Namen am Gemeinschaftsgrab führt Michal Bartula an, Major, den ich aus der Erzählung von Marian Brandys kenne. Bartula war finster, ein Soldat am Brunnen, den Helm in der Hand, blutjung... »Der kleine Soldat«, nennt ihn Brandys.

Die Kirche nahmen sie am Morgen. Nach dem Sieg verteilten sie sich auf dem Platz davor. In der Mitte, am Brunnen, trank der kleine Soldat Wasser aus seinem Helm... Plötzlich ein Feuerstoß vom Kirchturm, der kleine Soldat trinkt nicht mehr, er stürzt. Als sie die Maschinengewehre hastig dorthin richteten, von wo die Schüsse kamen, hörten sie es vom Kirchturm rufen: »Nicht schießen, wir sind es, die sechste Kompanie...« Der sechsten Kompanie war nur ein kleiner Fehler unterlaufen – in der schwierigen Kunst des Einstellens des Visiers.

Die Kirche ist da, der Turm ist da, der Brunnen steht: mit Kurbel, verrosteter Kette, hölzernem Dach, windschief wie das eines ärmlichen jüdischen Hauses – und niemand in der Nähe, keine Verlierer, keine Sieger.

Das polnische Oberkommando des General Kleeberg lag nicht weit von hier in Quartier, in den Wirtschaftsgebäuden des Tymoteusz Karczmarz. Der Bauer zeigt mir, wo die Soldaten waren, wo der General, wo die Waffen, aber er tut es zerstreut. Mehr interessiert ihn die Gegenwart, nämlich der freie Markt für die Landwirtschaft. Was für Garantien geben die einem? Für wieviel? »Von wegen freier Markt, gute Frau. Es kommt sowieso alles, wie's die Regierung will, und jede Regierung sieht zu, wie sie am schnellsten den eignen Hintern vergoldet.«

Kleeberg unterzeichnete die Kapitulation am Nachmittag, kurz darauf rückte das Bataillon, in dem Marian Brandys diente, in die Gefangenschaft aus.

Auf halbem Wege ertönte ein Kommando »Stillgestanden! Augen links«, und das Gerücht machte die Runde, der polnische General werde gemeinsam mit dem deutschen General die Parade abnehmen.

»Das Kommando kam näher. Noch hundert Meter... Noch fünfzig... Jetzt!

Dort war kein deutscher General. Am Waldrand stand ein einfaches Kreuz auf einem frisch aufgeschütteten Grab. Auf dem Grab lag die Majorsmütze.

In Totenstille, in hartem Gleichschritt, marschierte das Bataillon des Majors Bartula zum letzten Mal an seinem Kommandeur vorbei.«[5]

Das Gemeinschaftsgrab in Wola Gulowska ist ordentlich, gepflegt, mit frischen Stiefmütterchen bepflanzt. »Tja, eben«, werfen die Bewohner von Kock ein, »gewisse Dinge können Sie nicht verstehen. Stiefmütterchen, mit andern Worten, sie haben sie gerade erst gepflanzt, um besser abzuschneiden, wenn endgültig beschlossen wird, aber bei uns, in Kock, da sind die Sträucher alt, seit Jahren da, und die Leute liegen nicht wie die Ölsardinen in der Dose, jeder hat sein eignes Grab, sein eignes Kreuz, seine eigene Tafel...«

Der Beschluß, von dem die Rede ist, betrifft die Feierlichkeiten zum fünfzigsten Jahrestag des September. Sie sollten unter der Losung »Von der Westerplatte bis

Kock« stattfinden, da erfuhren sie plötzlich zu ihrem Entsetzen, daß die Losung geändert worden war in »Von der Westerplatte bis Wola Gulowska«, und für alle stand fest, daß Wola Gulowska sich das Thema unter den Nagel reißen wollte.

Es gab Kämpfe in Wola, niemand bestreitet das, aber immerhin war es Kock, wo der General Kleeberg am dreißigsten September nachmittags einmarschierte, und in Kock fiel die Entscheidung, den Kampf gegen die Division des Generals Otto aufzunehmen, der von Deblin her anrückte, bei Kock fand die erste Phase der Schlacht statt, nach Kock schließlich brachten sie den General Kleeberg nach der Kapitulation. Daß es in der Zwischenzeit auch Kämpfe in Wola gab? Dort sind eben Wälder. Klar?

Und was noch äußerst wichtig ist:

Kleeberg starb in Gefangenschaft. Vor dem Tod besuchte ihn seine Frau. Er muß ihr gesagt haben, wo er künftig liegen wollte. Als man seine Gebeine aus Dresden überführte, nahm Frau Wanda Kleeberg an den Feierlichkeiten auf dem Friedhof von Kock teil – und was bedeutet das? Daß der General hier liegen wollte. Leider waren Gerüchte im Umlauf, daß Wola Gulowska ihn entführen wollte. Tag und Nacht hütete die Kocker Bevölkerung das Grab und hielt Wache bei dem General, Tag und Nacht, damit Wola ihn nicht stahl, und nun? »Von der Westerplatte bis…« Was für eine Ungerechtigkeit.

»Und eben da wurde die Stille des Waldes von einem neuen, unbekannten Geräusch zerrissen… das unser Herz erstarren ließ… Es erinnerte an das Schnarren jener hölzernen Rassel, mit der wir in der Kindheit abends aus den Stadtparks gescheucht worden waren, wenn sich unser Soldatenspiel allzu lange hingezogen hatte.

Am deutschen Kontrollpunkt warfen die polnischen Kriegsgefangenen die Gewehre auf einen Haufen. Unser seltsames Spiel war beendet.«[6]

## Zum Keller der Apolonia Machczynska

Apolonia Machczynska (verheiratete Swiatek, von Fremden bis zum Schluß »die Machczynska« genannt und in der Familie »die Pola«), war die Urenkelin von Teilnehmern des Januaraufstandes. Sie hatten einen Hof in Kock und einen im nahegelegenen Plebanki. In Kock, in einem Wirtschaftsgebäude, in dessen Magazin oder auch im Keller, hatte Apolonia Machczynka, Mutter von drei Kindern, fünfundzwanzig Juden versteckt. Sie wohnten von den ersten Novembertagen zweiundvierzig bis Ende Januar bei ihr. Am sechsundzwanzigsten Januar, sonntags, gleich nach dem Hochamt, entdeckten Kinder, die aus der Kirche kamen, Rauch über einer Erdhöhle. Sie verständigten die Deutschen. In der Hütte fand man eine Frau, eine Jüdin, mit vier Kindern. Die Deutschen versprachen der Frau, sie würden die Kinder am Leben lassen, wenn sie ihnen sagte, wo sich noch andere Juden versteckten, und die Frau glaubte den Deutschen, sie würden die Kinder verschonen. Sie sagte: bei der Machczynska. Die Deutschen stellten die Machczynska an die Wand und zückten die Waffe, als eine Nachbarin schreiend hereinstürzte, nicht hier, ein Stück weiter, denn das hier war eine andere Machczynska, die Cousine der Apolonia. Die Deutschen rannten zu der richtigen Machczynska und brachen den Keller auf.

Zuerst erschossen sie vierundzwanzig Juden – der fünfundzwanzigste, mit Namen Icek, der Enkel des alten

Zakalik, des Mühlenbesitzers, hatte eine Mauser, und er erreichte, um sich schießend, den Wald. Nach den vierundzwanzig Juden kam Apolonia Machczynska an die Reihe, die nach Plebanki geflüchtet war, auf dem Rückweg aus Plebanki aber fiel den Deutschen die Jüdin mit den Kindern wieder ein, denen sie das Leben versprochen hatten. In dieser Frage gehen die Meinungen auseinander. Die einen sagen, sie hätten die Jüdin mit den Kindern sofort nach den vierundzwanzig erschossen und wären erst dann nach Plebanki gefahren, andere, sie seien zurückgekommen und hätten sich erst dann an die Jüdin erinnert...

Ehe sie aber nach Plebanki kamen, vergingen mehrere Stunden. In dieser Zeit suchte Apolonia Machczynska, von einem ihr bekannten Deutschen gewarnt, ein Versteck für sich und ihre Kinder. Sie ging von Haus zu Haus, doch keiner wollte sie aufnehmen. Sie ging langsam, den Kopf gesenkt, an einem Schuh hatte sich der Schnürsenkel gelöst, und diesen Schnürsenkel schleifte sie hinter sich her durch den Schnee. Als sie begriff, daß es keine Zuflucht für sie gab, fuhr sie mit den Kindern im Schlitten nach Plebanki. Dort besaßen sie ein großes Stück Wald und ein Holzhaus, in dem sie die Ferien verbrachten. Ein paar Stunden später waren die Deutschen in Plebanki.

## Nach dem Hochamt

An diesem Tag lag Schnee.

In dem Schnee wusch die Frau, die sie in der Erdhöhle gefunden hatten, die Hände. Erst wusch sie sich die eigenen, dann wusch sie die der Kinder, und die Leute standen darum herum und sahen zu. Es muß ein seltsamer Anblick gewesen sein: eine Jüdin, die sich die Hände im Schnee wäscht, auf dem Marktplatz, am hellichten Tag, gleich nach dem Hochamt.

Im Schnee versank der Schlitten, in dem Apolonia Machczynska mit den Kindern nach Plebanki fuhr. Der älteste Sohn erinnert sich, daß der Schnee den Pferden bis zu den Knien reichte.

Im Schnee spielten die Kinder der Apolonia Machczynska.

Im Schnee, neben dem Keller oder dem Magazin, saß ein Mädchen. Es war etwa zehn Jahre alt. Rundherum wurde geschossen, manche flüchteten in Richtung Landstraße, andere lagen schon zwischen den Häusern – am Anfang benutzten die Deutschen so kleine fünfgeschossige Pistolen, doch damit schafften sie es nicht, die Juden rannten schon über das Feld, also holten sie ein Maschinengewehr und feuerten eine Garbe ab, aber das Mädchen achtete nicht darauf. Sie saß still da, die Schultern leicht angezogen, als wollte sie sich gegen den Lärm schützen. Als die Deutschen vom Feld zurückkamen – vielleicht auch später, als sie aus Plebanki kamen –, entdeckte einer das Mädchen. Er zückte den Revolver. Schoß ihr in den Hinterkopf. Sie blieb weiter sitzen, nur das Haar hob sich unter dem Luftzug, huiiii – so flog ihr Haar auf, ringsherum lagen die Juden verstreut, aber sie saß weiter da, als wenn nichts geschehen wäre, nur noch etwas mehr in sich zusammengesunken, und nur das schwarze Haar, das flog so – huiiii – so...

Die Juden rannten durch den Schnee, und dann lagen sie da, über das ganze Feld verteilt, von dem Keller bis zur Landstraße. Zuerst lagen sie in ihren Kleidern und Schuhen da, doch als die Deutschen abfuhren, kamen die Leute herbei und zogen ihnen Kleider und Schuhe aus, und die Juden lagen nackt. Und als die Leute mit den Schuhen und den Kleidern fort waren, kamen die Jungs aus der Umgebung und fingen an, die Leichen aufzustellen. Immer zwei, drei, in den verschiedensten Verrenkungen, je nachdem, wie einer gefallen war, die einen stützten sich also auf die anderen, wie Korngarben. Vierundzwanzig Leichen, es standen dann also sieben, acht solcher Puppen da, auf dem ganzen Feld. Wie die Statuen standen sie da, steif und nackt, weiße Statuen auf einem weißen Feld, eine ganze Nacht lang, und am Morgen kamen die Deutschen und befahlen, sie auf ein Fuhrwerk zu werfen und zum Friedhof zu schaffen.

»Mit einem Bein steh ich im Himmel und mit dem andern im tiefsten Höllenschlund. Ihr sollt nicht glauben, das wäre leicht«, sagte vor seinem Tode Menachem Mendel, der Zaddik von Kock.

## Zum Keller der Apolonia – Fortsetzung

Von dem zehneckigen Türmchen aus sieht man den Beginn der Feldstraße. Fünfhundert Meter weiter, linkerhand, befindet sich eine Siedlung mit Einfamilienhäusern. Es sind die typischen Häuser mit der Fernsehantenne auf dem Flachdach, bunte Glasscherben schmücken sie an der Vorderseite oder ein stattliches, bemaltes Tor.

Eins dieser Häuser in der Siedlung steht genau an dem Fleck, wo das Haus der Apolonia Machczynska stand.

Die Garage im Hof wurde über ihrem Keller gebaut.

Die Leute, die in dem neuen Haus wohnen, haben nie von einer Apolonia Machczynska und fünfundzwanzig Juden gehört. Sie wissen, unter der Garage war ein geräumiger Keller, sie haben noch die Fundamente vorgefunden. Sie arbeiten in zwei Schichten, haben Kinder, stehen Schlange, bauen ein Haus und sind zu müde für eine fremde Vergangenheit. Den Mann, der Zeuge der Geschehnisse vor siebenundvierzig Jahren war, bitten sie höflich in die Küche, sie stellen keine Fragen, bieten ihm Tee an und gehen wieder, um den Balkon zu verputzen.

## Zum Keller der Apolonia – Fortsetzung

Von dem zehneckigen Türmchen aus sieht man den Beginn der Feldstraße.

Auf dieser Straße brachte man am fünften November zweiundvierzig die Juden von Kock zur Bahnstation in Bedlno. Sie fuhren in Fuhrwerken. Vor dem Krieg lebten zweitausendzweihundertundvierzehn Juden in Kock, fünfundzwanzig waren in dem Keller gewesen, einige hielten sich in der Umgebung versteckt, etwa zweitausend mußten mit den Fuhrwerken weggebracht werden. Auf ein Fuhrwerk passen zwanzig Leute, dazu noch die Rucksäcke, Kissen, eine Schüssel, ein Topf... Es müssen an die hundert solcher Fuhrwerke gewesen sein. Sie fuhren vom Morgengrauen bis zum späten Nachmittag. Fuhren die Feldstraße entlang, ließen rechterhand das Haus des Zaddiks liegen, dann die Mühle der Zakaliks, dann, linkerhand, das Magazin der Machczynskis, dann das Feld hinter dem Magazin, dann gelangten sie auf die Landstraße nach Radzyn und bogen nach rechts ab. Aus Bedlno fuhren die Juden von Kock in Güterwaggons nach Treblinka.

## Das Haus – Fortsetzung

Auf ihrem Weg durch die Feldstraße, stadteinwärts, muß Apolonia Machczynska jedesmal an dem Haus mit dem zehneckigen Türmchen vorbeigekommen sein. Natürlich wußte sie, daß darin der Rabbi wohnte, das wußten alle.

Der Rabbi Josef Morgensztern war der Sohn von Chaim, der Enkel von Dawid und der Urenkel von Menachem Mendel.

Hat Apolonia Machczynska den Namen gekannt: Menachem Mendel? Wohl kaum. Ich glaube, dieses ganze hölzerne Eckhaus war ihr gleichgültig, bis zu jenem Tag, an dem sie einen seltsamen Knall vernahm. Sie wußte ihn sich nicht zu erklären: damals kannte noch niemand das Geräusch einer niedergehenden Bombe. Sie hörte den Knall, dann Geschrei, dann versteckte sie sich mit den anderen in den Büschen auf dem Friedhof. Als sie zurückkam, wußten schon alle: auf den Schutzkeller des Rabbis war eine Bombe gefallen.

Der Schutzkeller lag hinter dem Haus.

Das Grundstück war umzäunt, und so weiß keiner genau, wo er lag, bestimmt unter den Bäumen. Von der Straße aus, über den Zaun hinweg, waren die Äste der Bäume zu sehen, die bei dem Rabbi wuchsen: Birnbäume, Pflaumenbäume, Apfelbäume – die alten Sorten, die echten, nicht diese amerikanischen wie heute. Zu sehen waren Augustäpfel, Gülderlinge, Rosenäpfel... Am neunten September hingen keine Augustäpfel mehr an den Bäumen, aber Gülderlinge schon und Rosenäpfel. Es sei denn, sie hätten sie früher gepflückt, noch grün, für den Wein.

In den Zweigen dieser Bäume, zwischen den noch nicht geernteten und durch die Detonation nicht abgefallenen Früchten, hingen Fetzen von den Kleidern und von den Körpern aller Bewohner des Hauses, die von der ersten auf Kock abgeworfenen Bombe zerrissen worden waren.

Das Schicksal des Rabbis empfanden die Leute als schrecklich, dabei war es gar nicht schrecklich, es war wunderbar. Der Rabbi war nicht in der Gaskammer gestorben, war ohne Qualen gestorben, umringt von seiner Familie, inmitten von Bäumen…

Jeden Monat, besonders im Sommer, fahren vor dem Haus an der Ecke zwischen der Straße des Polnischen Heeres und der Feldstraße Reisebusse vor, Warschauer Taxis und Wagen mit ausländischen Kennzeichen. Aus den Bussen springen Jungs in Jeans, ein Käppchen auf dem Kopf, und Mädchen mit schwarzen Haaren, aus den Wagen steigen gesetzte bärtige Männer. Sie gehen selten hinein. Sie schauen sich in der Gegend um, ihre polnischen Fahrer fragen die Bewohner, ob nicht noch wer alte jüdische Bücher hat und wie man Wasser aus dem Brunnen an der Straße schöpft. Sie unterhalten sich in einer seltsamen Sprache und fahren weiter…

Eines Tages taucht vor dem Haus ein Greis auf. Von kleinem Wuchs, mit dichtem weißem Bart, in altmodischer Atlaskapote, weißen Strümpfen. Die Bewohner haben auch schon Chassidim gesehen, sie wundern sich also nicht, nachdenklich stimmt sie nur der fatale Zustand der Kleider. Der Atlas ist durchgewetzt und ausgefranst, die Strümpfe schmutzig, zu allem Überfluß ist weit und breit kein Wagen zu sehen.

Der Alte sieht sich um… In dem Hof, in dem es nicht die Spur von Obstbäumen mehr gibt, nicht die alten, echten, und keine heutigen, stehen Männer an einem langen Tisch. Über Holztröge gebeugt, formen sie Zementziegel.

»Der gnädige Herr wohnt wohl nicht in Polen«, redet einer den Alten an.

»Ich wohne überall, wo man mich einläßt«, erwidert der in recht gutem Polnisch. Der Mann lauscht verständnisvoll. Es ist der Leiter des Stadtkinos, in dieser Woche hat er zwar »Superman« gezeigt und in der vorigen »Harakiri«, aber im Fernsehen hat er »Der Fiedler auf dem Dach« gesehen, und er weiß, alte Juden geben gern philosophische Sprüche von sich.

Der Mann im Kaftan befühlt die Wände, sieht zum Dach hinauf, dessen hölzerne Balkenträger sich anheben lassen...

»Guter Mann«, der Leiter des Kinos tritt dichter heran und senkt die Stimme, »Sie suchen doch was, nicht? Suchen Sie nicht zufällig die Nägel?«

Der Greis versteht nicht.

»Die aus Gold«, sagt der Leiter des Kinos, der sich von der ausgefransten Kapote nicht hinters Licht führen läßt, und zwinkert vertraulich. »Sie wissen schon. Die haben Nägel aus Gold gemacht, haben sie in Bretter geschlagen, weiß gestrichen. Schlawiner waren das, hoho! Aber wo? Wo können sie sie reingekloppt haben, was meinen Sie?«

»Nägel aus Gold...«, wiederholt nachdenklich der Alte. »Als Jechiel Meir, der Rabbi von Gostynin, das Hauptlos in der Lotterie zog und angelaufen kam, um sich zu brüsten, hab ich zu ihm gesagt: ›Ich trage daran keine Schuld...‹ Da rannte der Rabbi sofort nach Hause und verteilte das Geld unter die Armen... Ich trage an den goldenen Nägeln keine Schuld...«

»Dann eben nicht«, sagt der Leiter des Kinos und geht zu seinen Ziegeln zurück.

Der Gast will wissen, wer in dem Türmchen wohnt. Sie erklären ihm, daß in dem Haus sieben Familien wohnen, die alles unter sich aufgeteilt haben: die drei Aborte im Hof, die Schuppen, den Boden, das Türmchen fiel den Mietern mit dem Eckeingang zu.

In dem schmalen, mit Gerümpel vollgestellten Eckzimmerchen sitzt eine junge, gereizte Frau. Sie beäugt den Kaftan und die Strümpfe. Alle, die aus den Wagen steigen, beäugt sie gründlich. Die letzte Reisegruppe war nicht interessant: die wollten vor allem die gekachelte Küche sehen, sie mußte ihnen vorführen, wo die Asche ist, wo der Schieber und wo der Rost. Sie hat extra für sie ein paar Scheite angezündet, aber sie steigen in den Bus, noch ehe das Feuer heruntergebrannt war. Heute dieser Alte. Ausgerechnet! Auf so einen haben sie gewartet.

Die sieben Familien aus dem Haus des Zaddiks warten auf einen Juden. Eines Tages kommt ein Jude angefahren oder, besser, es kommen Juden, sie stellen einen Wohnblock hin, geben jeder Familie eine Wohnung, und in dem alten Haus richten sie ein Museum für ihren berühmten Zaddik ein. Oder noch anders: die Juden kommen angefahren, geben Geld, und jede Familie baut sich ihr Häuschen, nur für sich allein. Sie würde, mal angenommen, eins für ihren Mann, sich und das Kind bauen, für die Schwiegermutter müßten die Juden eins extra bauen. Dann könnte ihr die Schwiegermutter nicht mehr morgens die Späne aus der Küche fortholen, die sie sich am Abend immer vorsorglich zurechtlegt zum Anzünden, sie könnte ihren Topf mit dem Bigos nicht mehr von der Feuerstelle rücken, sie könnte nicht... Wenn sie nur kämen, diese

Juden, und Geld gäben und endlich für ihren Zaddik ein Museum aufmachten.

Leider, der Mensch in dem abgeschabten Rock, den dreckigen Strümpfen, von dem man nicht mal weiß, wie er hergekommen ist, denn ein westliches Auto ist draußen nicht zu erblicken, womöglich kam er mit dem ganz normalen Bus – nein, dieser Mensch sieht nicht nach dem Juden aus, auf den sie warten.

»Unser Lehrer ging einmal mit uns in den Wald«, erzählt der Alte und holt eine Pfeife aus den Falten seines Kaftans. »Er hob ein Sandkorn auf, betrachtete es und legte es an seinen Platz zurück. ›Wer nicht glaubt, daß Gott will, daß dieses Sandkorn genau hier liegt, der hat keinen Glauben in sich‹, sagte unserer Lehrer.«

»Ja, eben«, greift die junge Frau auf. »Ein Sandkorn. Und erst recht die Späne zum Feueranzünden...« Der Alte bestätigt ihr durch ein Kopfnicken, daß sie ihn trefflich verstanden hat, bläst eine Wolke Pfeifenrauch in die Luft, und der Frau wird bewußt, daß sie dem komischen Juden ja gar nichts von den Spänen erzählt hat...

## Der Blick – Fortsetzung

Linkerhand, in der Verlängerung der Feldstraße, die vom Türmchen aus noch einzusehen ist, stehen einstöckige Holzhäuser. Von der Straße aus betritt man einen ehemaligen Laden, der zur Küche umgebaut ist, weiter drinnen ein Zimmer, und hinter einem Vorhang Schüssel und Eimer. Zusammengewürfelt das alles ohne jeden Sinn und Verstand: eine Klappcouch, Regale, ein Kühlschrank, ein Fernseher, Spielzeug, ein Kinderbett, zwei Feldbetten, die sie zur Nacht aufstellen... Wie hat das DAMALS alles hier Platz gehabt? Kühlschränke und Fernseher gab es noch nicht, dafür waren die Möbel wuchtiger, die Familien größer, na, und der Laden, er nahm die vordere Stube ein. Der Seidenzeugladen gehörte Cyrla, der Eisladen dem Rot, der mit Limonade dem Marchewka, der Kolonialwarenladen dem Nojlich...

Das Eis für die Eisdiele holten sie im Winter aus Tysmienica, mit Hobelspänen bestreut hielt es sich bis in den Herbst. Das erste Eis gab es am 3. Mai, dem Tag der Verfassung, das letzte am 29. September, zu Sankt Michael. Der Strom aber stammte vom Zakalik. Es gab kein städtisches Elektrizitätswerk in Kock, die Elektrizität stammte aus den Mühlen: vom Zakalik oder vom Grafen Zóltowski. Man zahlte pro Glühbirne, ohne Zähler, nur manchmal tauchte einer von Zakaliks Söhnen auf, um nachzusehen, brennt die gemeldete Vierziger oder, illegal, eine Sechziger?

Die Zakaliks hatten sich im Keller von Apolonia Machczynska versteckt und starben auf dem Feld (mit Ausnahme von Icek, dem Enkelsohn, der die Mauser besaß, und von dem man nicht weiß, ob er tot ist oder noch irgendwo lebt). Cyrla starb in Treblinka, normal. Rot kam auch um, aber die Rotsche Tochter überlebte und meldete nach dem Krieg ihren Anspruch auf das besetzte Haus an. Einen Teil des Geldes händigte man ihr aus, den Rest sollte sie später abholen, jemand erbot sich, sie mit dem Geld zum Zug zu bringen, seither hat keiner mehr was von ihr gehört, hat keiner sie mehr gesehen. Nojlich kam auch zurück, mit einem Kameraden. Er fragte den Mann, der in seinem Haus wohnte, ob er zahlen und drinbleiben wolle. Denn wenn nicht, dann suche er, Nojlich, sich einen anderen Käufer. Der Mensch, der das

Haus belegt hatte, erwiderte, er werde drüber nachdenken. Nojlich und sein Kamerad sagten, daß sie am nächsten Tag nochmal herkämen und gingen ins Dorf. Sie kehrten nie mehr zurück. Der Mann, der das Haus belegt hatte, wohnte darin bis zum Tod, und je älter er wurde, umso öfter kam er auf die alte Geschichte zu sprechen. Er stellte einen Stuhl vors Haus, die Nachbarin stellte ihren daneben, und so saßen sie am Nachmittag und schwatzten bis zu den Nachrichten im Fernsehen.

»Ich hatte das Geld bereit, wollte es ihm geben, aber er ist nicht erschienen. Ob er ausgereist ist? Ohne Geld?«

Die Nachbarin war der Ansicht, daß der Nojlich ohne Geld nicht ausgereist wäre.

»Tja, eben«, erwiderte der Mann, der das Haus belegt hatte. »Aber wo sind sie dann geblieben?«

Am nächsten Tag, wenn es warm war, stellten sie ihre Stühle wieder auf.

»Ich konnte nicht schlafen, wegen dem Wind«, sagte der Mann. »Wissen Sie, was ich so bei mir denke? Die haben ihnen in diesem Dorf bestimmt was angetan.«

»Aber warum?« fragte die Nachbarin.

»Tja, warum.«

»Wenn ich wenigstens wüßte, wo sie liegen«, begann er an einem andern Tag, »ich würde hingehen, würd ihnen ein paar Blumen hinlegen...«

Und dann traf den Menschen, der das Haus belegt hatte, ein Unglück. Seine Tochter, die an ihrem Namenstag die Eltern besucht hatte, kam bei einem Autounfall ums Leben. Es war Mai, das Wetter schön, der Wagen schlingerte plötzlich, und das Mädchen fand den Tod. Nur sie, die anderen kamen ohne einen Kratzer davon.

Die Leute erzählten, sie habe zwei Ringe getragen.

Beide golden, an jeder Hand einen. Schöne, große, sagten die Leute. Ihr Vater hatte sie ihr wohl zum Namenstag geschenkt. Zwei goldene Ringe, nicht aus heutigem Gold...

Ich bin nicht sicher, ob die Geschichte, die ich hier wiedergebe, wahr ist.

Wäre es denkbar, daß Gott, der Große Drehbuchschreiber, eine derart kitschige Story verfaßt?

Ich versuche, mir die Szene vorzustellen.

Die Gasse eines polnischen Städtchens, eines typischen Schtetl, das bei den fortschrittlichen Juden auf der ganzen Welt Abscheu und Ärgernis erregt.

Einstöckige Holzhäuser...

Zwei Stühle...

In der Radzynska-Straße, von hier aus nicht sichtbar, steht das Bethaus, in dem die polnischen Jungs zum Spaß die Scheiben einschlagen...

Ich versuche, mir Szenen von heute vorzustellen: die Antenne auf dem Dach, den Vorspann der Fernsehnachrichten, der aus der Wohnung zu hören ist, und die beiden alten Leute, die hastig ihre Stühle von der Straße nehmen – was für ein Bethaus also? Das Bethaus gibt es schon längst nicht mehr. Die Deutschen haben es niedergebrannt, mit den Ziegelsteinen haben sie Rabatten eingefaßt und den Schloßhof gepflastert. Sie liegen wohl heute noch dort.

Ich versuche, mir Szenen von heute vorzustellen – warum aber hängt dann über einem der Läden das Schild »Seidenstoffe und -waren Cyrla Opelman«? Und wo kommen die Kinder vor dem Laden her, das zehnjährige Mädchen mit den tiefschwarzen Haaren und der jüngere, blasse Knabe mit den Schläfenlocken...?

Obendrein hastet soeben, auf dem Heimweg, der Salomon Nojlich an Cyrla Opelmans Laden vorbei. Cyrla Opelman ruft also: »Guten Tag, Herr Nojlich« oder, wesentlich einfacher: »Salek! Wie geht's?« Oder sie sagt auf jiddisch, sie habe einen entzückenden Stoff aus Lublin hereingekriegt, weiße Punkte auf dunkelblauem Grund, genau das richtige für ein Sommerkleid für die Frau Nojlich... Aber Salomon Nojlich hört Cyrlas Weibergewäsch nicht mehr. Er nähert sich seiner Tür, seinem eigenen Haus, dem von Mosze Majer Nojlich, seinem Vater seligen Angedenkens erbauten, und er sieht, baß erstaunt, zwei Stühle davor stehen. Auf dem einen sitzt ein Mann, im schwarzen Anzug, die Hände auf einen Stock gestützt, auf dem zweiten eine Frau, die von Krampfadern geschwollenen Beine auf einem niedrigen Schemel gelegt, und dieser Mann erzählt der Frau was von einer Tochter – daß sie Computer studiert hat, daß ihr bis zum Abschluß nur noch eine Prüfung fehlte und daß das Gerede der Leute über die Ringe gemein ist, denn es waren russische Ringe, mitgebracht aus Lwów, mit dem Freundschaftszug. Worauf die Frau bemerkt, Ringe aus dem Freundschaftszug seien trotzdem ganz anders – dünner, aus heutigem Gold...

»Vierundzwanzig Jahre«, sagt der Mann weinend. »Eine einzige Prüfung...«

»Nebech«, seufzt Salomon Nojlich mitfühlend. »Die Ärmste.«

Der Mann sieht zu ihm hoch.

»Sie sind es, Herr Nojlich? Wo haben Sie denn so lange gesteckt? Und, wollen Sie nun das Haus von mir kaufen? Denn wenn nicht, dann find ich mir einen anderen Käufer...«

## Der Dachboden

Zweitausendzweihundertundvierzehn Juden wohnten in Kock.

Retten konnten sich Maniusia Zygielman und ihre Mutter und noch ein Mann, versteckt von einem polnischen Fräulein aus gutem Hause, das er heiratete, und noch der Mann vom Dachboden. Es handelt sich um den Dachboden eines Wanderschusters, der auf den Jahrmärkten Schuhe flickte und ein jüdisches Ehepaar versteckt hielt. Im Winter starb die Jüdin an Lungenentzündung. Der Schuster packte die Tote und einen Spaten auf ein Fuhrwerk, deckte eine Pferdedecke darüber und fuhr zur Stadt hinaus. Unterwegs überholte ihn ein deutsches Auto, das Pferd scheute, und das Fuhrwerk kippte. Die Deutschen hielten an und machten Anstalten, ihm zu helfen... Der Schuster kniete rasch nieder, entschuldigte sich auf Knien, daß er so ein heilloses Durcheinander angerichtet habe, gelobte, sofort alles zusammenzulesen. Die Deutschen fuhren weiter, der Schuster begrub die Jüdin, und kehrte nach Hause zurück. Bis ans Ende des Krieges spielten der Schuster und seine Frau die Szene immer wieder so durch, wie sie hätte ablaufen können. Die Deutschen hätten das Fuhrwerk aufrichten, die jüdische Leiche finden, zu ihnen nach Hause fahren, den lebendigen Juden entdecken, alle drei – den Juden, den Schuster und seine Frau – an die Wand stellen und die Pistolen zücken können. Nichts dergleichen war geschehen. Der Krieg ging zu Ende, der Jude hatte überlebt und wanderte aus Polen aus. Gleich darauf starb der Schuster am Herzen, gleich nach ihm starb am Herzen seine Frau. So daß, außer Frau Zygielman, Maniusia und dem glücklichen Auserwählten des polnischen Fräuleins, auch noch der Mann vom Dachboden überlebte, obwohl nicht feststeht, ob er aus Kock stammte. Vielleicht hatte der Wanderschuster ihn irgendwo aufgelesen – in Bilgoraj, Tarnogród, Szczebrzeszyn, Sieniawa, Frampol oder Bircza…

## Das Haus – Fortsetzung

Heszel Klepfisz wurde in einem polnischen Städtchen geboren, vor dem Krieg war er Rabbiner der Polnischen Streitkräfte im Westen gewesen, er verlor in Polen die Eltern, die Frau, die Schwester und den Bruder, nach dem Krieg ließ er sich in Panama nieder, wurde Professor an der Universität und schrieb über den Chassidismus.

In einem seiner Essays erzählt er, wie für ihn der Krieg zu Ende ging.

Mit der amerikanischen Armee marschierte er in Bergen-Belsen ein.

Er sah die Berge nicht begrabener Leichen. Mit einem Häuflein davongekommener Juden verbrachte er den Freitagabend, seinen ersten Sabbat nach dem Zweiten Weltkrieg, und den ganzen Abend sprachen sie über Menachem Mendel. Dann sangen sie ein Lied der Chassidim von Kock mit dem merkwürdigen Kehrreim:

»Noch nicht, noch nicht, noch nicht… Noch sind wir am Fuße des Berges, noch haben wir ihn nicht bezwungen… Noch haben wir nicht gebetet, noch hat sich nicht vollendet… Noch nicht, noch nicht, noch nicht…«[7]

»Das irdische, das jüdische Kock hatte aufgehört zu bestehen«, schreibt Heszel Klepfisz. »Bergen-Belsen wurde für uns zur Quelle der Gewißheit, daß der Geist von Kock uns auf unserer Wanderschaft durch die Jahrhunderte begleiten würde.«

Rabbiner der Polnischen Streitkräfte... Bergen-Belsen... Ein Sabbat... Kock...

So einen Epilog hat sich der Große Drehbuchschreiber ausgedacht. Er könnte sich also noch zu einem einzigen, kleinen und – sofern das bei Wundern möglich ist – durch und durch logischen Wunder bereitfinden...

Der alte Jude in dem abgewetzten Atlaskaftan nimmt von der Frau aus der Eckwohnung den Schlüssel zum Türmchen entgegen und klettert über die Leiter auf den Boden. (Auf den Boden, in diesem Kaftan, in dem er sich gleich auf der ersten Stufe verfangen wird!) Herr Tadeusz N., der in der Stube unter dem Dach wohnt, das zu Sukkot angehoben wurde, hält ihm, selber leicht schwankend, die Leiter.

»Ich will dir, guter Mann, nicht noch zusätzlich Kummer machen«, sagt Herr Tadeusz zu dem Alten, der die zweite Stufe erklimmt, »aber ich habe meine Frau begraben, wärst du an einem andern Tag gekommen, hätten wir uns unterhalten können. Aber nicht heute, vier Tage ist es her, daß sie mir gestorben ist, am Sonntag. Ich hab dich durchs Fenster gesehen, und ich dachte so bei mir: da ist einer, der was wissen will. So wisse also, mein Vater hat in der Mühle gearbeitet, bei den Zakaliks, und er war Iceks bester Freund. Icek war für die Elektrik zuständig, und mein Vater fürs Tischlern. Und dann alle Zakaliks, tja wie viele, na, nur ein paar Meter von hier, im Keller... Bloß der Icek, weil der eine Mauser hatte, der beste Freund meines Vaters in der ganzen Stadt... Das sind schlimme Geschichten, und ich will dir nicht noch zusätzlichen Kummer machen, leb weiter, mein Lieber, an die hundertundachtzig Jahre...«

So spricht der Herr Tadeusz N., und der Alte zieht ein schmutziges, zerknittertes Schnupftuch aus dem Kaftan, schüttelt es leicht, Tabakkrümel fallen heraus, er hält es dem Herrn Tadeusz hin, damit der sich die Tränen abwischt, die er weint – um den Vater? um die Frau? um Icek Zakalik? –, und er kraxelt, ohne sich umzusehen, hinauf.

Er öffnet die Tür zum Türmchen.

Er bleibt am Fenster stehen, an dem, das niemand angelehnt, das bloß eine eingeschlagene Scheibe hat, holt die Pfeife aus dem Kaftan, stopft den Tabak fest und läßt die erste kleine Rauchsäule steigen. Er lächelt bei dem Gedanken, daß Georg Langer[8] den dünnen Streif mit dem Rauch des Brandopfers vergleicht, der Tag und Nacht in den düsteren Himmel von Kock aufstieg. Der Himmel ist keineswegs düster. Er ist himmelblau, an ihm scheint eine warme Frühlingssonne.

Aus der Tiefe der Straße nähert sich eine Frau. Sie hat die Sonne im Rücken, das Gesicht ist verschwommen, »im Gegenlicht«, wie die Filmemacher sagen, sie hält den Kopf gesenkt, als dächte sie nach, sei abgespannt oder schläfrig.

»Sie werfen mir vor, daß ich schweige«, sagt der Alte. »Dabei kann Schweigen der lauteste Schrei von der Welt sein.«

Das sagt er in die sonnenüberflutete Weite hinein, zu der Frau hin, die ihm da entgegenkommt, aber die ist schon an dem Eckhaus vorbei, hört nicht und hebt nicht den Blick. Jetzt sieht der Alte ihr wirres rotes Haar und den schwangeren Bauch, über dem der alte Wintermantel klafft.

»Sie werfen mir vor, ich sei ein gebrochener Mann, dabei ist nichts weniger heil als ein gebrochenes jüdisches Herz«, sagt er, in ihren Rücken hinein, zu ihren kraftlosen, verlassenen Armen, zu dem gelösten Schnürsenkel hin, der ihr auf der Straße nachschleift.

Kock – Dzbadz 1989

Anmerkungen


1 Martin Buber, Die Erzählungen des Chassidim, Zürich 1949
2 Ilja Ehrenburg, Das bewegte Leben des Lasik Roitschwantz, München 1969
3 Ernest Luninski, Berek Joselewicz, Kock 1928
4 Józef Opatoczu, W lasach polskich (In pojlische welder), Warschau 1923
5 Marian Brandys, O królach i kapuscie (Von Königen und vom Kohl), Warschau 1964
6 ebenda
7 Heszel Klepfisz, Culture of Compassion, New York 1983
8 Georg Langer, Neun Tore, Bern/München 1983

# Begegnung im Bialy-Tal

2. Mai

An den Ständen in Zakopane gab es in diesem Frühjahr türkische Baumwolle, indische Hemden, deutsche Säfte, polnische Baudenschuhe und holländische Sahne. In der Krupówki-Straße verkaufte ein Górale Kopien des Bildhauers Antoni Rzasa als Volkskunst, während an den Originalen in der Galerie der Schimmel fraß. Die Täler waren wieder länger, und die Wanderpfade wieder steiler als im Jahr zuvor.

Eine grauhaarige Dame wanderte das Tal des Bialy hinauf. Sie war ungeschminkt, schlank, trug Bergschuhe und einen Rucksack. Am Ende des Tals, am Wasserfall, nahm sie ein Plastikdeckchen aus dem Rucksack und breitete es auf einem umgestürzten Baumstamm aus. Dann nahm sie ein zweites Plastikdeckchen und breitete es auf meinem Baumstamm aus. Dann stellte sich heraus, daß sie den Schriftsteller kannte, den ich in meiner Geschichte »Hypnose« erwähnt hatte. Vor dem Zweiten Weltkrieg hatte er in ihrem Haus gewohnt, und vor einem Monat war er aus Jerusalem dagewesen. Er setzte sich in ihrem Hof auf die Bank und saß einfach so da. Die Hausmeisterin fragte, ob er auf jemanden warte.

»Ja«, erwiderte er. »Auf Bohdan Liwski.« – »Liwski, neunter Aufgang«, sagte die Hausmeisterin. Er klingelte an der Tür. Auf das »Wer da?« erklärte er, daß er und Bohdan Liwski vor fünfundfünfzig Jahren zusammen Bleisoldaten gespielt hätten. Die Tür ging auf, die grauhaarige Dame sagte: »Mein Bruder ist im Warschauer Aufstand umgekommen.«

Der Gast musterte sie interessiert.

»Also bist du Basia Liwska. Und ich bin Jurek. Jetzt Uri. Ich schreibe Bücher. Mein erstes Buch hieß »Chajaloj oferet«. Das ist hebräisch. Übersetzt heißt das »Bleisoldaten«. Ich habe darin über deinen Bruder geschrieben...«

Wir standen von unseren Baumstämmen auf. Die grauhaarige Dame schüttelte die Plastikdeckchen aus und legte sie sorgfältig zusammen. Sie sagte noch etwas. Es sah nach Regen aus. Ein gedämpftes, gestreutes Licht gab dem Tal etwas Düsteres.

Als wir die erste Erhebung hinunter waren, sagte ich: »Sie sind also Basia Liwska. In Ihrer Wohnung stand im Krieg ein Klavier, nicht wahr? Und neben dem Klavier ein Bett.«

»Ein Sofa«, korrigierte die grauhaarige Dame. »Und nicht daneben.«

Wir begannen mit Stöckchen das Klavier, das Sofa, das Fenster und die Wände auf der Erde aufzuzeichnen.

»Ein Mädchen?« fragte sie zurück und überlegte. »Ein Mädchen war da nicht. Das Kind der Maniküre war da, so einer hellhaarigen, zierlichen. Die kam zu meiner Mutter, machte ihr die Nägel, und das Kind stand immer dabei. Ja, ein Mädchen. Sie muß vier, fünf gewesen sein. Die Frau war heiter, blauäugig, und das Mädchen war dunkel und immer traurig. Sie spielte nicht. Sie stand ernst da und stumm und betrachtete die Fingernägel.«

»Vielleicht war es von dem Lack fasziniert?«

»Meine Mutter benutzte keinen Nagellack. Die Maniküre polierte ihr die Nägel mit einem Tuch, einem aus Sämischleder, das in so einer besonderen Fassung saß. Ich hab heut noch so eins, in Perlmutt, aber das Tuch der Maniküre war in Holz gefaßt... Die beiden waren von einem Geheimnis umgeben, irgendeiner Gefahr... Eines Tages sind sie verschwunden, und ich hab sie nie wieder gesehen.«

»Bevor die beiden verschwanden, gab Ihre Mutter dieser Frau eure Geburtsurkunden. Die Kleine war bis zum Kriegsende... Wissen Sie, wie diese Kleine bis zum Ende des Krieges hieß? Basia Liwska.«

»Wirklich?« wunderte sich die grauhaarige Dame.

## 2. Mai – Fortsetzung

In den Fernsehnachrichten zeigten sie Budapest und den neuen ungarischen Präsidenten. Es war der Schriftsteller Arpád Göncz. Einmal hatten wir die Ferien am Balaton verbracht – Arpád und seine Frau, Romana Gimes, die polnische Literatur übersetzt, meine Familie und ich. Zwei Dinge sind mir in Erinnerung geblieben: die Geburtstagstorte, die Arpád meiner Tochter am 27. September schenkte, und seine Geschichte vom Lastwagen. Es war das Jahr 1980 und Arpád fragte, wie »das alles« in Polen wohl enden werde. Ich sagte, Jacek K., meinem Bekannten, schwane nichts Gutes, und wenn »das alles« sein verhängnisvolles Finale erreicht habe und man ihn, Jacek K., an die Wand stelle, dann wäre ihm lieber, sie täten es nicht im Hof, sondern auf der Straße. Nicht, weil es dort mehr Zuschauer, sondern weil es dort mehr Bäume gibt. Dabei fiel Arpád eine Episode aus dem ungarischen Aufstand ein. Die sowjetische Armee hatte Budapest besetzt, und man lud ein paar Aufständische, darunter Arpád, auf einen Lastwagen. Der Wagen fuhr aus der Stadt hinaus und bog in den Wald ab. Es war Abend. Nach einigen hundert Metern hielten sie, und einer von der Begleitmannschaft gab ein Zeichen zum Absteigen. Da war alles klar. Der Älteste der Aufständischen sprang als erster vom Wagen, richtete sich auf, zog den Pullover straff und stimmte die Nationalhymne an. Darauf sprangen die nächsten herunter, und erhobenen Hauptes, das Lied auf den Lippen, marschierten sie los. Die sowjetischen Soldaten schauten etwas verwundert drein, schließlich sagte einer: »Eto nje budjet pif-paf. Eto budjet piss-piss.« – »Wir waren verwirrt: Die Nationalhymne abbrechen oder sie weitersingen und dabei...? Wir zogen uns aus der Klemme. Wir sangen die Hymne zu Ende und knöpften erst dann die Hosen auf. Darum versteh ich euren Jacek K. bestens«, schloß Arpád Göncz, der künftige Präsident des freien Ungarn, »ich weiß, wie wichtig ein stilvolles Finale ist.«

## 3. Mai

Im Mietusia-Tal. Auf einem Balken einer abgebrannten Hütte erzählte Barbara Liwska von ihre Familie.

Der Vater war Architekt, der Großvater Hausbesitzer. Es gibt noch ein Photo von der Urgroßmutter aus Wiesbaden. Die Urgroßmutter im weißen Kleid, die Taille durch ein Korsett zusammengeschnürt, stützt sich auf den Arm des Urgroßvaters, eines stattlichen Mannes mit Bart und einem Spazierstock in der Hand.

Die Mutter besaß drei Dienstmädchen, die sie von der

Großmutter übernommen hatte, und einen weiten Horizont. Sie studierte Philosophie, spielte Mahler auf dem Klavier und besuchte, als eine der ersten Frauen in Warschau, Jiu-Jitsu-Kurse.

Kurz vor dem Krieg lernte die Mutter Herrn Rysiek kennen.

Herr Rysiek war Kommunist. Er hatte die Schultern eines Ringkämpfers, liebte die Frauen und sang sehr schön. Am liebsten sang er ein russisches Lied:

*Proschtschajtje drugi, ja ujesshaju*
*A scharaban moj ja ostawlju*
*Mundir snossilssja, Tabak skurilssja*
*Pagon swalilssja, prawitjel skrylssja*

*Lebt wohl, ihr Freunde, mich zieht's in die Ferne*
*Doch meine Kutsche, die laß ich euch gerne*
*Die Uniform ist verbraucht, der Tabak geraucht*
*Die Orden vernichtet, der Herrscher geflüchtet…*

Und nach jeder Strophe folgte der Refrain:

*Ech, scharaban moj, amerikanka*
*A ja djewtschonka, da scharlatanka*

*Ach meine Kutsche, amerikanische, neue*
*Ich bin eine Schönheit, halt keinem die Treue…*,

den der Herr Rysiek langsam, wie nebenbei, begann, worauf er allmählich beschleunigte, mit den Füßen aufstampfte, von vorne anfing, einmal, ein zweites Mal und immer schneller, immer schneller, bis er ein atemberaubendes Tempo erreichte, so daß alle hingerissen waren, und die Mutter am meisten.

Die Mutter wurde Kommunistin.

Sie verließ ihren Mann. Sie zog aus, mitsamt Kindern, Dienstmädchen und Klavier. Auf dem spielte sie jetzt »Schiroka strana moja rodnaja...« – »Meine Heimat, weites Land...« und wiederholte in einem fort, der Kommunismus sei das bessere Morgen der Welt.

Während des Krieges traten ihre Kinder, die fünfzehnjährige Basia und der siebzehnjährige Bohdan, in die AL* ein.

Von Bohdan wurden sie im Aufstand getrennt. Zu zweit kehrten sie im Februar '45 nach Warschau zurück, suchten nach Leuten von der AL und erfuhren, wo er zum letzten Mal gesehen worden war. Man hatte ihn in einem Bunker gesehen, in den Gärten.

Überall lag Schnee, auf dem Hof, im Schnee, lag eine Leiche. Sie drehten sie mit dem Gesicht nach oben und erkannten einen Klassenkameraden von Bohdan, der mit in der Einheit gewesen war. In dem Garten wuchsen Bäume. In den Zweigen hingen Kleiderfetzen, sie versuchten, sie herunterzuholen, aber sie hingen zu hoch. Der Boden war gefroren, die Mutter sagte, sie müßten warten, bis es taut.

Sie gingen alle paar Tage hin. Als es wärmer geworden war, räumten sie den Schnee weg. Da lag eine Tür, vermutlich die Tür der Garage. Sie hoben sie an und entdeckten den Bunkereinstieg. Die Deutschen mußten eine Granate hineingeworfen haben, denn in den Trümmern fanden sie einen verstümmelten menschlichen Körper. Die Mutter betrachtete die bloßliegenden Rippen und sagte: »Das ist nicht mein Sohn.«

* AL (Armia Ludowa) – Volksarmee: bewaffnete kommunistische Untergrundorganisation im besetzten Polen, die den Anweisungen Moskaus unterstand.

Sie legten die Tür zur Seite und gingen zum Komitee der Polnischen Arbeiterpartei, wo die Mutter Bekannte aus der Vorkriegszeit hatte. Sie bekamen Hacke, Spaten und eine rechteckige Holzkiste. Der Vater stieß zu ihnen. Die Mutter befahl ihm, die Bunkertür aufzuhalten, sie selbst begann zu graben. Der Vater wollte ihr helfen, aber sie sagte, das sei nicht nötig. Sie schüttelte die Erde von den Rippen und legte sie in die Kiste. Sie förderte ein helles Haarbüschel zutage, schüttelte es aus und legte es in die Kiste. Sie grub den Rest einer Jacke aus, einer khakifarbenen Wolljacke. Dann krochen ungeheuerlich fette weiße Maden aus dem Bunker, die Mutter schlug mit dem Spaten auf sie ein und holte einen Schädel aus der Erde. Sie säuberte ihn, sie erblickten zwei Reihen schöner weißer Zähne, von denen einer, oben links, schräg stand. Der Vater weinte, die Mutter arbeitete schweigend. Als sie den Deckel über der Kiste schlossen, wischte sie sich die Erde von den Händen und sagte: »Das ist nicht mein Sohn. Jeder kann links oben einen schiefen Zahn haben.«

»Die ganze Zeit hielt ich mit meinem Vater die Bunkertür auf«, erzählte Barbara Liwska. »An der einen Seite, da, wo ich stand, war etwas geschrieben. Ich erkannte die Schrift meines Bruders. Wir hatten im Krieg zusammen Schriftkundekurse besucht, es waren Buchstaben, wie wir sie gelernt hatten: Antiqua ohne Serifen, auch die Abstände und Proportionen stimmten. Die Inschrift bestand aus sieben Wörtern und zwei Ausrufezeichen: ES LEBE DER KOMMUNISMUS! ES LEBE STALIN!«

## 4. Mai – Fortsetzung

War da wirklich kein Lack?

(Ich meine, auf den Fingernägeln der Frau Liwska, die von einer zierlichen, hellhaarigen Maniküre mit Sämischleder poliert wurden.)

Meiner Ansicht nach war da welcher. Rot, nicht allzu dunkel, mehr in der Farbe von Süßkirschen – aber ich will mich nicht drauf versteifen, vielleicht war er auch auf ganz anderen Nägeln.

Einzelheiten wie der Nagellack prägen sich einem am tiefsten ein, was ein offenkundiger Beweis ist für das selektive menschliche Wahrnehmungsvermögen.

Mein deutscher Freund, einer von den wichtigsten, die ich habe, dessen Vater in Nürnberg verurteilt wurde, hat mir erzählt, daß seine Mutter von dem ganzen Nürnberger Prozeß am besten die Fingernägel der amerikanischen Sekretärinnen behalten habe. Sie waren von einem roten, seltsam glitzernden Lack überzogen. So einen glitzernden Lack kannte man damals in Europa noch nicht.

Der Perlmuttlack auf den Nägeln der amerikanischen Sekretärinnen war der offenkundige Beweis für die Überlegenheit der amerikanischen Technologie.

Die Deutschen stellten Zyklon B her. Die Amerikaner Polymere.

Sie hätten auch Zyklon herstellen können, wenn sie gewollt hätten, aber erstens hatten sie niemanden zum Vergiften, und zweitens waren die Polymere bedeutend billiger.

Also setzten sie auf die Polymere. Anders gesagt, auf die Erschaffung einer Welt, die Gott nicht erschaffen hatte. Anders gesagt, auf die Zukunft.

## 7. Mai

Der Weg zur Kondratowa-Alm. Barbara Liwska über ihre Mutter.

... Die Tür mit dem ES LEBE DER KOMMUNISMUS! ES LEBE STALIN! legten sie beiseite, die Kiste trugen sie in die Leichenhalle. Bald darauf begann man mit der Exhumierung der AL-Kämpfer. Ein General fuhr vor, mit Soldaten. Schaufeln und Särge wurden gebracht. Barbara Liwskas Mutter zeigte, wo sie graben sollten. Woher sie wußte, wo Aufständische lagen, das kann keiner sagen. Vielleicht hatte sie, nachdem sie auf den Bunker gestoßen waren, weiter nach jemandem gesucht? Fest steht, daß sie bei den Exhumierungen genau wußte, wo, in welchem Hof, sich das namenlose Grab eines AL-Mannes befand und daß sie den Soldaten die Stelle ohne zu zögern zeigte.

Das Begräbnis war feierlich: Generäle, Reden, Ehrenkompanie, Ehrensalven und mehrere Dutzend Särge. Auf dem Soldatenfriedhof wurde ein ganzes Feld für die Soldaten der AL angelegt.

## 10. Mai

Der Weg oberhalb des Waldes. Barbara Liwska über ihre Mutter.

Sie begann zu kränkeln. Wenn sie von der Arbeit heimkam (sie arbeitete als Verantwortliche für Frauenfragen beim Warschauer Komitee der Polnischen Arbeiterpartei), sagte sie immer öfter: »Ich hab ihn gesehen. Er ging die Straße lang, ich saß in der Straßenbahn und konnte nicht rechtzeitig aussteigen. Er hat sich gar nicht verändert, selbst die Jacke trägt er noch, die khakifarbene, wollene...«

Die Mutter begann sich zu fürchten. Sie fürchtete sich vor Geistern, vor den Nachbarn und vor Untergrundorganisationen, die sich gegen die Kommunisten verschworen. Sie schrieb Berichte für die Staatssicherheit. Sie war immer öfter und immer länger in Nervenheilanstalten. Sie bat, im Garten begraben zu werden, in einem Sack, und Nutzkräuter sollten über ihr wachsen. Sie starb '57. Auf ihrem Grab wachsen Hederich, Augentrost, Löwenzahn und Farnkraut, das besonders nützlich ist, weil es negative Ionen abgibt.

Kurz vor dem Tod sagte die Mutter:

»Weißt du... Die ich da in den Höfen eingesammelt habe, das waren nicht nur welche von uns...

Es waren auch welche von der AK*...

Ich wollte, daß es ein paar mehr von uns waren...«

Einige Jahre später las Barbara Liwska das Buch »Im Namen des Kreml« von Stefan Korbonski. Sie fand die Aufzeichnung eines Gesprächs mit Oberst Radoslaw, einem der Anführer des Warschauer Aufstands. Radoslaw sagte:

»... und jetzt bin ich gezwungen, einen Kampf um Leichen zu führen. Was, das glauben Sie nicht? Aber ja doch, ich sag's noch einmal: ich kämpfe um Leichen. Wir haben hier ein Feld der AL, aber viele Gräber sind das nicht, deshalb fürchten die, daß sich, verglichen mit den Tausenden von Heimatarmeegräbern, die Zahl der begrabenen Volksarmeeleute höchst kläglich ausnimmt und haben mir weitere Leichenbestattungen auf unseren Feldern verboten. Es ist kaum zu glauben, aber sie haben

* AK (Armia Krajowa) – Heimatarmee: größte bewaffnete Widerstandsorganisation unter deutscher Besatzung, die als Untergrundarmee des fortexistierenden polnischen Staates konzipiert war und der Befehlsgewalt der Londoner Exilregierung unterstand.

einen Teil gestohlen und heimlich auf dem Feld der AL begraben...«

Auf einmal stimmte alles.

SIE, das war Barbara Liwskas Mutter gewesen.

Sie hatte die AK-Leute von den Höfen gestohlen, »weil sie wollte, daß es ein paar mehr von uns waren«.

## 12. Mai

Die Galerie von Antoni Rzasa, gleich am Anfang des Strazyska-Tals.

Er lebte sechzig Jahre, die ersten dreißig in dem Dorf Futoma, die zweiten dreißig in Zakopane. Er hatte die Schule von Kenar absolviert. Kenar war nicht zufrieden mit ihm und lud ihn dann und wann zu sich ein, setzte ihm einen starken Tee vor und sagte, in der Kunst müsse man seinen eigenen Weg finden. Rzasa stimmte ihm zu, darauf kehrte er an seine Figuren zurück, und als die wieder nicht originell genug waren, mußte Kenar ihn erneut zum Tee bitten. Im Jahr '59 machte sich Kenar ans Sterben. Rzasa saß bei ihm, sah zu, ging nach Hause und skizzierte auf Holz. Als Kenar tot war, bat seine Frau Rzasa um eine Figur für sein Grab. Er führte eine von seinen Skizzen aus, und von da an war er ein genialer Künstler.

Bis an sein Lebensende schnitzte er immer einunddasselbe auf die verschiedenste Weise: das Leiden. Es hatte zwei Gesichter – das Gesicht Christi und das der Muttergottes. Manchmal waren das Indianer, manchmal Schwarze, ein Christus trug den Häftlingsanzug von Auschwitz, ein anderer Toga und Perücke eines englischen Richters. Der Christus von Hiroshima hatte ein verbranntes Gesicht, und vor einer knienden Muttergottes streute Rzasa aus, was er aus Belzec, dem Vernichtungslager für die Juden, mitgebracht hatte – schwarze Aschestückchen, vermischt mit scharfen weißen Splittern...

Eine von Rzasas Arbeiten steht im Museum des Vatikans. Einmal im Leben fuhr Rzasa selbst nach Italien. Als er zurückkam, sagte er, ER hat schon alles ausgedrückt, was soll ich da noch? – und fertigte acht Monate lang nur Bänke und Hocker. (ER, das war Michelangelo.) Nach den acht Monaten schnitzte er einen Christus mit einem Hahn auf der Schulter. Er schenkte ihn der Kirche in Nowa Huta. Der Pfarrer schickte ihm etwas Zement und Ziegel. Die Rundsteine karrte er aus dem Bach in Bialka an und begann ein Haus zu bauen. Er verkaufte seine Figuren nicht, so konnte er sich keine Arbeiter leisten. Er baute allein, aber er war lungenkrank, und er hatte keine Kraft. Er trug immer einen kleinen Holzschemel mit sich herum. Er schleppte einen Stein, ein paar Meter weiter legte er ihn ab, ging den Schemel holen, saß ein Weilchen, schleppte wieder den Stein und ging wieder den Schemel holen. Der Gemeindevorsteher von Zakopane setzte den Bau einer Galerie auf sein Nationalfeiertagsprogramm und schickte ihm Strafgefangene zur Hilfe. Rzasa trank Schnaps mit ihnen, Magenbitter, erteilte ihnen juristische Ratschläge, und sie erzählten ihm ihr Leben. Den Saal stellte er fertig, baute einen Teil seiner Arbeiten darin auf und starb. Noch im selben Jahr starb auch seine Frau.

Seine Figuren stehen in dem Saal und in zwei kleinen, dunklen Räumen, die als Speisekammer und Küche gedacht gewesen waren. In diesem Winter reichte das Geld nicht für den Koks, in den Wänden sitzt der Schwamm, vom Eis ist ein Stück Dach heruntergekommen. Auf den Skulpturen sind die ersten Stockflecke aufgetaucht.

13. Mai

Im Jaworzynka-Tal.

Dem Beispiel der Mutter folgend, wurde Barbara Liwska Kommunistin. Auf dem Gymnasium trat sie in den Verband der Jungen Kämpfer ein, und während des Studiums in die Partei. Sie war Parteisekretär für die gesamte Hochschule. Als Stalin krank wurde, verspürte sie den Wunsch, ihm zu Hilfe zu eilen. Ihr kam der Gedanke, man müßte hundert bis zweihundert Leute finden, die sich bereit erklärten, Stalin ihr eigenes Gehirn abzutreten, vielleicht gelänge es dann, all diesen durchschnittlichen Gehirnen die besten Zellen zu entnehmen und ihm einzusetzen. Sie war bereit, ihr Gehirn augenblicklich herzugeben, aber der Arzt sagte, die Medizin sei noch nicht so weit. Nach Stalins Tod hielt sie in der überfüllten Aula eine Rede. »Er wird auf ewig in unseren Hirnen und Herzen bleiben«, schloß sie, und der Prorektor, der daneben saß, war zu Tränen gerührt. Viele Jahre später sagte sie, der Kommunismus und Gott, das seien zwei Wege der Wahrheitssuche. Sagte es zu einem Mann, mit dem sie immer öfter über Gott sprach. Dieser Mann war der Sohn eines kommunistischen Schriftstellers, des Autors von »Das Alte und das Neue«, außerdem war er auch Professor für Astronomie und hatte an der Sternwarte in Pasadena einen unbekannten Kometen entdeckt. Im September '80, auf dem Przyslup Mietusi, als sie vor einer Hütte saß und den Blick auf die Gipfel der Berge richtete, überkam sie ein eigentümliches Gefühl: sie löste sich von sich selbst, wie sich die Netzhaut vom Hintergrund des Auges löst... »Und in dem allen hab ich dringesteckt?« dachte sie staunend, als handle es sich um eine Fremde.

Sie gab ihren Parteiausweis zurück. Sie verließ die Hochschule. Sie lernte Goldschmiedin, und ein von ihr gefertigtes Silbercollier erspähte Premierminister Soares in der Auslage und kaufte es. Sie begann lange nicht mehr gesehene Bekannte im Altersheim zu besuchen. Der Nachbarin, die kein Licht mehr anmachte, nicht mal dem Klempner die Tür öffnete und die Wohnung nur verließ, um zum Mittagessen in die jüdische Gemeinde zu gehen, und zwar stets in drei Mänteln, einen über dem anderen, setzte sie geduldig auseinander, daß man genau daran im Krieg die Flüchtlinge aus dem Ghetto erkannt habe. Sie interessierte sich jetzt für Yoga. Ernährte sich umweltbewußt, mit Lebensmitteln aus biologischem Anbau. Sie verzichtete auf die herkömmliche Medizin zugunsten von Wünschelrutengängern, Homöopathen und Chiropraktikern, die sie von sämtlichen Krankheiten heilten, an denen sie je gelitten hatte. Die unerhebliche Sehschwäche, die ihr zu schaffen machte, war allenfalls ein Beweis, daß sich Barbara Liwskas Organismus mit letzter Kraft gegen die Unsterblichkeit wehrte.

## 20. Mai

Neunter Aufgang.

Das Klavier ist fort. Geblieben aus JENER ZEIT sind nur die Türklinken, die Dielenbretter und der Ahorn vor dem Fenster. Barbara Liwska erinnert sich, daß beide Damen immer am Fenster saßen, an einem Tischchen. Frau Liwska mit dem Rücken, die Maniküre mit dem Gesicht zum Licht. Das dunkle, traurige Mädchen stand daneben. Sie war fünf, reichte noch nicht bis hinauf zum Fensterbrett, sah den Ahorn nicht, im übrigen war auch der Baum damals noch niedrig, ging höchstens bis zum Parterre. Das Mädchen konnte die Astlöcher in den Dielenbrettern sehen, sie konnte die Türklinken berühren. Die Klinke ist aus Messing, mit abgegriffenen Rändern. Kann sich die Berührung des Mädchens von vor fünfzig Jahren erhalten haben...?

## 20. Mai – Fortsetzung

... Bohdan Liwski hatte eine Verlobte gehabt. Im Hause ihrer Eltern arbeitete ein Dienstmädchen, Helenka Kowalska. Sie war fröhlich, hatte ein ruhiges Gesicht und einen dicken roten Zopf. Nach einem Jahr trat sie in ein Kloster ein und nahm den Namen Faustyna an. Vierzig Jahre später wurde die Mutter der Verlobten des Bohdan Liwski nach Krakau eingeladen. Wie sich herausstellte, wollte der Kardinal Karol Wojtyla ihr ehemaliges Dienstmädchen Faustyna Kowalska seligsprechen. Der Informativprozeß der Faustyna, der Magd Gottes, nahm seinen Anfang. Darauf wurden die Akten an die Ritenkongregation in Rom weitergeleitet.

Faustyna hatte Offenbarungen gehabt. Von ihrem siebenten Lebensjahr an bis zu ihrem Tod war ihr Jesus erschienen und hatte ihr Leben und ihre Taten gelenkt. Sie wurde der Hysterie geziehen, man argwöhnte, sie leide an Sinnestäuschungen oder der böse Geist spreche durch sie. Sie war eine einfache, demütige und sehr einsame Frau, obwohl sie sich ständig des Hochmuts und der Eitelkeit bezichtigte. Sie betete um Barmherzigkeit für die Menschen und die Welt. Eines Tages betete sie um Barmherzigkeit für Rußland (»Nach dem heiligen Abendmahl sagte Jesus zu mir: Ich kann dieses Land nicht länger ertragen, binde MIR nicht die Hände, MEINE Tochter. Da verstand ich, ohne das Gebet der Gott wohlgefälligen Seelen hätte er dieses ganze Volk schon vernichtet. Oh, wie leide ich an diesem Volk, das Gott aus den Grenzen seines Landes vertrieben hat«, trug sie am 18. Dezember 1936 in ihr Tagebuch ein). Sie starb im Alter von dreiunddreißig Jahren an Tuberkulose.

Die Brotgeber der Faustyna, die die Schwiegereltern von Bohdan Liwski hatten werden sollen, leben schon lange nicht mehr.

Eine ihrer Töchter ist Malerin, sie malt die Geschichte der Juden, von der Erschaffung der Welt bis zum Aufstand im Ghetto. Sogar Adam und Eva hält sie für Juden, obwohl die Juden erst beim Bund und beim Berg Sinai beginnen. Die Bezeichnung »die Juden« für das Volk aber tauchte noch später auf, in der Diaspora, im Buch Daniel, und sofort im Zusammenhang mit einer Klage. Und zwar trugen die Chaldäer ihrem König zu, die Juden beteten seine Götter und das güldene Bild nicht an. Da befahl der König, »man sollte den Ofen siebenmal heißer machen, denn man sonst zu tun pflegte«, und die Juden in den glühenden Ofen werfen. Zum Glück sandte Gott einen Engel, der mit den Juden durch das Feuer ging, so daß »ihr Haupthaar nicht versenget, und ihre Mäntel nicht vermehrtet waren, ja man konnte keinen Brand an ihnen riechen«.

Gott hätte demnach, wenn er gewollt hätte, einen Engel schicken und die Juden vor den Öfen der Krematorien retten können.

Soviel über die Tochter der Brotgeber – die Malerin.

Die andere Tochter, die mit Bohdan Liwski verlobt gewesen war, hat einen Mann, Kinder und Enkel.

»Djewtschonki, ich podrugi, wsje zamushem dawno – die Schönen, die Freundinnen, sind alle längst vergeben«, würde Herr Rysiek gesungen haben, hätten ihn seine Parteigenossen nicht während des Zweiten Weltkriegs beseitigt – weil er antisowjetisch war, weil er sich der AK angeschlossen hatte, kurz gesagt, weil er die Ideale der Partei verraten hatte.

Zakopane – Warschau 1990

# Der Hintergrund des Auges

1.

Das Dorf liegt in einem Talkessel. Der Künstler des Orts, der Ansichtskarten herstellt, zeigt uns eine unveränderliche, ungetrübte Landschaft: dunkelgrüne bewaldete Hänge, der hellere Fleck einer Wiese, schräge rote Dächer über weißen Häusern und mittendrin ein Streifchen Blau, die Murg. Der Fluß entspringt in den Bergen, nicht weit von hier, und mündet in den Rhein. Die Berge gehören zum Schwarzwaldmassiv.

Der Künstler hat auch eine Bank photographiert. Sie steht auf einer Anhöhe unter einem Baum, ist aus vier Brettern gezimmert, rot gestrichen.

Die Bretter stammen wahrscheinlich aus dem hiesigen Sägewerk. Sie wirken alt. Es ist nicht ausgeschlossen, daß sie aus Stämmen geschnitten wurden, die die französischen Soldaten ins Sägewerk brachten.

Das taten sie nach dem Krieg. Kaum hatten sie das Dorf besetzt, da fingen sie an, Bäume aus dem Wald heranzuschaffen. (Wozu brauchten die französischen Befreier Bretter? Für Tische? Für Särge? Für eine Brücke? Für einen Tanzboden?)

Stanislaw W., von den Franzosen und den Deutschen Stani genannt, kam gleich nach dem Lager ins Dorf. Er arbeitete im Sägewerk. Es ist nicht ausgeschlossen, daß er die Bretter geschnitten hat, aus denen die rot gestrichene Bank gemacht ist.

## 2.

Die französischen Soldaten und ihr Hauptmann wohnten in einem kleinen Haus mitten im Dorf. Verköstigt wurden sie im einstigen Café. Über dem Café arbeitete Gisela. Sie arbeitete als Hausangestellte. Sie brachte blendende Voraussetzungen dafür mit, die Klosterschule der Franziskanerinnen bildete künftige Haushälterinnen allseitig aus: Nähen, Kochen, Säuglingspflege, Backen (die Spezialität der Gegend: die berühmte Schwarzwälder Kirschtorte, eine unnachahmliche Komposition aus Biskuit, Sauerkirschen, Kirschwasser, Schokolade und Sahne) und tadellose Manieren. Die Abgängerinnen fanden mühelos Anstellung in den besten Familien, und als der Weltkrieg zu Ende ging und die besten Familien vor der Front flüchteten, nahmen sie ihre Haushälterinnen mit auf die Flucht.

Gisela arbeitete bei einer Familie, die aus Düsseldorf geflüchtet war. Die Familie wohnte im oberen Stock, unten befand sich ein ehemaliges Café, das jetzt den Franzosen vorbehalten war, in dem Café verkehrte Stani.

Stani war hochgewachsen, wortkarg und tanzte im ganzen Dorf am besten Foxtrott. Als Stani und Gisela zum ersten Mal zusammen tanzen gingen, stellte sich heraus, daß von den Frauen eine Flüchtlingsfrau aus Ostpreußen am besten tanzte. Es ist nicht ausgeschlossen, daß die Flüchtlingsfrau aus Ostpreußen in Stani verliebt war, aber sie hatte drei Kinder und wartete auf ihren Mann, der von der Ostfront noch nicht zurück war.

Stani und Gisela zogen in eins von den weißen Häusern mit den schrägen roten Dächern. Es ist auf der Ansichtskarte. Auf derselben Ansichtskarte sieht man den Turm der Kirche, in die Stani mit seinem polnischen Gesangbuch ging, das flache Dach der Wäscherei, in der Gisela arbeitete, und die Hotels für die Urlauber. Die Urlauber waren nicht reich... Die Reichen fuhren in die nahe Schweiz, Gäste des Dorfs waren die erschöpften Bewohner des Ruhrgebiets. In kurzen Hosen und selbstgestrickten wollenen Kniestrümpfen wanderten sie fleißig durch die Wälder und atmeten tief durch. Sie liebten diese Wälder – Gott sei Dank. So hatte Gisela das ganze Jahr über Arbeit.

Stani wollte nicht nach Polen zurück. Seine Mutter lebte nicht mehr, und er vermutete, er würde die Kommunisten nicht mögen. Er wollte auch nicht in Deutschland bleiben. Sie hatten vor, nach Australien zu gehen, doch sie hatten kaum die Koffer gepackt, da mußten sie wieder auspacken, weil Gisela erneut schwanger war. Sie blieben im Dorf – Gott sei Dank. Was hätte sie in einem fremden Land mit vier Kindern und ohne Stani angefangen?

## 3.

Stani war ordentlich, fleißig und schweigsam. Er erzählte weder vom Krieg noch von Polen, aber manchmal stellte er Fragen.

»Hast du gewußt, daß es Konzentrationslager gab?« fragte er Gisela.

»Nein«, erwiderte Gisela.

»Und dein Vater?«

Sie antwortete: »Mutter erlaubte nicht, daß wir über so was sprachen.«

Kurz vor Kriegsende hatte sie in Düsseldorf Menschen in gestreiften Anzügen gesehen. Sie stiegen von einem Lastwagen, waren entsetzlich mager, die Passanten warfen ihnen Zigarettenpackungen zu, die sie mit zitternden Händen unter ihrer Kluft versteckten. Dann kamen zwei in schwarzen Uniformen angerannt, brüllend und mit Peitschen. Die Passanten stoben auseinander. Sie war überrascht. Sie hätte nie angenommen, daß ein Mensch so dünn sein kann.

Diese Szene erzählte sie Stani: »Ich dachte, sie sind aus aus einem normalen Gefängnis. Woher sollte ich wissen, daß sie aus dem KZ kamen?«

»Gut so«, erwiderte Stani. »Gut, daß du nichts gewußt hast.«

Sie fragte: »Was hätte ich denn wissen sollen?«

»Nichts.«

»Wieso nichts? Wenn du findest, ich hätte etwas wissen sollen, warum sagst du es dann nicht?«

Das verstand sie nicht. Stefan, ihr Sohn, verstand es auch nicht. Als Stefan größer war, fragte er sie, wie Stani sie gefragt hatte: »Hast du gewußt, daß es Konzentrationslager gab? Und dein Vater?«

Stani erzählte von zwei Begebenheiten: wie sie barfuß rund um die Baracke rennen mußten, durch den Schnee, bei Frost, und wie sie beim Appell abgezählt hatten: »Eins – zwei – DREI – vier – fünf – SECHS – sieben – acht – NEUN.« Die Häftlinge mit der Drei, der Sechs und der Neun traten aus der Reihe, und das Abzählen begann von vorn: Eins – zwei – DREI – vier – fünf – SECHS. Zum Schluß verließen die Dreien, Sechsen und Neunen das Lager, die restlichen Häftlinge rückten zur Arbeit aus.

Es hieß, die Dreier, Sechser und Neuner arbeiteten im Dorf, beim Bauern. Stani beneidete sie. Er träumte von einer leichteren Arbeit und von einer Verpflegung beim Bauern, und er betete, daß beim nächsten Abzählen die Drei, die Sechs oder die Neun auf ihn fiele. Er wurde nicht erhört. Nach dem Krieg erfuhr er, die Dreier, Sechser und Neuner waren nicht zum Bauern, sondern zur Erschießung gegangen.

Das erzählte sie Stefan, als er größer war, aber der Sohn mißbilligte den Vater: »Er hätte kämpfen sollen. Warum haben sie sich nicht gewehrt?«

Eines Tages sagte Stefan: »Mutter, ich glaube, ich versteh ihn jetzt.«

Das war viele Jahre nach Stanis Tod. Sie sprach mit Stefan durch eine dicke, kugelsichere Scheibe. Die Scheibe trennte die Zelle in zwei Hälften, sie war in große Stahlrahmen eingelassen und ringsum ummauert. In den beiden Seitenrahmen befanden sich Öffnungen. Der Ton, der durch sie nach draußen drang, war dumpf und verzerrt, zudem wirkte das Glas der Scheibe manchmal wie ein Spiegel. Anstelle seines Gegenübers sah man das eigene Spiegelbild. Und zu ebendieser Scheibe, zu seinem eigenen Bild, das das Glas zurückwarf, sagte Stefan mit dumpfer, verzerrter Stimme: »Mutter, ich glaube, ich versteh ihn jetzt.«

»Was verstehst du?« rief sie in die Scheibe.

»Ihn. Ich hab gelesen...«

»Was?« fragte sie ein paarmal, aber sie konnte die Antwort nicht hören.

Der Wärter machte ein Zeichen, daß die Besuchszeit beendet sei.

4.

Stanislaw W., seine Geschwister und seine Eltern lebten vor dem Krieg in Lodz. Sein Vater war Weber. Sie bewohnten eine Mansarde – schmal, lang, mit einem kleinen Fenster und einer schrägen Wand. Darin standen Betten für sieben, als die Großeltern noch lebten, sogar für neun Personen. Außer den Betten gab es da noch ein Kanonenöfchen mit einem Rohr, eine Waschschüssel und zwei Eimer, einen mit dem sauberen Wasser, der andere für das Schmutzwasser und die Abfälle. Unter einem Bett, auf dem Fußboden, lagen die Kartoffeln. Unter einem anderen Bett, auf dem Fußboden, lagen die Kohlen. Es muß noch Stühle gegeben haben, zumindest einen, denn wenn die Mutter im Krieg von ihren Schmuggeltouren heimkam, naß und durchgefroren, setzte der Vater sie auf diesen Stuhl, wickelte sie in eine Decke und stellte ihr eine Blechschüssel mit brennendem Spiritus vor die Füße. Die Kinder hockten sich darum herum und sahen in die zukkende blaue Flamme, und die Mutter mußte sich ausschwitzen.

An die Wohnung erinnert sich der jüngere Bruder von Stanislaw W. Nach dem Krieg zog er in eine Kleinstadt in den Westgebieten. Er arbeitete in einem Uranbergwerk. Das wurde nach ein paar Jahren zugemacht. Als es die Grube noch gab, stand das Städtchen unter Militärgeheimnis, es wurden keine Fremden hineingelassen, Soldaten kontrollierten die Papiere der Leute im Bus. Seit kurzem hat es der jüngere Bruder von Stanislaw W. mit den Beinen. Viele Leute in dem Städtchen haben es mit den Beinen: Plötzlich rutschen sie ihnen weg, und sie können nicht mehr aufstehen. Die einen sagen, die Uranhalden sind daran schuld, andere, schuld ist Tschernobyl, die Berge in der Nähe haben am meisten abgekriegt, und noch andere, es kommt vom Wodka.

Der jüngere Bruder war während des Kriegs noch ein Kind und weiß nicht, weshalb Stanislaw im Lager saß.

Zuerst holten sie den Vater zur Zwangsarbeit. Die Mutter nahm die Kinder und fuhr mit ihnen aufs Land, dort versteckte sie den ältesten Sohn in einem Heuschober, aber sie fanden ihn und schafften ihn auch fort zur Arbeit. Im Herbst '40 kam die Tante, die Schwester der Mutter, zu ihnen und brachte ein bißchen was zu essen mit. Sie traf weder den Vater noch Stanislaw an.

Im Herbst darauf stand die Tante am Fenster und zählte halblaut die Toten auf, für die zu Allerseelen eine Messe bestellt werden müßte: der Vater, die Mutter, die Schwester Czeslawa... Sie zuckte zusammen: wieso Czeslawa, sie lebt doch noch?! Im selben Moment sah sie aus dem Fenster die Schwester – sie kam ihr mitten auf der Straße entgegen. Sie war wie früher schön und jung... Was bild ich mir denn für Sachen ein? dachte die Tante verwundert und riß das Fenster sperrangelweit auf. Sie beugte sich hinaus. »Czeslawa!« rief sie, aber auf der Straße war niemand. Ein paar Tage nach Allerheiligen bekam sie einen Brief. »Liebe Tante, komm zu uns, Mama ist tot, und uns ernährt die Straße.«

Der jüngere Bruder weiß, wo die Mutter begraben liegt: viertes Feld, fünfte Reihe, Parzelle neunzehn. So hatte es der Totengräber den Kindern gesagt, damit sie es sich einprägten. Sie sprachen im Chor nach: »Viertes Feld, fünfte Reihe...«

Die Mutter von Stanislaw W. war fünfunddreißig, als sie starb. Sie kam vom Schmuggel zurück, machte Station bei einer Bekannten in Lodz, bat um einen Tee. Die Bekannte ging in die Küche, als sie mit dem Glas zurückkam, lag die Mutter auf dem Boden.

Die Mutter wirkte älter als fünfunddreißig. Das Photo zeigt eine schlanke, gebeugte Frau mit hagerem Gesicht und müden Augen. Die Frau versucht ins Objektiv zu lächeln, aber es kommt eine Grimasse dabei heraus, die die Furchen um den Mund und die eingefallenen Wangen noch unterstreicht.

Sie hatte ein bescheidenes Begräbnis an einem kühlen, trüben Tag. Auf dem Photo sind nur wenige Menschen zu sehen, das offene Grab, Erde, ein angestrichener Sarg und die Seile der Totengräber.

Am Grab stehen kleine traurige Kinder.

Hinter den Kindern steht ein hochaufgeschossener Junge, der auf den Sarg starrt.

Dieser Junge ist Stanislaw W.

Er wurde zur Zwangsarbeit deportiert, als die Mutter noch lebte, und er steht an ihrem Sarg.

Gisela erzählte er was von einer Flucht.

Vielleicht war er wegen der Beerdigung geflohen, und sie hatten ihn zur Strafe ins KZ gesteckt. Nur, woher wußte er, daß die Mutter gestorben war?

Vielleicht hatte er sie gesehen – wie sie hübsch wie früher mitten auf der Straße entlangging? Aber an eine junge, schöne Mutter hätte er sich nicht erinnern können... Er sah eher die schlanke, gebeugte Frau mit der Grimasse um die Mundwinkel...

Die Schwägerin von Stanislaw W. fragt, ob er Gisela während des Kriegs kennengelernt hat. Wenn ja, dann hätte er wegen Gisela ins KZ kommen können. Als die Schwägerin zur Zwangsarbeit war, haben sie einen jungen Burschen, der eine Liebesbeziehung zu einer Deutschen hatte, auf dem Platz aufgehängt. Sie trieben alle Polen auf den Platz, sie mußten bis zum Schluß dastehen und sich anhören, wie der Junge schrie und den Strick des Henkers fortstieß. Die Schwägerin erinnert sich noch, es klang so ähnlich wie: »Laß mich leben, laß mich leben...«, was er da schrie. Wenn sich Stanislaw W. und Gisela also während des Kriegs kennengelernt hätten... Aber nein, sie lernten sich nach dem Krieg kennen, beim Tanzen. Als sich herausstellte, daß der Stani der beste Foxtrottänzer aus dem ganzen Dorf war, auch wenn er ganz überflüssigerweise mit dieser Flüchtlingsfrau aus Ostpreußen tanzte. Ins Lager müssen sie ihn wegen was anderem gesteckt haben.

## 5.

Er war in drei Lagern, wann und wie lange, ist nicht bekannt. Im Archiv in Warschau befindet sich eine Kartei aus Dachau: kleine rosa und gelbe Pappkärtchen, nach der Befreiung des Lagers angefertigt von den polnischen Häftlingen. Sie stützten sich auf das, was sie selber wußten und auf ihr Gedächtnis, auf jedem Kärtchen notierten sie den Namen des Häftlings, die Lagernummer, woher er stammte und wohin er geschickt wurde. Karten mit dem Namen W., neben »Kowalski« einer der häufigsten polnischen Familiennamen, gibt es in dem Archiv fünfundachtzig.

Stanislaw W. aus Kutno: der künftige Mann von Gisela und der künftige Vater von Stefan. Die Lagernummer stimmt: 122962.

Stanislaw W. starb am 9. Oktober 1953 um 7.30 in einer Klinik in Tübingen. Dank dem Obduktionsbefund wissen wir, daß er 1,80 m groß war, 69,7 kg wog und an einer chronischen Nierenentzündung litt.

Er war siebenundzwanzig Jahre alt.

## 6.

Die letzte Woche verbrachte Gisela in der Klinik. Am letzten Tag kam der Professor herein, sah Stani an und ließ ihn in ein gesondertes Zimmer verlegen. Stani tröstete sie: »Morgen geht es mir besser, du wirst schon sehen...« Er schlief ein, wachte auf: »Morgen geht es mir besser...«

Als sie zu sich kam, begriff sie, sie war zu Hause, saß am Tisch und umschlang mit den Armen einen kleinen Pappkarton. In dem Karton waren Stanis Anzug und das abgegriffene polnische Gesangbuch »Wir singen dem Herrn«.

## 7.

Dunkelgrün, Hellgrün, ein Streif Blau, das hohe Dach eines Hotels – Gisela spülte Geschirr und machte die Zimmer sauber, das flache Dach der Wäscherei – Gisela legte Herrenhemden zusammen und verpackte sie...

Die Lieblingsbeschäftigung der Urlauber waren Wanderungen durch die umliegenden Wälder. Das Lieblingsspiel der Kinder war es, die Urlauber mit Tannenzapfen zu bewerfen. Der Schulleiter bestellte Gisela zu sich: »Ihr Sohn bewirft unsere Urlauber mit Tannenzapfen.«

»Alle Kinder tun das«, sagte Gisela. »Warum beschweren Sie sich nur über mein Kind?«

»Ihre Tochter«, sagte der Schulleiter ein andermal.

»Ihr Sohn...«

»Ihre Tochter...«

»Alles bloß, weil die anderen Väter im Krieg Helden waren«, erklärte Gisela.

Die anderen Kinder erzählten von ihren Vätern, den Helden, schöne, erhebende Geschichten. Die Väter hatten geschossen – hauptsächlich übrigens an der Ostfront. Die Väter waren gefallen – aber sie hatten bis zum letzten Blutstropfen... Und ihre Kinder, was sollten die erzählen? Daß ihr Vater davon geträumt hatte, eine DREI oder eine SECHS abzubekommen... Konnte sich so ein Vater mit den Helden von der Ostfront messen? Konnte der Sohn eines solchen Vaters das Wohlwollen des Schulleiters gewinnen?

»Außerdem«, sagten die anderen Mütter zu den anderen Kindern, »wenn sein Vater im Lager war, dann muß auch was gewesen sein. Hitler hin, Hitler her, ohne Grund wurde niemand eingesperrt.«

Als Stefan wieder einmal aus der Schule weggelaufen war, bat Gisela bei Pädagogen um Rat. Es waren Pädagogen der Jugendhilfe. Sie rieten ihr, den Sohn ins Heim zu geben. »Dort landet er früher oder später sowieso«, sagten die Pädagogen, »und wenn Sie ihn freiwillig hingeben, kriegen Sie ihn leichter wieder heraus, falls er zur Vernunft kommt.«

Stefan war ein Jahr im Heim.

Stefan sitzt in einer Einzelzelle, in einem besonders bewachten Teil des Gefängnisses, der sich Hochsicherheitstrakt nennt.

Er sitzt seit zwölf Jahren in der Zelle.

8.

Heimleiter war ein Pastor, ein stämmiger Mann mit feistem Gesicht und starken Fäusten.

Der Pastor vergab an jeden drei Zensuren pro Woche: für Arbeit, Unterricht, Betragen. Hatte man nur eine einzige Sechs darunter, verbrachte man das Wochenende im Isolationsraum. Dort gab es zwei Bretter. Ein niedriges zum Sitzen, ein höheres, um Arme und Kopf aufzustützen.

Von Zeit zu Zeit unternahm einer einen Fluchtversuch, aber er war schnell wieder zurück, zugeführt von der Polizei. Nach so einem Versuch erzählte er dann, was draußen los war. Einer war nach Frankfurt abgehauen und erzählte, die Studenten protestierten gegen die Methoden in den Erziehungsheimen. Irgendein Mädchen habe darüber ein Filmdrehbuch geschrieben, und irgendwelche Leute wollten ein Heim mit völlig anderen Methoden aufmachen.

Das Mädchen mit dem Drehbuch hieß Ulrike Meinhof, und das Mädchen mit den völlig anderen Methoden hieß Gudrun Ensslin.

9.

Nach Stanis Tod wandte sich Gisela an die Behörden: Ihr Mann war an einem Nierenleiden gestorben, die Krankheit war Folge seines Aufenthalts im Konzentrationslager. Den vier Kindern von Stani W., schrieb Gisela, steht eine Entschädigung zu.

Dem Anwalt von Gisela W. wurde mitgeteilt, zuständig sei das Amt für Wiedergutmachung in Baden-Württemberg.

Das Amt bat die Klinik um die Krankengeschichte des Stanislaw W.

Die Klinik konnte nicht feststellen, ob die Krankheit von Stanislaw W. die Folge seines Lageraufenthalts war. Insbesondere der Augenhintergrund von Stanislaw W. lasse keine eindeutigen Schlüsse zu. Die Klinik bat das Institut für Pathologie um ein Gutachten.

Das Institut für Pathologie konnte nichts feststellen.

Der Anwalt legte gegen den ablehnenden Bescheid Widerspruch ein.

Gisela W. schrieb einen Brief: »Oder steht man im neuen deutschen Staat auf dem sozialen Standpunkt, daß meine Kinder einfach verrecken müssen?... So billig aber lasse ich mich nicht abweisen, ich bin kein Bettler, sondern kämpfe um ein Recht, das mir zusteht.«

Dem Anwalt war es unangenehm, daß Frau Gisela W. einen so unsachlichen Brief geschrieben hatte.

Das Amt für Wiedergutmachung lehnte das Gesuch ab, da der Verstorbene die rechtlichen Bedingungen nach § 1,2 nicht erfülle, er könne jedoch um Entschädigung nach § 167 ersuchen.

Acht Jahre nach Stanislaw W.s Tod teilte der Oberbürgermeister der Stadt Köln Frau Gisela W. mit, die Regierung der Bundesrepublik Deutschland habe mit dem Hohen Kommissar der UNO ein Abkommen geschlossen, nach welchem wegen Volkszugehörigkeit Verfolgte unter eine neue gesetzliche Regelung fielen.

Der Oberbürgermeister der Stadt Köln teilte Frau Gisela W. mit: Es gebe keinerlei Beweise, daß der Verstorbene aus politischen, rassischen, aus Gründen seines Glaubens oder seiner Überzeugungen verfolgt worden sei. Wenn er verfolgt wurde, dann aus Gründen der Volkszugehörigkeit... Die Entschädigung dafür sei nicht auf die Erben übertragbar.

## 10.

Bei den ersten Besuchen im Gefängnis sprach Gisela zu der kugelsicheren Scheibe mit den Öffnungen zu beiden Seiten: »Wenn dein Vater noch lebte, würde er das alles bestimmt nicht gutheißen. Als die Amerikaner das Lager befreiten, drückten sie deinem Vater einen Knüppel in die Hand und sagten: ›Räche dich.‹ Und weißt du, was dein Vater ihnen geantwortet hat? ›Ich danke Ihnen, meine Herren, aber für solche Sachen eigne ich mich nicht.‹«

Nach diesen Besuchen seiner Mutter führte Stefan für gewöhnlich lange Gespräche mit dem Vater.

»Einen Knüppel haben sie dir gegeben, keine Maschinenpistole«, begann Stefan. »Es war nur ein Knüppel. Warum wolltest du nicht mal den anfassen?«

Er war sich der Antwort seines Vaters nicht sicher. »Ich eigne mich nicht...« ist keine ausreichende Antwort, also fing er wieder an:

»Bestimmt hast du gedacht, nach Dachau muß die Welt sich ändern. Na, dann sieh dir diese Welt doch an. Sieh dir die Fäuste des Heimleiters an. Sieh dir die beiden Bretter in dem Isolationsraum an. Sieh dir an, wie ich da sitze, auf dem einen Brett, und wie ich den Kopf auf das andere stütze. Und vergiß nicht Mutters Gesicht, als sie von den Beamten des Amtes für Wiedergutmachung kam. Na schön, du wolltest den Knüppel nicht, aber sieh dir bitte Mutters Gesicht an.«

Er wandte sich mit zunehmendem Groll an den Vater. Als bestünde ein Zusammenhang zwischen den Fäusten des Heimleiters und dem Knüppel, den sein Vater nicht genommen hatte, zwischen den Wiedergutmachungsbeamten und der Einzelzelle im Hochsicherheitstrakt.

## 11.

Aus den Prozeßakten: Mitglieder der RAF mieteten in der Gegend mehrere Wohnungen an. Sie entwendeten einen gelben Mercedes und kauften einen weißen VW-Bus. Sie besaßen zwei Gewehre der Firma Heckler & Koch, eine Maschinenpistole WZ 63 polnischer Bauart, mit Munition des Typs Makarov, einen Revolver Colt.

Um 17.30 näherte sich der blaue Mercedes mit Dr. Hanns Martin Schleyer und seinem Fahrer, dahinter ein weißer Mercedes mit drei Polizeibeamten. Sie bogen nach rechts ab, in dem Moment fuhr ein gelber Mercedes vom Gehweg auf die Straße. Schleyers Fahrer bremste. Aus dem Bus sprangen mehrere Männer und eröffneten das Feuer auf den Fahrer und die Polizisten. Dr. Schleyer, der unverletzt geblieben war, zerrten sie in den Bus und fuhren los in Richtung Westen. Der Überfall dauerte zwei Minuten. Der Fahrer und die drei Polizisten starben am Ort. Auf den Fahrer waren fünf Schüsse abgegeben worden, einer davon war tödlich, auf den ersten Polizisten wurden dreiundzwanzig Schüsse abgegeben, davon waren zwei tödlich, auf den zweiten – vierundzwanzig Schüsse, davon drei tödliche, auf den dritten – zwanzig Schüsse, davon waren drei tödlich, insgesamt hundert Schüsse.

Das geschah in Köln, am 5. September 1977.

Sieben Monate später, im Jahr 1978, wurde Stefan W. unter dem Verdacht der Entführung und Ermordung von Hanns Martin Schleyer auf dem Flughafen Orly verhaftet.

1980 fand der Prozeß statt. Stefan W. verweigerte die Aussage in Sachen Entführung und Ermordung, gab jedoch bereitwillig seine Ansichten über die wirklichen Ziele der deutschen Bourgeoisie, über die Fangarme des Neokolonialismus in der Dritten Welt und über den Vietnam-Krieg kund, der das wahre Gesicht des USA-Imperialismus bloßlege.

Er wurde zu lebenslangem Freiheitsentzug verurteilt.

## 12.

Der Hochsicherheitstrakt wurde eigens für Stefan W. und seine Freunde von der RAF gebaut. Er liegt im Innern des Gefängnisses, in Ossendorf, im Norden von Köln. In die Räume kommt kein Tageslicht. Die Wände bestehen aus einem Material, das Gerüche und Geräusche schluckt. Die Schlüssel klappern nicht, die Codeschlösser quietschen nicht, der Kaffee, den sich Stefan W. aufbrüht, duftet nicht.

Stefan brachte eine Thermosflasche mit heißem Wasser und Gläser mit in die Besucherzelle. Den Gläsern entnahm Stefan Nescafé und Zucker, er rührte lange, goß aus der Thermoskanne immer wieder heißes Wasser nach, herauskam ein Capuccino. Die Besucherzelle war ein Betoncontainer, geschmückt mit ein paar Stichen. Sie stellten Peter den Großen dar, auf steinernem Pferd, die Abnahme der Militärparade auf dem Senatsplatz und die Brücke über der Moika in winterlichem Gewand. Die Stiche hat der Betreuer von Stefan, der eine Schwäche für Petersburg hat, aufgehängt.

Stefan war heiter, er hatte, ähnlich wie sein Vater, graugrüne Augen und ein vertrauensvolles Lächeln. Mit dem Ausruf »Dzien dobry« war sein polnischer Wortschatz erschöpft, und er wechselte ins Deutsche über. Er sagte, er sei ein einziges Mal in Polen gewesen, auf dem Flugplatz, auf der Durchreise. Als er mit seinem Kameraden den Transitraum betrat, hatten sie an der Wand den Steckbrief mit einer ganzen Galerie von Photos gesuchter Terroristen gesehen. Auf Anhieb erkannten sie ihre eigenen Gesichter. Zum Glück wurde niemand aufmerksam – weder auf die Photos noch auf sie. Eine halbe Stunde später wurde ihr Flug aufgerufen. Das zweite Mal kam er durch die Maschinenpistole WZ 63 mit Polen in Berührung.

Sie war im Ausland gekauft worden. Eine sehr sympathische Pistole, handlich, nicht viel größer als ein Revolver. Die Kameraden mögen sie, weil sie sich leicht verstecken läßt. Leider hat sie einen erheblichen Nachteil: Die Reichweite der Geschosse ist zu kurz. Bei einem Schußwechsel mit einer NATO-Pistole hat sie keine Chance. Diese Makarov-Patronen passen nur in die polnische Pistole. Durch solche Geschosse wurden die Polizisten und der Fahrer von Schleyer getötet. Stefan W. sagte, der Fahrer habe gar nicht sterben sollen. Es war ein Irrtum. Die Polizisten sollten auch nicht umkommen, niemand wußte ja, daß Polizisten dabei sein würden. Schleyer hatte vorher keinen Polizeischutz gehabt, den bekam er kurz vor der Entführung, nach einem anderen Anschlag, auf einen Bankdirektor. Pfuscharbeit, mit andern Worten. Obwohl andererseits, sagt Stefan W., wenn einer eine Pistole in die Hand nimmt, muß er damit rechnen, daß er tötet.

Bei den Aktionen, die mit der Entführung von Schleyer begannen, gab es mehr als ein Dutzend Opfer: Schleyer selber, sein Fahrer, die drei Polizisten, die drei Flugzeugentführer, der Flugkapitän, die Häftlinge in Stammheim... Ja, eine Menge Opfer, räumt Stefan W. ein. Aber keiner wäre darauf gekommen, daß die Regierung ihre Forderungen nicht erfüllen könnte. Darauf wäre keiner gekommen. Sie wußten seit langem, der Imperialismus ist blutrünstig, aber daß er in einem solchen Maße... Das hatten sie nicht gedacht.

## 13.

Zum ersten Mal seit zwölf Jahren betrat Stefan W. den allgemeinen Besucherraum des Gefängnisses. Es war ein geräumiger Saal mit zwei Türen. Die eine öffnete sich für die eintretenden Häftlinge, durch die andere ließ man die Besucher ein. Jeder Häftling wurde von einem Wärter hereingeführt. Der Häftling hatte eine Karte in der Hand, die er auf einen Tisch legte. An dem Tisch, das Gesicht zum Saal, saß eine Aufseherin. Es war eine korpulente Brünette mit goldenen Ohrringen und einem tiefen, mit schwarzer Spitze gesäumten Ausschnitt. Sie trug einen vorn durchgeknöpften Rock. Die unteren Knöpfe standen offen, so daß der Rock die Schenkel freigab, die so dick waren, daß sie die Knie nicht schließen konnte. So saß die Aufseherin breitbeinig da, in schwarzen gemusterten Strumpfhosen.

Außer dem Schreibtisch der Aufseherin standen in dem Raum noch sechs Tische mit mehreren Stühlen. Zuerst wurden die Häftlinge gebracht. Das waren überwiegend junge Männer. Sie kamen langsam herein, sahen sich um, in den Händen hielten sie Plastiktüten mit schmutziger Wäsche. Dann wurden die Besucher eingelassen. Das waren Frauen. Sie traten schneller ein, liefen fast, stießen die Stühle beiseite und warfen sich den Männern in die Arme. Sie trugen lange weite Röcke. Sie setzten sich mit dem Rücken zum Saal und begannen sofort loszureden. Sie warteten kurz die Antwort ab, lachten laut auf und redeten weiter.

Stefan W. begann sich über den ideologischen Ursprung der RAF auszulassen. Sie leiteten sich von der Stadtguerilla in Südamerika her. Der Imperialismus lebe heute von der Ausbeutung der Dritten Welt. Die RAF wolle in Westeuropa, mitten im Zentrum des Imperialismus, mit ihren Aktionen die Dritte Welt und deren Freiheitsbewegungen unterstützen. »Wir greifen die imperialistischen Bastionen an«, sagte Stefan W. »Militärbasen, Banken...«

Die Frauen zogen von den Stühlen auf die Schöße der Männer um, ihre langen Röcke wallten nun bis zum Boden hinunter und schirmten ab wie Paravents. Ihr Lachen schlug um in ein ruckartiges, unterdrücktes Kichern.

»Marcuse lehrt, daß die Arbeiterklasse in den imperialistischen Ländern keine revolutionäre Klasse mehr ist«, fuhr Stefan W. fort. »Auch sie zieht ihren Nutzen aus der Ausbeutung der Dritten Welt. Zum revolutionären Subjekt der Gesellschaft...«

Die Frauen knöpften den Männern die Knöpfe auf, das Kichern verstummte.

»... sind die sozialen Randgruppen geworden. Die Obdachlosen, ehemalige Strafgefangene, die Jugendlichen aus den Erziehungsheimen. Auf sie müssen wir uns in unserem Kampf stützen.«

Die Frauen begannen sich auf dem Schoß der Männer zu wiegen – leicht wie Boote auf windstillem Gewässer. Im Besuchersaal der Justizvollzugsanstalt Ossendorf war nur noch die Stimme von Stefan W. zu hören:

»Die Ausgestoßenen müssen sich organisieren!

Wir fordern die Fabriken!

Wenn der Kapitalist die Polizei ruft, antworten wir mit Gewalt!

Die Gewalt ist die Geburtshelferin der neuen Welt, sagt Marx. Die Freiheit ist nur eine Frage der Zeit!«

Die Aufseherin gab Zeichen. Die Besuchszeit war beendet. Die Frauen knöpften sich und den Männern langsam die Knöpfe zu, ordneten Blusen und Haar.

»Osteuropa?« Stefan W. sprach jetzt leiser, nachdenklich. »Tja Europa, ein einziger gescheiterter Versuch. Die Idee lebt. Millionen von Menschen auf der ganzen Welt leiden nach wie vor Not. Die Idee lebt...«

Die Wärter kamen die Häftlinge holen. Der Saal leerte sich allmählich.

## 14.

Die Gespräche, die Stefan W. in der Zelle des Hochsicherheitstraktes mit dem Vater führte, endeten immer in Schweigen, hinter dem er eine Art sturer, unerbittlicher Mißbilligung spürte. Am Anfang erfüllte ihn das mit Bitterkeit. Mit der Zeit kam er zu dem Schluß, weitere Überzeugungsversuche seien sinnlos. Jemand, der widerspruchslos Dachau mitgemacht und später in einem Büchlein wie »Wir singen dem Herrn« nach Gerechtigkeit gesucht hatte, ist nicht zu überzeugen. Er wandte sich einer anderen Person zu. Czeslawa, der Mutter des Vaters, seiner Großmutter. Sie war abgearbeitet gewesen. Arm. Von den Fabrikanten ausgebeutet. Sie war der Mensch, den Stefan W. und seine Freunde vor der kapitalistischen Ausbeutung schützen wollten. Sie mußte ihre Verbündete sein in diesem Kampf. Sie mußte ihn verstehen. Er spürte ihr Mitgefühl und wandte sich voll grenzenlosen Vertrauens ihr zu. Er sehnte sich nach ihr. Er wußte nicht, wie alt sie war. Er konnte nicht wissen, daß sie, als sie starb, jünger gewesen war als er, wie er da auf der Gefängnispritsche saß. Hätte er die Erzählung von Stanislaw W.s jüngerem Bruder von der Mansarde und der Schüssel mit dem Spiritus gekannt, bestimmt hätte er sich an diese durchgefrorene, in eine Decke gewickelte Frau gewandt, zu deren Füßen, wie ein Opferlicht, eine blaue Flamme brannte.

## 15.

Eines Tages bekam Stefan W. einen Brief von einer Unbekannten. Sie schrieb, sie sei dreiundzwanzig, kämpfe für die Rechte der Frau, fühle mit ihm und würde ihn gern besuchen. Er lud sie ein. Sie war groß, schlank, in schwarzem Pullover und schwarzer Lederhose. Durch die kugelsichere Scheibe sprachen sie über die Rechte der Frau, den Weltimperialismus und über die Liebe. Von da an besuchte sie ihn einmal im Monat und schrieb pro Woche mehrere Briefe und Ansichtskarten. In diesen Briefen gab es nie einen Anfang und nie ein Ende. Sie fingen mitten im Satz, sogar mitten im Wort an und hörten mitten im Satz auf. Aus ihrer Schrift errieten sie, in welcher Verfassung sie waren. Sie kamen überein, sich gegenseitig nichts vorzumachen. Wenn sie traurig war, versuchte sie nicht zu lächeln, und wenn sie häßlich aussah, schminkte sie sich nicht. Sie befürchteten, besser voneinander zu denken als sie sollten, einander zu erschaffen, indem sie sich idealisierten. Das war ihre ständige Sorge und das immer wiederkehrende Thema ihrer Gespräche. »Du denkst bestimmt, ich bin gut«, rief sie in die Scheibe. »Denke das bitte nicht. Ich bin viel schlechter, als du es dir wünschen würdest. Du denkst bestimmt, ich bin klug«, rief sie ein andermal. »Ich werde immer dümmer. Du denkst bestimmt, ich bin...«

Sieben Jahre lang durften sie einander nicht berühren. Sie liebten sich mit den Augen durch das kugelsichere Glas.

Drei Jahre lang trafen sie sich in der Besucherzelle im Hochsicherheitstrakt, unter den Stichen von Petersburg im Winter.

Eines Tages schrieb sie ihm, sie liebe jemand anderen. Da sie gelobt hätten, sich gegenseitig nichts vorzumachen, werde sie ihn nicht mehr besuchen und ihm nie wieder schreiben.

Sie hielt Wort.

Er hat ausgerechnet, daß sie zehn Jahre lang herkam, sie ist also schon dreiunddreißig.

Er bringt es noch nicht über sich, die Briefe und Karten zu zählen, die sie ihm in den fünfhundert Wochen geschrieben hat.

## 16.

Der beste Tag für Gisela ist der Sonntag. Da arbeitet sie nicht und muß der alten Dame aus der Nachbarschaft nicht helfen.

Zuerst ißt sie ihr Sonntagsfrühstück. Dann schreibt sie einen Brief. Daß die Schmerzen in den Beinen zurückgegangen sind. Daß sie noch genügend Kraft hat, der alten Dame zu helfen. Daß die Kastanien am Fluß jetzt blühen und demnächst auch die japanische Kirsche anfängt. Sie klebt den Umschlag zu und adressiert ihn: Köln-Ossendorf, Justizvollzugsanstalt.

Dann betet sie. Zunächst dankt sie dafür: daß Sonntag ist, daß die Schmerzen nachgelassen haben, daß die Kastanien am Fluß... Darauf trägt sie ihre Bitte vor. Nicht dem Hergott, sie würde es nicht wagen, IHN mit ihren Angelegenheiten zu belästigen. Mit der Bitte wendet sie sich an Stani, der so viel gelitten und sich nie beklagt hat und jeden Sonntag in die Kirche gegangen ist. Ganz sicher ist Stani dem Herrgott lieber als sie, und wenn er IHN bittet, wird ER es ihm nicht abschlagen und sie die Heimkehr ihres Sohnes noch erleben lassen.

Nur in einer Sache wendet sie sich direkt an IHN.

Wenn sie darum bittet, daß ER ihrer beider Sohn die schrecklichste aller Sünden vergeben möge.

Köln-Ossendorf – Warschau 1990

# Die Nacht der Vereinigung

1.

Am Tag vor der Wiedervereinigung Deutschlands ordnete Johanna Österreich, Fotografin, ihre Familienpapiere; verkaufte Ignatz Bubis, Immobilienbesitzer, ein Hotel; versicherte Christoph Cobet, Antiquar, einem Bankvertreter, in Kürze alle seine Schulden zu tilgen; diskutierten Intellektuelle über »Politik und Moral«.

2.

»Der Mythos vom Intellektuellen dient als Schutz gegen die Verwilderung, und die Verachtung für diesen Mythos kaschiert die Verachtung für die Demokratie. Die erste Pflicht des Intellektuellen heißt, die Angst zu überwinden – im Kommunismus die Angst vor der Polizei, heute die vor den eigenen Leuten. Die heutige Angst ist unvergleichlich schwerer zu überwinden«, sagte der Pole Adam Michnik.

»Die Geschichte der Intellektuellen des zwanzigsten Jahrhunderts ist die Geschichte ihres Verrats«, sagte der Pole Roman Zimand.

»Die deutschen Intellektuellen glaubten insgeheim, die stalinistische DDR sei ein besserer Staat als die ungerechte, aber demokratische Bundesrepublik«, sagte der Franzose Daniel Cohn-Bendit.

»Die Intellektuellen des Ostens glaubten, der Kapitalismus brächte Demokratie. Der reale Kapitalismus bringt ihnen die Möglichkeit, die Linke des Westens besser zu verstehen«, sagte die Ungarin Eva Karádi.

»Die Geschichte lehrt, daß Vereinigungen stets über die Ausgrenzung der Schwächeren aus der Gemeinschaft stattgefunden haben. Die Intellektuellen müssen Gemeinschaften schaffen, in welche sie die Schwachen einbeziehen, statt sie auszuschließen«, sagte der Deutsche Thomas Schmid.

»Sie tragen die Ansichten eines anständigen Deutschen vor, das ist sympathisch, aber der Durchschnittsdeutsche denkt durchaus nicht so«, sagte der Tscheche Jiri Grusa.

Und so weiter.

3.

Johanna O. hatte die Notariatsakte, Geburtsurkunden, Testamentsverschreibungen und so weiter geordnet und steckte sie in die Umschläge. Die Ostdeutschen bekundeten kein sonderliches Interesse an neuen Schirmherren für ihre Städte, ein Brief von Johanna O. sollte also in die Wilhelm-Pieck-, ein zweiter in die Ernst-Thälmann-Straße gehen. Beide Briefe belegten Johanna O.s Rechtsanspruch auf großelterliches Eigentum: ein Haus, ein Hotel, eine Fabrik und ein Grundstück.

Johanna O., der 68er Generation zugehörig, hatte eine Zeitlang ernsthafte Gewissensbisse. Der Besitz der Großeltern war durch Ausbeutung entstanden, welche ihre Abscheu erregte. Sie überwand sie, weil man ihr erklärte, falls sie die Briefe nicht abschicke, käme der Besitz gänzlich in Staatshand. Vor dem Staat empfand Johanna O.

noch größere Abscheu als vor dem Fabrikantengroßvater.

Die Schwester der Mutter von Johanna O., Bettina Friedrike von B., war vor kurzem von einem Besuch in ihrer Heimatstadt zurückgekommen. Sie war in ihrem Hotel abgestiegen und hatte sich ihr Haus besehen. Das Hotel war überfüllt gewesen. Zwei Sorten von Gästen hatten es belegt: die ehemaligen Besitzer und die neuen Käufer.

Die Besitzer sagten gerührt: »Da, dort entlang ging ich jeden Sonntag zu den Großeltern«. Die Käufer waren voller Elan, fuhren flotte Wagen und besichtigten Fabriken und Wohnhäuser der Gegend. »Was mir auffiel«, erzählte die Tante, »war ihre ganz eigne Art zu gucken, so einen konzentrierten Blick, taxierend und wachsam. Der typische Blick von Immobilienhändlern«, schloß sie mit einem Anflug von Verachtung.

Der Vater einer Schulfreundin von Johanna O., Einwohner von Leipzig, hatte einst vom Ministerpräsidenten Grotewohl ein Haus geschenkt bekommen. Er war ein bekannter marxistischer Philosoph und Mitglied der Akademie, das Geschenk besaß also fünfzehn Zimmer und einen Garten. Unlängst hatte ein nostalgisch verklärter alter Herr dem Philosophen einen Besuch gemacht und ihm eröffnet, das Haus gehöre ihm. Freunde eröffneten dem Philosophen, der alte Herr sei Mitglied der SS gewesen.

Der marxistische Philosoph, berichtete die Schulfreundin, trage die Sache gelassen, ja mit einer seiner Umgebung unerklärlichen Heiterkeit. Seinen Sohn, Lehrer von Beruf, habe man schon gefeuert. Dessen Frau werde von einem chilenischen Psychoanalytiker behandelt (chilenische Psychoanalytiker seien die besten; sie seien nach Allendes Niederlage in die DDR gekommen; leider gingen sie jetzt nach Hause zurück, in einem Moment, wo sie am meisten gebraucht würden). Der Philosoph indes schlösse sich in seinem Arbeitszimmer ein und arbeite seelenruhig weiter.

Die Tochter vermute, er brüte über einer Theorie.

Als es den Sozialismus noch gab, hatte man zu dem Philosophen gesagt: »Da, schau! So sehen deine Ideen in der Praxis aus!« Aber zum Glück sei es mit dem Sozialismus aus und vorbei. Sei es mit der Praxis aus und vorbei. Niemand werde mehr sagen: »Da, schau!« Der Philosoph könne Visionen konstruieren, ohne von irgendwem behelligt zu werden. Er arbeite ohne Unterlaß, Tag und Nacht. Umso eifriger, als der nostalgisch verklärte SS-Mann jeden Moment den Gerichtsvollzieher schicken könne.

4.

Der Immobilienbesitzer Ignatz Bubis wurde in Deutschland geboren. Die Familie floh vor Hitler zu den Großeltern, nach Deblin. Sie wohnten im Hause von Europa. So hieß der Besitzer: Europa. Lazarz Europa, Warschauer Straße zehn.

In Deblin gab es achttausend Einwohner, einen großen Flugplatz und zwei Regimenter, Infanterie und Artillerie.

In Deblin gab es zwei Welten. In der polnischen Welt bestimmte die Herrlichkeit der Offiziere den Ton. In der jüdischen Welt nähte der Schneider Nachum Luksemburg die Uniformen für die Offiziere, schnitt der Friseur Manys Szajnfeld den Offizieren die Haare, lieferte ihnen der Kaufmann Mojsie Hochman das Brot – und so weiter.

Während des Kriegs gab es in Deblin ein Lager. Die Juden aus dem Lager arbeiteten auf dem Flugplatz. Kommandant des Flugplatzes war Oberstleutnant Hönig, ein guter Deutscher. Zwar setzte er die Luftwaffe zur Räumung des Ghettos ein, aber er ließ nicht zu, daß man »seine« Juden holte. Und so überlebten die meisten den Krieg.

Wächter und Beamte im Lager waren Wiener Juden. Kommandant war Hermann Wenkart, ein guter Wiener Jude. Flüchtlinge von den Transporten versuchten, im Lager unterzuschlüpfen, doch Wenkart bewachte persönlich die Tore und ließ keinen hinein. »Ihr bringt uns alle in Gefahr«, sagte er zu einer Menge, in der unter anderem der Vater von Ignatz Bubis stand. »Ich muß diese Menschen retten, und ihr bringt sie in Gefahr. Warum sollen durch euch alle umkommen?«

Eines Abends, schon nach der Räumung des Ghettos, tauchte Josl Tec im Lager auf, der vor dem Krieg einen Laden mit Eis und Mineralwasser gehabt hatte. »Ich will euch was erzählen«, flüsterte er, und er erzählte eine ganze Nacht lang höchst seltsame Geschichten. Daß man sie in einem Güterzug weggebracht habe. Daß der Ort, an dem sie ankamen, Treblinka heiße. Daß es in Treblinka Gas gebe und die Leichen auf Scheiterhaufen verbrannt würden. Er selbst habe mit der Schaufel Debliner Juden ins Feuer geworfen, den Mojsie Hochman zum Beispiel, der in der Okólna-Straße mit Brot und Kartoffeln gehandelt habe. »Die Menschen werden nackt vergast«, sagte er noch, »und die Kleider sortiert, die ordentlichen könnten für die Deutschen noch zu was nütze sein.« Josl Tec hatte als Sortierer gearbeitet, sich in einem Waggon zwischen den Kleidern versteckt und war nach Deblin gekommen, um zu erzählen, wie es zuging. »Macht euch aus dem Staub«, sagte Josl Tec in einem fort. »Euch steht das gleiche bevor, Feuer und Gas. Worauf wartet ihr noch?« Am Morgen war er verschwunden, und die Leute begannen das seltsame Ereignis zu kommentieren. Was heißt hier Gas? Was heißt hier Verbrennen? Wovon redet dieser Josl? Zum Glück erinnerte sich einer, daß Josl Tec sich schon immer gerne seltsame und gruslige Geschichten ausgedacht hatte, die er den Kindern erzählte, wenn sie sich bei ihm ein Eis holten. Das beruhigte alle. Josl Tec hatte sich einfach ein neues Gruselmärchen ausgedacht.

Im Sommer '44 evakuierten die Deutschen das Lager. In der Nacht vor dem Transport nach Tschenstochau besann man sich auf Josl Tec und seine warnenden Worte. Die einen sagen, siebzig Juden seien geflüchtet, andere – dreißig. Den Krieg haben fünf überlebt, unter ihnen Benek Kuperman, ein Cousin von Ignatz Bubis. Benek erzählte, sie seien nach Osten gelaufen, in Richtung Wieprz; Deutsche habe es nirgends mehr gegeben; sie seien nicht weit geflüchtet; Polen hätten die Juden umgebracht; er habe sich in einem Pferdestall vor ihnen versteckt, und drei Tage danach sei die Rote Armee gekommen.

Nach dem Krieg nahm Ignatz Bubis Ida, ein Mädchen aus Deblin, die Tochter von Samson Rosenman, dem Sägemühlenbesitzer, zur Frau. Das Mädchen, ihre Geschwister und ihre beste Freundin hatte Jan Terej gerettet, ein guter Pole. Adam Luksemburg, der Sohn des Schneiders Nachum, sagt zwar, Terej habe sich an der Deportation anderer Juden beteiligt, aber diese vier – Ida, ihre Schwester Hala, ihren Bruder Izio und Bulcia, ihre Freundin –, die hatte er ganz bestimmt gerettet.

Ignatz Bubis kehrte nach Deutschland zurück. Er startete mit Gold – später stieg er auf Immobilien um. Er kaufte alte Häuser, riß sie ab und baute Bürogebäude.

Anfang der siebziger Jahre meuterten die Leute in den Abrißhäusern und besetzten sie, gemeinsam mit der revolutionären Jugend. Ein Haus besetzte Daniel Cohn-Bendit, der spätere Europa-Abgeordnete, ein anderes Joschka Fischer, der spätere Minister, ein drittes Peter-Jürgen Boock, der spätere Terrorist.

Ignatz Bubis rief die Polizei. Fassbinder hat ein Stück darüber geschrieben. Es heißt »Der Müll, die Stadt und der Tod«. Der Held ist ein Jude, der Häuser abreißt, Prostituierte vergewaltigt und die Zeugen ermordet. Am Tag der Uraufführung stiegen dreißig Juden und ein paar Deutsche auf die Bühne. Ignatz Bubis trug ein Transparent. Darauf stand, das Stück sei antisemitisch, und sie erlaubten nicht, daß es gespielt werde. Im Zuschauerraum saß das Premierenpublikum, auf der Bühne standen die Demonstranten. Eine Diskussion entspann sich. Cohn-Bendit, unter den Zuschauern, rief, er unterstütze den Protest, aber er sei für die Freiheit der Kultur, Bubis schrie zurück, diese Freiheit hätte ihre Grenzen. Nach mehreren Stunden sagte der Regisseur, sie spielten nicht, und die Vorstellung wurde abgesagt.

Am Tag vor der Vereinigung Deutschlands saß Ignatz Bubis am Telefon und verkaufte ein Hotel an die Japaner. (Das hatte nicht das geringste mit der Vereinigung zu tun; dennoch erfüllte der Untergang des Kommunismus in der DDR Ignatz Bubis sichtlich mit Genugtuung.) Alle paar Minuten klingelte das Telefon – die Teilhaber. Ignatz Bubis erläuterte ihnen, wieso sie im Begriff stünden, ein gutes Geschäft zu machen: »Hundertunddreißig Millionen, ein schöner Preis.« Er legte auf, kehrte zu seiner Erzählung über Deblin zurück, und wieder klingelte das Telefon. »Bitte entschuldigen Sie«, bat er, »aber ich kann nicht sagen, ich mache den Laden dicht, weil ich gerade mein Leben erzähle. Beim Erzählen meines Lebens verdiene ich nichts.«

5.

Christoph C. stammt aus einer bekannten Frankfurter Buchhändlerfamilie. Zum Abschluß seines Studiums der Germanistik und Geschichte einigte er sich mit seinem Professor auf das Thema seiner Doktorarbeit – die Syntax Lichtenbergs, eines Physikers und Aphoristikers des achtzehnten Jahrhunderts – und fuhr nach Ungarn in die Ferien. Er stieg bei Bekannten ab. Eines Tages sprach ihn eine Frau aus der Nachbarschaft auf der Straße an. »Wie kommt es, daß so ein ordentlicher deutscher Bursche bei Juden wohnt?« fragte sie.

Er begann zu überlegen, wer als erster das Wort »Antisemitismus« gebraucht hatte. Es stellte sich heraus, das hatte 1879 der deutsche Journalist Wilhelm Marr getan. Er verfolgte die – übrigens schwindelerregende – Karriere des Wortes weiter und fand andere, ebenso aufregende Wörter. Zum Beispiel den Begriff »Endlösung«. Den entdeckte er schon 1881 bei Dühring, immerhin dem Helden eines Buches von Friedrich Engels. Nach diesen Funden gestand er seinem Professor, der Aphoristiker des achtzehnten Jahrhunderts interessiere ihn nicht mehr, er wolle seine Arbeit über das antisemitische Vokabular im Deutschland Bismarcks schreiben.

Er gründete ein Antiquariat und führte es mit großem Erfolg. Er ließ es von Innenarchitekten umbauen und stilvolle Kronleuchter aus Italien kommen, für Gespräche mit den Kunden richtete er einen lichten Wintergarten ein. Er heiratete eine schöne Frau. Ihre Eltern hatten die Märchen Andersens und der Gebrüder Grimm illustriert, die Tochter war von Kind an ihr Modell gewesen. Däumelinchen besaß das rote Haar seiner Frau, Rotkäppchen hatte ihre blauen Augen und Aschenbrödel ihre anmutige Gestalt.

In seinem Antiquariat handelte er mit historischen und belletristischen Büchern, beginnend beim sechzehnten Jahrhundert. Eines Tages stieß er in einem modernen Buch über Genetik auf eine knappe Anmerkung. Sie bezog sich auf den Prozeß eines gewissen Horst Berge, eines Juden, der wegen Geschlechtsverkehrs mit einer Arierin angeklagt worden war. Der Prozeß hatte 1937 stattgefunden. Christoph C. erinnerte sich an seine Doktorarbeit – antisemitisches Vokabular – und machte beim Frankfurter Gericht die Akten ausfindig. Aus ihnen ging hervor, daß der Verteidiger versucht hatte, seinen Klienten vor einer Hälfte Judentum zu bewahren und erklärt, Horst Berge sei ein uneheliches Kind, sein richtiger, also der sogenannte biologische Vater sei Arier. (Damals bewahrte einen eine Hälfte arischen Blutes noch vor dem Tod.) Das Gericht hatte Professor Otmar von Verschuer, einem der Pioniere des Vaterschaftsnachweises, um ein Gutachten gebeten. Verschuer hatte seine Methode vor Hitler entwickelt, sie war schon 1927 in Unterhaltsverfahren bei deutschen Gerichten eingesetzt worden. Die Akten von Berge enthielten Fotografien: die Mutter des Angeklagten, eine kurzhaarige Frau mit traurigen Augen; ihr gedankenverlorener Mann; ihr Sohn, ein ernster junger Mann in dunklem Anzug. Daneben ihre Ohren, für jedes Ohr ein extra Foto, das linke Ohr, das rechte Ohr. Daneben die Nasenlöcher, vergrößert – nicht die ganze Nase, nur die Nasenlöcher. Daneben viele Zahlen: Länge, Breite,

Ausrichtung, Form, Neigungswinkel... Dann das Fazit: Horst Berge ist Sohn des jüdischen Ehemanns. Das Gutachten trug zwei Unterschriften – die von Professor von Verschuer und die des Assistenten, der die Messungen vorgenommen hatte, Doktor Mengele. Das Gericht glaubte dem Gutachten nicht, es glaubte den Zeugen und befand, Horst Berge sei Sohn eines Ariers. Der Professor beschwerte sich beim Justizminister in Berlin. Er war empört, daß jemand es gewagt hatte, seine Methode in Frage zu stellen und verlangte, den Gerichten künftig das Recht zu ihrer Beurteilung zu entziehen. Horst Berge wanderte nach Brasilien aus.

Christoph C. trieb seine Adresse auf. Der Mann lebte noch, und Christoph C. stellte ihm einige Dutzend Fragen. Er schrieb auch an den Sohn des Professors und an die Tochter Dr. Jelkmanns, des Verteidigers, des eigentlichen Helden im Prozeß. Leider war sie vor zwanzig Jahren unbekannt verzogen. Christoph C. fand nur noch Jelkmanns Grab auf dem Frankfurter Friedhof und legte Blumen darauf. Am selben Tag traf eine Kassette mit den Antworten von Horst Berge aus Brasilien ein, und der Sohn des Professors erklärte sich zu einem Gespräch bereit. Er sagte, ein Wissenschaftler könne nicht verantwortlich gemacht werden für das, was mit seiner Theorie passiere. »Und der Brief an den Minister?« fragte Christoph C. »Der forderte die Verurteilung, die den Tod bedeutete.« – »Mein Vater wünschte den Juden nicht den Tod«, sagte der Sohn des Professors. »Er hat ihnen geholfen. Er hat einen jüdischen Sozialdemokraten, den Mann einer Freundin meiner Mutter, versteckt.«

Christoph C. machte die Tochter des Sozialdemokraten ausfindig. Sie wohnte in Bonn. Der Professor hatte ihren Vater tatsächlich versteckt. Später hatte man Papiere beschafft, und die Familie war nach China ausgewandert. »Vor der Abreise ging meine Mutter hin, um sich zu verabschieden«, erzählte die Tochter. »Der Professor brachte sie zur Bahn. Ein junger Mann rief: ›Heil Hitler.‹ Der Professor erwiderte den Gruß. ›Gefallen Ihnen diese Leute?‹ fragte meine Mutter. ›Nein‹, entgegnete der Professor, ›aber sie sind nützlich, sie bringen Schwung in unser an Depression und Apathie leidendes Land‹.«

Um dem Fall Horst Berge oder vielmehr dem von Professor von Verschuer auf den Grund zu gehen, begann Christoph C. über die Rolle der Wissenschaft im deutschen Faschismus nachzuforschen. Besonders aufschlußreich waren die Publikationen aus den Jahren zwischen 1945 und 1950. Danach kam der Kalte Krieg, und die Angst vor der kommunistischen Gefahr beherrschte das Denken der Deutschen. Der Kommunismus war real und befand sich nebenan. Der Faschismus wurde weit entfernte, zunehmend weniger wichtige Geschichte. Christoph C. trug achttausend Bücher und Publikationen aus diesen Nachkriegsjahren zusammen. Die Arbeit verschlang viel Zeit. Die Bücher und die Nachforschungen verschlangen Geld. Er machte Schulden. Sein Vater sprach nicht mehr mit ihm, seine Frau machte ihm immer öfter Vorwürfe. Er gelobte Besserung und verkaufte dem Haus der Geschichte der Bundesrepublik Deutschland seine gesamte Nachkriegssammlung. Er kümmerte sich wieder mehr um sein Antiquariat. Eines Tages stieß er in einer Publikation auf einen interessanten Fall. Er betraf einen Schüler, der 1940 in Hamburg beim Tanzen ein jüdisches Mädchen geküßt hatte. Das Gericht hatte ihn zu einem Jahr Gefängnis verurteilt. Nach dem Krieg ersuchte der einstige Schüler um seine Rehabilitierung. Der Richter lehnte – im Jahre 1950 in Hamburg – das Gesuch ab: der junge Mann hatte, als er das Mädchen küßte, gleichzeitig »extravagante« Jazzmusik gehört. Damals kam Christoph C. der Gedanke, ohne die beiden Hamburger Richter, ohne Wissenschaftler wie von Verschuer, ohne höhere Staatsbeamte, ohne Ärzte und Universitätsprofessoren, kurz – ohne intellektuelle Elite wäre der Nationalsozialismus nicht zu verwirklichen gewesen. Zur Zeit Hitlers besaßen drei Prozent der Bevölkerung Universitätsdiplome. Christoph C. fand, es wäre gut, alle diese Leute näher kennenzulernen – ihr Denken, ihr Handeln, ihren Mut, ihre Furcht und ihr Befinden nach dem Krieg. Er begann bei den Soziologen. Er kaufte Bücher, bezahlte Mitarbeiter... Diesmal waren seine Schulden höher als beim ersten Mal. Die Bank drohte mit Pfändung. Er versprach Besserung. Kehrte zum Antiquariat zurück. Eines Tages stieß er auf einen interessanten Fall... Seine Frau bat ihn, von zu Hause auszuziehen.

Er wohnt jetzt in seinem Antiquariat. Das ist eine Halle in einem Fabrikgebäude aus dem neunzehnten Jahrhundert. Früher hatte Ford hier mal ein Ersatzteillager, danach produzierten sie hier Signalanlagen für die Eisenbahn. Die Bücher füllen die Halle im ersten Stock. Abends breitet Christoph C. seinen Schlafsack auf dem Boden aus, morgens verstaut er ihn in einem Pappkarton. Um sechs Uhr geht er in das kleine Café an der Ecke frühstükken. In dem Café trifft er die Stammgäste – Leute, die wie er ihre Arbeit noch vor Tag beginnen: Müllkutscher, Lieferwagenfahrer und die Männer vom Güterbahnhof. Zu Mittag ißt er in einer kleinen italienischen Kneipe, wo es erstaunlich billig ist – Spaghetti bekommt man da schon für sechs fünfzig. Von daheim hat er zwei Fotos und ein Buch mitgenommen. Das eine Foto zeigt das Antiquariat, das er aufgeben mußte; darauf sieht man die einfallsreiche Anordnung der Bücher und die stilvollen italienischen Kronleuchter und den lichten Wintergarten. Das zweite Foto zeigt einen Hund, eine englische Bulldogge. Er hat ihn in Texas gekauft und mit einer Hündin aus der Schweiz gepaart. Er hat ihn seiner Frau gelassen. Wenn er Bankrott macht und die Bank seine Bestände pfändet, wird er als Zirkusdompteur für Bulldoggen arbeiten.

Das Buch, das er von zu Hause hat, in dem er »privat« und des Vergnügens halber liest, ist Tschechow. Wieder und wieder kehrt er zu den Erzählungen zurück, gestern hat er sich noch einmal die Geschichte von dem Schuster vorgenommen, der beschloß, seine Seele zu verkaufen. Am Tag vor der Wiedervereinigung Deutschlands hat er erneut eine telefonische Mahnung von einem Vertreter der Bank bekommen, danach ist er sich die Diskussion über die Moral anhören gegangen. Am besten hat ihm die Selbstironie der Osteuropäer gefallen. Es ist gut, wenn Intellektuelle nicht allzu ernst über sich selber sprechen. Wenn sie sich übertrieben ernst nehmen, kann das unangenehme Folgen haben. Die Folge kann zum Beispiel so ein Brief wie der dieses Professors an den Justizminister sein.

## 6.

In der Nacht der Wiedervereinigung übertrug das Deutsche Fernsehen die Festveranstaltung aus Berlin, vom Platz vor dem Reichstag.

Alle, von denen hier die Rede war, verbrachten die Nacht ähnlich. Sie sahen eine Weile fern und legten sich schlafen.

Mit einer Ausnahme – Christoph C., der keinen Fernseher besitzt. Er versuchte zwar, Radio zu hören, aber der Hund hatte das Gerät vor kurzem umgeworfen, und aus Berlin kamen nur undeutliche Knackgeräusche.

Frankfurt – Warschau 1990

# Pola

## 1.

Plebanki war kein Flecken, keine Siedlung, kein Weiler und kein Dorf. Es war ein Stück Land. Darauf standen zwei Gebäude. Am Waldrand ein Haus mit roten Dachziegeln, das man zur Not auch für einen kleinen Gutshof halten konnte, und auf der Waldlichtung eine ländliche Hütte aus Holz. Beim Hof gab es einen Brunnen, überdacht, mit Rad und Kette. Ein Stück Land namens Plebanki existierte auf keiner Karte.

Rundherum war Wald. In ihm wuchsen Lärchen, Birken, Linden und eine uralte Eiche. Die Eiche hatte einen dicken, gedrungenen Stamm und knorpelige rheumatische Äste. Sie stand unter Naturschutz.

Es führten zwei Wege nach Plebanki.

Der eine, bequem, durch eine lange Lindenallee, an der Eiche vorbei. Der zweite, als Abkürzung, am Fischteich vorbei. Befahrbar war der kürzere im Sommer, wenn es nicht regnete, und im Winter, bei Frost.

Das Haus mit den roten Dachziegeln bewohnte meist Henryk Machczynski, dem die umliegenden Wälder und ein Hof in Kock gehörten. Die Schulferien über war Pola hier, die Tochter. Später dann kamen im Sommer Polas Söhne her – viele Kinder, Hunde, viel fröhliches Treiben.

In der Hütte wohnte Ksawera Kawka, die Kinderfrau.

Henryk Machczynski hatte vor, für immer nach Plebanki zu ziehen. Er fuhr Ziegel und Holz an, schachtete das Fundament für das neue große Haus aus. Er pflegte zu sagen: »In Plebanki wird es brodeln vor Leben.«

Jeder möchte gern, daß es brodelt vor Leben, aber das Leben hatte nicht besonders viel übrig für Plebanki.

## 2.

Pola Machczynska war eine große ansehnliche Frau. Sie hatte rotblondes Haar, braune Augen und kräftige Arme.

Während des Zweiten Weltkriegs versteckte sie in ihrem Keller, am Stadtrand von Kock, fünfundzwanzig Juden.

Polas Söhne entdeckten sie durch eine Dielenritze.

Sie erschraken. »Unter unserm Fußboden sitzen irgendwelche Leute...«

»Macht euch nichts draus«, beruhigte sie die Mutter, »die sind zu Besuch bei uns. Nur müßt ihr es keinem sagen, auch nicht dem Großvater.«

Henryk Machczynski, der Großvater, wohnte in Plebanki. Polas Mann war bei den Partisanen. Von den Gästen im Keller wußten vier Menschen: Pola, ihre Söhne, sieben und fünf Jahre alt, und eine Frau, eine Jüdin, die sich mit ihren Kindern in einer Erdhöhle versteckt hielt.

Die Frau wurde von einem Polen angezeigt, der für die Deutschen arbeitete. Die Deutschen versprachen ihr, den Kindern das Leben zu lassen, wenn sie ihnen sagte, wo noch andere Juden seien. Sie sagte: »Bei der Machczynska.«

## 3.

Wir wissen viel über die Deutschen, die die Jüdin und ihre vier Kinder erschossen und dann die Machczynska suchen gingen.

Die beiden amerikanischen Historiker Christopher Browning und Daniel Goldhagen haben ausführlich über sie berichtet.

Bei diesen Deutschen handelte es sich um das Reserve-Polizeibataillon 101. Ihm gehörten fünfhundert Männer an. Sie waren um die Vierzig, manche schon über fünfzig und für die Front zu alt. Vor dem Krieg hatten sie in Hamburg gelebt. Hatten in den Docks, in Werkstätten, Läden, in der Landwirtschaft und in Büros gearbeitet. Sie hatten Frauen und Kinder. Sie glaubten an Gott. 1942 waren sie nach Polen gekommen, in die Gegend von Lublin...

Früh am Morgen trafen sie in dem Städtchen Józefów ein. Sie stellten sich im Halbkreis auf, und der Kommandeur teilte ihnen mit, daß sie Juden erschießen würden. Er bat, beim Schießen an die deutschen Frauen und Kinder zu denken, die von den Bomben der Alliierten getötet wurden. Er fragte, ob sie sich der Aufgabe gewachsen fühlten. Einer der Polizisten fühlte sich der Aufgabe nicht gewachsen und trat vor. Ihm folgten noch elf andere. Der Bataillonsarzt zeichnete den Umriß einer menschlichen Gestalt auf die Erde und zeigte den Punkt am Schädelansatz, auf den sie zielen müßten. Dabei entstand eine Diskussion, wie sie schießen sollten – mit oder ohne Bajonett. Sie kamen zu dem Schluß, besser mit Bajonett. Sie trieben die Juden auf den Marktplatz und fuhren sie mit Lastwagen zum Waldrand. Jeder Polizist trat einzeln zu den zusammengetriebenen Juden, zeigte auf einen, ging mit ihm unter die Bäume und schoß. Er kam zurück, zeigte auf den nächsten und führte ihn zu den Bäumen. Der Weg, den sie gemeinsam zurücklegten, dauerte mehrere Minuten... Sie sahen die Gesichter der Opfer, hörten ihre Bitten, ihr Weinen und ihre Gebete. Es war ein langer Julitag. Sie schossen bis zum Abend. Bei dieser ersten Aktion, in Józefów, töteten sie siebzehn Stunden lang. Sie machten Zigarettenpausen. Ihre Uniformen waren mit Gehirnfetzen und Blut bespritzt. Sie mochten nicht essen, nachts wurden sie von Alpträumen gepeinigt. Der Kommandeur nahm an den Erschießungen nicht teil, er blieb im Stab und weinte. »Wenn das überall so zugeht«, sagte er in einem fort, »dann gnade uns Deutschen.«

Die Polizisten des Bataillons 101 erschossen die Juden erst selbst, später deportierten sie sie in die Vernichtungslager, erschossen sie wieder selbst und schickten sie wieder in die Lager. Sie weinten immer seltener, ihr Appetit kehrte zurück, und sie schliefen immer besser. Sie gingen ins Kino. Sie ließen sich gern photographieren. Sie besuchten Konzerte von Vortragskünstlern, die aus Deutschland kamen. Die Künstler einer Berliner Unterhaltungstruppe fragten, ob sie zu einer Exekution mitfahren dürften. Sie fuhren mit den Polizisten nach Luków. Sie brachten die Juden vor die Stadt, auf eine sandige, spärlich bewachsene Wiese. Sie befahlen ihnen, sich auszuziehen und sich hinzulegen, mit dem Gesicht zum Boden. Die Polizisten schossen wie immer, in den Hinterkopf. Die Künstler sahen zu und fragten, ob sie auch mal töten dürften. Die Polizisten händigten ihnen die Gewehre aus und erklärten ihnen genauer, wie sie zielen müßten. Die Künstler der Unterhaltungstruppe erschossen in Luków mehrere Hundert Juden.

Die Polizisten des Bataillons 101 waren in Radzyn stationiert. Dort befanden sich der Stab und die privaten Unterkünfte. In diese Unterkünfte luden sie ihre Familien aus Deutschland ein. Leutnant Brand holte seine Frau Lucie, und Hauptmann Wohlauf verbrachte mit seiner Frau Vera in Radzyn die Flitterwochen. Beide Damen liebten die Geselligkeit. Sie ließen den Tisch mit dem Essen in den Garten bringen, ein musikalischer Polizist spielte Geige, der Bataillonsarzt begleitete ihn auf dem Schifferklavier.

Julius Wohlauf nahm seine Frau zur Aktion nach Miedzyrzec mit. Er war ein ehrgeiziger, energiegeladener Offizier, der sich gern im Auto herumfahren ließ, stehend, wie ein General, der die Parade abnimmt. Er wurde »der kleine Rommel« genannt. Vera Wohlauf erschien an seiner Seite in Miedzyrzec, einen Militärmantel über die Schultern gehängt, im keck aufgesetzten Käppi. Man brachte die Juden aus dem Ghetto zum Marktplatz. Sie trugen Bündel, Kissen, Zwieback, ihre Kinder. Sie wurden mit Schüssen und Schreien angetrieben. Das dauerte mehrere Stunden. Die Hitze nahm zu, Vera streifte den Mantel ab und stand nun im bunten Sommerkleid. Das Kleid spannte über dem Bauch, die Frau war schwanger. So stand sie, inmitten von Schüssen und Schreien, bis zum Schluß, bis alle Juden in die Waggons gepfercht und auf den Weg nach Treblinka geschickt waren. Bis es da nur noch Bündel, Zwieback, Kinderleichen auf dem Pflaster gab und Federn in der Luft, aus aufgeschlitzten Kissen.

Im November '42 wurden die Juden aus Kock nach Treblinka deportiert. Leutnant Brand ordnete an, daß sie auf Bauernwagen zur Bahnstation gebracht werden sollten. Auf einen Wagen gehen zwanzig Leute, und dann noch die Bündel, die Kissen, der Zwieback. Die Wagen fuhren den ganzen Tag... (Hersz Buczko, dem die Kleiemühle gehörte, fuhr auf einem, es fuhr Szlomo Rot, der das beste Eis machte, und es fuhr Jakow Marchewka, der Limonade verkaufte, es fuhren Cyrla Opelman, die die elegantesten Seidenstoffe führte, und ihr Konkurrent, Abram Grzebien, Cyrla Wiernik, die vom Markt aus dem Kurzwarenladen, und Szlomo Rosenblat, ihr Nachbar, der mit dem Galanteriewarengeschäft für Damen, es fuhr Henoch Madanes, der Eisenwarenhändler, und es fuhr Lejb Zakalik, der Mühlenbesitzer, mit seinem Bruder, mit Kindern und Enkeln...)

Die Wagen fuhren vom Morgengrauen bis in die Nacht, und am nächsten Tag wurden die Juden aus Kock in den Güterzug verladen.

Die Polizisten vom Bataillon 101 kehrten bei Kriegsende nach Deutschland zurück.

Sie kehrten zurück in ihr früheres, normales Leben. In die Docks, die Läden, die Werkstätten und die Büros. Zu ihren Frauen und Kindern. Zu Gott.

1967 fand ihr Prozeß in Hamburg statt. Das Gericht verurteilte mehrere Angeklagte zu sechs bis acht Jahren – später wurde das Urteil gemildert. Andere sprach das Gericht frei, weil sie nach den Gesetzen des Dritten Reichs gehandelt hatten. Noch andere erschienen nicht, weil sie krank waren.

Warum waren die Polizisten des Bataillons 101, normale Hamburger Bürger, zu alt für die Front, zu Mördern geworden?

Weil sie Deutsche waren, und den Deutschen der Haß gegen die Juden jahrhundertelang beigebracht wurde, gibt Daniel Goldhagen in seinem Buch zur Antwort.

Weil sie Menschen waren, und jeden Menschen kann man zum Mörder machen, antwortet Christopher Browning.

4.

Ein Polizist verständigte Pola, daß die Deutschen von dem Versteck wüßten. Sie hob die Falltür an, schrie hinunter: »Die Deutschen kommen!« und rannte mit den Kindern zu den Nachbarn. Sie ließen sie nicht ein. Sie lief zu anderen, die willigten ein, die Kinder dazubehalten, kurz darauf aber sollte sie sie wieder mitnehmen.

Pola, das einjährige Töchterchen auf dem Arm, und die beiden kleinen Jungen klopften an jede Tür, gingen von Haus zu Haus. Die Einwohner von Kock beobachteten sie hinter vorgezogenen Gardinen. Sie wußten von der Jüdin und ihren Kindern und von den Juden bei der Machczynska und daß die Deutschen gleich dort sein würden. Sie schlossen Fenster und Türen und beobachteten sie hinter vorgezogenen Gardinen.

Pola ging immer langsamer, an einem Schuh hatte sich der Schnürsenkel gelöst und schleifte durch den Schnee. Sie kehrte um nach Hause, die Deutschen waren noch nicht da. Sie spannte den Schlitten an und fuhr nach Plebanki.

5.

Zunächst ging nur ein Deutscher in den Keller. Er hob die Falltür an, und die Juden eröffneten das Feuer. Überrascht rannte er zu seinen Kameraden. Sie holten ein Maschinengewehr, die Schießerei dauerte stundenlang. Es starben vierundzwanzig Juden. Manche auf der Stelle, noch im Keller, andere auf dem Feld hinterm Haus. Retten konnte sich Icek Zakalik, der Enkelsohn des Müllers. Er erreichte den Wald – und verschwand. Später kam er von Zeit zu Zeit aus dem Wald und schoß auf Leute, von denen es hieß, sie zeigten Juden an. Angeblich kam er auch um, aber manche sagen, das sei nicht wahr. Er lebe allein, in einem Wald, vielleicht in Polen, vielleicht in Israel.

6.

Pola nahm den kürzeren Weg nach Plebanki, am Teich vorbei. Sie kamen mit Mühe durch, der Schnee reichte den Pferden bis zu den Knien.

In dem Haus mit den roten Dachziegeln sagte Pola: »Sie sind hinter uns her«, und Henryk Machczynski, der Vater, stieg in den Schlitten.

Sie hielten auf der Lichtung, vor der Hütte. Ksawera, die Kinderfrau, nahm sich der einjährigen Tochter an, die Jungs bewarfen sich mit Schneebällen. Pola zog den Schafpelz aus. Das Kleid spannte über ihrem Bauch, Pola war schwanger. Sie zog das Kleid aus, bat Ksawera um ein Nachthemd und legte sich ins Bett.

Zwei Schlitten fuhren vor. In einem saßen nur Deutsche, in dem zweiten Deutsche mit drei Juden, einen vierten schleiften sie am Strick hinter dem Schlitten her. Man weiß nicht, ob es Juden aus dem Keller der Machczynskis waren oder andere, die sie unterwegs gefangen hatten.

Die Deutschen kamen in die Hütte. Pola stand aus dem Bett auf und zog den Schafpelz über. Die Deutschen befahlen ihr, in der Stube zu bleiben, und es begann ein Verhör.

Sie betraten die Stube der Reihe nach: Henryk Machczynski, Polas Vater, Ksawera Kawka, die Kinderfrau, und Wojtek, der ältere, siebenjährige Sohn.

Der Offizier fragte: »Wer hat die Juden versteckt?«

Jedesmal antwortete Pola: »Ich. Ich allein hab sie versteckt, sie wußten von nichts.«

Der Offizier befahl Pola, in den Schlitten zu steigen. Sie setzte sich zu den drei Juden. Der vierte, der am Strick, war schon tot. Sie schnitten ihn ab und ließen ihn im Schnee liegen.

Die Schlitten fuhren nach Annapol, ins Nachbardorf. Hinter der ersten Scheune, der des Bauern Czarnota, hoben die Juden ein Grab aus für sich und für Pola Machczynska.

7.

Der vom Schlitten abgeschnittene Jude wurde im Wald begraben.

Die drei von der Scheune auf dem jüdischen Friedhof.

Pola auf dem katholischen Friedhof.

Die Söhne erinnern sich, daß sie bei strengem Dezemberfrost begraben wurde, gleich nach Weihnachten.

Polas Mann kam von seinen Partisanen direkt auf den Friedhof. Er stand ein Weilchen am Grab. Bekreuzigte sich, umarmte seine Söhne und verschwand wieder.

Im April trugen sie Henryk Machczynski zu Grabe. Polas Söhne erinnern sich, daß es warm war, es schien eine richtige warme Frühlingsonne. Nach dem Begräbnis liefen sie mit anderen Jungs zum Teich. Den Winter über hielt sich auf den Teichen eine dicke Eisschicht. Jetzt begann sie zu schmelzen, und im Wasser schwammen, die Bäuche nach oben gekehrt, die erstickten Fische. Am Ufer stand ein Fischer. Er holte die Fische mit dem Netz ein und füllte sie in einen Sack. Er hob eine Grube aus. Die

Jungs standen in der Kiefernschonung, zwischen den Bäumchen, und sahen dem Mann bei der Arbeit zu. In der Grube erblickten sie Teile eines menschlichen Rumpfes.

»Das sind Rippen«, sagte der Fischer.

Daneben lag etwas Längliches, Rötlichblaues, das aussah wie zwei gefaltete Hände.

»Das ist ein Herz«, sagte der Fischer. »Wem mag das gehören?«

»Einem Juden«, sagte einer von den Jungs. »Dem, den sie vom Schlitten abgeschnitten haben.«

Der Mann hob den Sack an und warf die toten Fische in die Grube.

## 8.

Der Offizier, der in Plebanki das Verhör führte, war Paul Brand. Das erfuhr ich aus Christopher Brownings Buch.

»Der denkwürdigste Vorfall ereignete sich in Kock…«, so beginnt Polas Geschichte. Einer der Polizisten sagte nach dem Krieg aus: Ein Pole hatte ein jüdisches Versteck verraten – die Juden nannten ein Haus am Stadtrand – die Juden eröffneten das Feuer…

»Dann machten sich die deutschen Polizisten nach der Hausbesitzerin auf die Suche, einer Polin, die rechtzeitig hatte fliehen können«, schreibt Browning weiter. »Man fand sie in ihrem Elternhaus in einem nahegelegenen Dorf. Leutnant Brand stellte den Vater vor die Wahl: entweder sein Leben oder das seiner Tochter. Der Mann lieferte seine Tochter aus, und sie wurde an Ort und Stelle erschossen…«

## 9.

Das Land der Machczynskis bekamen bei der Bodenreform die Bauern. Den Wald ließ man Polas Kindern. Das Haus mit den roten Dachziegeln kaufte jemand, trug es ab und baute es in einem anderen Dorf wieder auf. Ein anderer holte sich die Überdachung und die Kurbel des Brunnens. Über der Erde blieb ein grauer Betonreif zurück.

Wojtek und Slawek, Polas Söhne, kamen jeden Sommer nach Plebanki. Sie wohnten in Ksaweras Hütte. Sie liebten diesen Platz: die Lichtung zwischen den Bäumen, den Fliederbusch neben der Hütte, die zwei wilden Apfelbäume... Wojtek sagte immer, es strichen gute, beschützende Geister durch den Wald.

Vor ein paar Jahren kam Wojtek mit seinem Hund Dryf nach Plebanki. Das war ein grauer, fast silbergrauer Spitz. Der zweite Spitz in der Familie, nach Fifrek, Polas gelb und weiß geflecktem Hund. Pola hatte viele Tiere gehabt – Pferde, Katzen, Hunde, aber Fifrek war ihr Liebling gewesen. Nach ihrem Tod fraß er nicht mehr, und zwei Wochen später war er krepiert.

Wojtek machte einen Spaziergang mit Dryf. Der Hund lief voraus und verschwand ihm aus den Augen. Wojtek durchkämmte den ganzen Wald, der Hund war nicht zu finden. Er kehrte aufs Feld zurück, da fiel ihm der Brunnen neben dem Haus mit den roten Dachziegeln ein. Er fand ihn. Jemand hatte den Betonreif gestohlen, im Boden gähnte ein vier Meter tiefes schwarzes Loch. Aus dem Schwarz kam das Winseln des Hundes.

Wojtek beugte sich vor...

Die Bauern aus der Gegend holten die beiden, Dryf und Wojtek, nur mit großer Mühe heraus.

## 10.

Da ist sie, die Lichtung im Wald.

Da ist sie, die alte Hütte aus Holz auf der Lichtung.

Und da sind rot-goldene, herbstliche Birken.

Und da ist Plebanki.

Grazyna, Polas Enkeltochter, groß, mit braunen Augen, nähert sich dem Brunnen nicht, in dem ihr Vater ertrunken ist. Sie betritt nicht die Hütte, in der ihre Großmutter verhört wurde. Sie hält ihren Sohn auf dem Arm, Wojtek. Sie muß ihn vor den Geistern von Plebanki beschützen.

»Mutter stand hier«, sagt Slawek, Polas jüngerer Sohn, in der Hütte. »Mit dem Gesicht zum Fenster.«

Am Fenster saß Brand.

Durch die Tür dort, aus der Küche, kamen sie der Reihe nach herein...

»Wer hat die Juden versteckt?« fragte Brand.

Polas Vater hätte antworten können: »Ich hab sie versteckt, meine Tochter wußte von nichts.«

Aber der Vater schwieg, und Pola wiederholte ihr »Ich allein«.

»Sie, ja?« vergewisserte sich Brand und musterte den alten Mann gespannt.

Polas Vater schwieg

Vier Monate später starb er. Er war nicht krank gewesen, hatte über nichts geklagt. Er aß nicht mehr und starb.

Polas Mann kam wieder von seinen Partisanen. Er stand im Garten, in der Aprilsonne, über einer Schüssel. Er wusch sich Hals und Gesicht. Jemand goß ihm Wasser aus einem kleinen Topf nach. Die Söhne standen daneben und erzählten ihm die Neuigkeiten: Zuerst hat Fifrek aufgehört zu fressen, bis er tot war, dann hat Großvater aufgehört...

Sie gingen zum Begräbnis. Nach dem Begräbnis verschwand der Vater, und die Jungs liefen zum Teich und sahen am Ufer den Fischer mit dem Sack.

## 11.

Ein paar Wochen vor ihrem Tod gab Pola Machczynska Rywka, einem jüdischen Mädchen aus Kock, arische Papiere. Sie gab ihr die Adresse ihrer Schwiegereltern in Warschau und trug ihr auf, sie solle mit einem Fuhrwerk zur Bahnstation fahren.

Rywka war zwanzig, hatte blondes Haar und grüne Augen. Sie war die Tochter des Zimmermanns Szmul Goldfinger. Sie besaßen eine Werkstatt im Hof, in der Browarna-Straße.

Das Mädchen bat den polnischen Nachbarn, sie zum Bahnhof zu fahren.

»Raus mit dir, Judenbrut«, schrie der Nachbar, und Rywka fragte Pola, was sie tun solle.

»Wart einen Moment«, sagte Pola, lief davon und kam mit einem deutschen Polizisten zurück.

»Fährst du sie?« fragte der Polizist den Nachbarn und griff zur Pistole.

Der Nachbar spannte an und brachte Rywka zur Bahnstation.

Sie überlebte den Krieg. Szprynca, ihre Mutter, und ihre fünf Schwestern – Sara, Lea, Chawa, Bluma und Cesia – und ihr Brüderchen Lejzor fanden in Treblinka den Tod. Der Vater wurde in Łuków bei der Massenexekution erschossen. Wahrscheinlich erschossen ihn die Künstler von der Unterhaltungstruppe auf der sandigen, spärlich bewachsenen Wiese.

## 12.

Ein Polizist hatte Pola verständigt, daß die Deutschen von dem Versteck wüßten...

Ein Polizist zwang den Nachbarn, Rywka zu fahren...

Man hatte diesen Polizisten mit Pola gesehen.

»Er stammte aus Hamburg, ein großer Blonder, war um die Fünfzig...«, schrieb mir Rywka Goldfinger, verheiratete Blatt, in einem Brief aus Israel.

Hatte er geahnt, daß Pola in ihrem Keller Gäste hatte? Vielleicht hatte sie ihm von ihnen erzählt? Hatte geglaubt, er würde sie beschützen in der schlimmsten Stunde...?

Als sie in Annapol, an Czarnotas Scheune, schon die drei Juden aus dem Schlitten erschossen hatten und nur noch Pola blieb, die zu töten war, wandte sich Leutnant Brand an den Polizisten, den man mit ihr gesehen hatte:

»Schieß!«

Der Polizist hob das Gewehr. Er sagte: »Ich kann nicht«, und ließ die Waffe sinken.

Brand wartete.

Der Polizist hob das Gewehr und ließ es sinken.

»Und kannst du jetzt?« fragte Brand und drückte dem Polizisten die Pistole an die Schläfe.

Das erzählten die Leute aus Annapol Polas Cousine.

Die Cousine wohnt hinter der alten Eiche, am Weg nach Plebanki.

Sie spricht laut, kreischend, weil sie taub ist oder vielleicht aufgeregt:

»Er hob das Gewehr und schaffte es nicht!«

»Dreimal hat er es versucht!«

»Bis sie ihm die Pistole anlegten: Und jetzt?!«

»Erst beim dritten Mal!«

»Beim dritten Mal hat er es geschafft!«

Über den Zaun hinweg, hinter der Eiche hervor, knorpelig und rheumatisch, schreit sie, schleudert sie die Worte hinaus. Schreit sie die letzten Augenblicke im Leben der Apolonia Machczynska aus sich heraus.

Plebanki, September 1996

# Glossar

*Anders-Armee* – nach dem polnischen General Anders benannte polnische Verbände, die 1941 in der UdSSR gegründet wurden und später in Nordafrika und Italien gegen die Deutschen kämpften.

*Arische Seite* – der nach Errichtung des Warschauer Ghettos im Oktober 1940 »judenfreie« Teil Warschaus.

*Bar Mizwa* – Bezeichnung der Zeremonie, mit der ein Knabe mit Vollendung des 13. Lebensjahr in die jüdische Glaubensgemeinde aufgenommen wird.

*Barszcz* – rote Rübensuppe.

*Chanukka* – Lichterfest. Achttägiges jüdisches Tempelfest im Dezember zur Erinnerung an die Wiedereinweihung des Tempels in Jerusalem (165 v. Chr.).

*Chassidismus* – volkstümliche religiös-mystische Erneuerungsbewegung im osteuropäischen Judentum. Entstand Mitte des 18. Jahrhunderts.

*Jom Kippur* – Versöhnungstag am zehnten Tag des ersten Monats des jüdischen Kalenders. Dient der Versöhnung der Menschen mit Gott und der Menschen untereinander. Höchster jüdischer Feiertag, an dem Fasten und Beten Pflicht ist.

*Judenrat* – von den Nationalsozialisten eingerichtete Institution zur angeblichen Selbstverwaltung der Juden in den Ghettos. Der Judenrat war verantwortlich für die Durchführung der Weisungen der deutschen Besatzung.

*Kaddisch* – Jüdisches Totengebet, das stehend und in Anwesenheit von mindestens zehn Männern gesprochen wird.

*Komsomol* – kommunistischer Jugendverband in der UdSSR.

*Latkes* – Kartoffelpuffer.

*Mesusa* – ein mit Versen aus der Bibel beschriebenes Pergamentblatt, das in einer Kapsel am rechten Türpfosten jüdischer Häuser befestigt ist.

*Pessach* – Fest im Frühjahr zur Erinnerung an den Auszug der Kinder Israels aus Ägypten.

*Purim* – Freudenfest zur Erinnerung an die im biblischen Buch Esther beschriebene Errettung der persischen Juden.

*PZPR (Polska Zjednoczona Partia Robotnicza)* – Vereinigte Polnische Arbeiterpartei.

*Raw* – hebräische Bezeichnung für Rabbiner.

*Rikscha* – ein umgebautes Fahrrad, das man im Ghetto als Taxi benutzte.

*Rosch Haschana* – jüdisches Neujahrsfest.

*Sukkot* – Laubhüttenfest. Achttägiges jüdisches Erntedankfest Anfang Oktober zur Erinnerung an die Wanderung der Juden durch die Wüste nach dem Auszug aus Ägypten.

*Tallit* – Gebetsmantel. Viereckiges Tuch, das Männer vom 13. Lebensjahr an beim Morgengebet umlegen.

*Tefillin* – Gebetsriemen, mit zwei Kapseln, die das Gebet »Schema, Israel« (Höre, Israel) enthalten. Die Tefillin werden beim Morgengebet an Kopf und Arm angelegt.

*Tora* – die auf einer Pergamentrolle aufgezeichneten fünf Bücher Moses.

*trejfe* – nicht koschere Speise.

*Tschulent* – traditionelles Eintopfgericht, das vorgekocht und bis zum Sabbat warmgehalten wird.

*Umschlagplatz* – Gelände zwischen dem »jüdischen« und dem »arischen« Teil Warschaus. Vom dort gelegenen Güterbahnhof wurden von 1941 an Juden aus dem Ghetto nach Treblinka und in andere Vernichtungslager deportiert.

*Wlassow-Leute* – Angehörige der auf deutscher Seite kämpfenden russischen Division, die der 1942 übergelaufene General Andrei Wlassow aus russischen Kriegsgefangenen aufgestellt hatte.

*Zaddik* – im Judentum ursprünglich der vollendete Fromme, später im Chassidismus wundertätiger Führer.

Hanna Krall

# DEM HERRGOTT ZUVORKOMMEN

*Aus dem Polnischen*
*von Hubert Schumann*
*ISBN 3-8015-0252-X*

In einer meisterhaften literarischen Montage konfrontiert die polnische Schriftstellerin Hanna Krall den stellvertretenden Kommandanten des Warschauer Ghettoaufstandes von 1943, Marek Edelman, mit dem heutigen Herzchirurgen.

Lakonische, präzise Details, mit denen Hanna Krall ohne jede Feierlichkeit in das Geschehen einführt, der neugierige Blick, den sie selbst mitten im Grauen nicht verliert – all das ist charakteristisch für ihren Stil, mit dem sie den Leser zu packen versteht, noch bevor dieser ganz begriffen hat, wo er sich befindet.

Hanna Krall vermag der bodenlosen Trauer (literarisch) standzuhalten, die durch das Leben in einem Land, das zum Friedhof des europäischen Judentums geworden ist, in besonderer Weise wachgehalten wird. Das Buch erregte in Polen großes Aufsehen und wurde in vierzehn Sprachen übersetzt.

»Es ist ein Buch vom Tod und Sterben und dennoch ein Bekenntnis zum Leben, zur Menschlichkeit. Hanna Krall beweist, wie es möglich ist, dem Unsagbaren Sprache zu geben. Dieses Buch [...] ersetzt Bibliotheken zum Thema.«

Martha Höhl, ekz-Informationsdienst

Verlag Neue Kritik • Kettenhofweg 53 • 60325 Frankfurt

Hanna Krall
EXISTENZBEWEISE

*Aus dem Polnischen*
*von Esther Kinsky*
*ISBN 3-8015-0288-0*

»Die betäubenden Zahlen von den Greueltaten und der Vernichtung«, hat Hanna Krall einmal in einem Interview gesagt, »tragen mehr zur Gleichgültigkeit als zur Erinnerung bei. Niemand kann sich bei dem Wort eine Million etwas anderes als Zahlen vorstellen. Damit wird eine Art statistischer Seelenzustand erzielt, die Empfindsamkeit abgestumpft. Dabei wissen wir, daß jeder Mensch allein stirbt und nur einmal.« Aus dieser Sichtweise heraus hat die polnische Autorin ihre für sie so charakteristische Schreibweise entwickelt.

Den Protagonisten der Erzählungen ist die Suche nach ihrer Identität gemein: sie entdecken nach Jahren, daß sie Juden sind; sie geben vor, jüdisch zu sein und sind es nicht; sie glauben sich jüdisch, können es aber nicht belegen. Die Wahrheit in sich tragend, ohne sie zu kennen, suchen sie, ihre Existenz zu beweisen.

»In ihrer meisterhaften Collagetechnik, die Zeiten und Schicksale miteinander verknüpft, hat Hanna Krall ein aufwühlendes Werk voll Güte und Wahrhaftigkeit verfaßt, das sich dort, wo beides nicht in eins fallen kann, stets für die schmerzende Wahrhaftigkeit entscheidet.«

Karl-Markus Gauß, FAZ

Verlag Neue Kritik • Kettenhofweg 53 • 60325 Frankfurt

Hermann Grab

HOCHZEIT IN BROOKLYN

*Sieben Erzählungen*

*ISBN 3-8015-0284-8*

Der Prager Dichter Hermann Grab (1903-1949) hinterließ bei seinem Tod ein denkbar knappes schriftstellerisches Werk: einen Roman und eine Handvoll Erzählungen. Gleichwohl bescheinigen ihm Freunde und Bewunderer wie Hermann Broch, Theodor W. Adorno oder Klaus Mann, in würdiger Tradition eines Franz Kafka, Thomas Mann und Marcel Proust zu schreiben. Hermann Grab: ein frühverstorbener und frühvollendeter und, durch Hitlerdeutschland, schnellvergessener Dichter.

Zwei Themen bestimmten das literarische Schaffen Hermann Grabs: das großbürgerliche Milieu im Prag der untergehenden k.u.k. Monarchie und das Aufkommen des Faschismus, Flucht und Exil.

Das Weltanschauliche war seine Sache nicht. Nicht das Symbolische, sondern die Impression, das Angeschaute, das Atmosphärische war das Eigentliche von Grabs Kunst. Genaueste Beobachtung und ein »wohlbehüteter Erfahrungsschatz seelisch-sinnlicher Impressionen« (Klaus Mann) machen in ihrer Dichte Hermann Grabs Erzählungen zu kleinen Meisterwerken lyrischer Prosa.

Verlag Neue Kritik • Kettenhofweg 53 • 60325 Frankfurt